HET FATALE SCHOT

HANS KONING

HET FATALE SCHOT

OF HOE GAVRILO PRINCIP DE EERSTE WERELDOORLOG ONTKETENDE

NAWOORD VAN JACCO PEKELDER

WALBURG PERS

Oorspronkelijke titel *Death of a schoolboy*

Copyright © 1974 by Hans Koning
Nederlandse vertaling © 1976 by Dolf Koning

© 2013 Uitgeversmaatschappij Walburg Pers, Zutphen

www.walburgpers.nl

Afbeelding omslag: Uniformjas gedragen door Aartshertog Franz-
Ferdinand op de dag van de aanslag in Sarajevo op 28 juni 1914,
waarop Franz-Ferdinand en zijn vrouw het leven lieten.
De uniformjas bevindt zich in het Heeresgeschichtliches Museum,
Wenen, Oostenrijk. (Foto: Lessing Photo Archive, Oostenrijk)

Omslagontwerp: Jhartho Kempink, Design is Everything, Arnhem
Vormgeving binnenwerk: KM Grafisch Werk, Utrecht

ISBN 978.90.5730.912.0
NUR 337

Over dit boek

Dit is een roman, geen documentair relaas. Het is een soort historische roman, maar ik heb er geen behoefte aan hem in een bepaalde categorie te plaatsen. De waarheid van deze roman is de waarheid van de hoofdfiguur, Gavre Princip; dat hoop ik tenminste.

Ik heb niet geprobeerd alles wat hem overkwam te moderniseren. Het zal wellicht sommige mensen deprimeren, en anderen moed geven, maar er waren inderdaad al in 1913 schooljongens die vrijheidsmarsen hielden, en zo werden die marsen genoemd ook.

De namen in mijn boek zijn voor het merendeel echte namen. Ik heb eerder hun woordbeeld aangehouden dan geprobeerd ze fonetisch weer te geven, want ze stammen uit een taal (Servo-Kroatisch) met hetzelfde alfabet als het onze. In die taal worden echter zelfs letters zonder accenten volkomen anders uitgesproken dan we zouden verwachten. Daarom ben ik zo vrij geweest alle leestekens weg te laten die boven sommige letters prijken en die zonder uitleg geen enkele betekenis hebben. Ik wilde er geen buitenlandse sfeer mee scheppen. Mijn verhaal speelt zich niet in een ver land af.

Hans Koning, 1974

I

Aan een muur geketend, vertel ik in gedachten een verhaal. Herleef mijn avontuur, zou ik misschien moeten zeggen. Herleef mijn leven. Geen van deze woorden geeft helemaal weer wat ik bedoel, maar ik probeer het ermee. Het is van essentieel belang voor me niet in de verleiding te komen een persoonlijk drama te maken van wat er gebeurd is. Als ik dat deed, zou ik me ellendig voelen en eenzaam zijn. En dat ben ik geen van beide.

Als het laatste licht in de gang vrijwel vervaagd is, als ik nog maar net het kruis van de twee tralies in het halfronde raampje van mijn celdeur kan onderscheiden tegen de grauwheid erachter, komt de cipier binnen om mijn ketting los te maken van de ring in de stenen wand. Dan kan ik naar mijn brits lopen en gaan liggen om te slapen. Hij zegt nooit een woord tegen me. Dat mag hij niet.

Ik leg de ketting onder de deken tegen me aan. Het koude metaal tegen mijn lichaam geeft me even een schok, maar dat gaat voorbij. Eerst liet ik de ketting altijd buiten mijn deken hangen, maar ik ontdekte dat het ding op die manier als een soort afvoerbuis werkte waardoor al mijn lichaamswarmte wegvloeide, zodat ik tegen de ochtend versteend was. Dus nu omhels ik mijn ketting als ik ga slapen. Maar de geur, de smaak bijna, van het roest en het ijzer is overweldigend. Ik kan er niet aan wennen. Ik moet iedere ochtend kokhalzen voordat de kroes gerstekoffie en het brood me helpen van die misselijkheid af te komen. Voordat de bewaker me de koffie en het brood geeft, bevestigt hij mijn ketting weer aan de ring. Ik kan dan staan, of op de vloer gaan zitten.

Dan, heel langzaam, wordt het buiten mijn cel licht, en begint de lange, eindeloze dag. De tijd begint, aarzelend, door mijn hoofd te malen.

2

Mijn leven schijnt in een cirkel te zijn verlopen, van Sarajevo naar Belgrado, en dan terug van Belgrado naar Sarajevo, om de kring te voltooien. Als ik dat in gedachten houd wordt alles duidelijker.

Op een gebeeldhouwde deur in het klooster in Belgrado, waar we altijd om gratis eten bedelden, heb ik het zinnebeeld gezien van twee slangen die elkaar in de staart bijten. De cirkelgang van het lot. Ik zou graag in die dingen geloven, ze geven je troost. Maar ik geloof er natuurlijk niet in.

Het was in de herfst van 1913, nog maar een paar jaar geleden, dat we die vrijheidsmars organiseerden van de middelbare school in Sarajevo naar het stadhuis. Die 'we' waren vijfdeklassers, Bosniërs, dat wil zeggen: Serviërs. Onderdanen van het Oostenrijkse keizerrijk dat ons land bezette en annexeerde.

Maar we dachten niet in de taal van militairen of politici. Ik ben geen Oostenrijker van terugwerkende kracht, en als ik 'Oostenrijker' zeg denk ik aan een over de hele wereld verspreid ras dat een radertje in zijn emotionele machinerie mist, alsof het op een lager evolutiepeil stond. Het was toevallig zo dat waar ik geboren was, in Bosnië, dat ras, ongeacht waarvandaan, zich Oostenrijkers noemde. In Ierland heetten ze Engelsen, enzovoort.

Toen we aan die mars begonnen, en daardoor van school werden gestuurd, hoopten we niet zomaar dat er op een dag van boven die politiekragen Servische gezichten naar ons zouden kijken. Onze denkbeelden waren vager en fantasierijker, menselijker. We praatten er echter zelden met buitenstaanders over. Laat ze maar denken wat ze willen.

Nadat ik van school was gestuurd, ging ik terug naar huis, dat wil zeggen, naar de boerderij van mijn vader in het Grahovodal. Ik had geen keus. Mijn oudere broer had mijn schoolopleiding betaald. Toen hij hoorde wat er gebeurd was, zei hij dat dit het einde van mijn schooltijd was. Hij was houthandelaar, en als hij er niet was geweest zou ik nooit naar school zijn gegaan. Ik begon pas toen ik negen was: mijn vader had me al die tijd als herder laten werken. Maar hij had me wel leren lezen en schrijven.

Ik verloor weer een jaar toen ik van de handelsschool overstapte naar het gymnasium. Mijn broer had me dat nooit vergeven, omdat hij uit mijn stommiteit begreep dat ik niet van de handel hield en een hekel had aan de nieuwe zakenwijk, de trots van ons stadje, met haar nuchtere geldmannen, hun smalende veronderstelling dat wij, mensen als ik, niet anders waren uit vrije keus maar door mislukking. Dus had ik, ofschoon al achttien, nog een klas voor de boeg.

Mijn broer zei nee. Het laatste geld dat hij me gaf was voor een kaartje naar Bugojno, het spoorwegstation het dichtst bij ons huis. Het had geen zin tegen zijn wil in Sarajevo te blijven rondhangen, dus ik maakte een bundeltje van mijn boeken en kleren en ging op weg.

Dat was vlak voor Nieuwjaar. En toen ik in het Grahovo-dal kwam, lag de sneeuw zo hoog als de nok van de daken. Dat 'dal' is betrekkelijk; het ligt heel hoog in de bergen, en in 1913-14 hadden we een barre winter in Bosnië. Niet dat ik dat erg vond.

Ons huis ziet er zo uit: het is helemaal van hout, het dak, van houten spanten, is erg steil, om de sneeuw eraf te later glijden, en steekt over de veranda uit. De wanden zijn van met klei besmeerde planken en twijgen, witgekalkt. Als je binnenkomt, staan links de waterton en een tafel. Rechts staat de graanton, met haver en gerst door elkaar. Daarnaast is een deur die toegang geeft tot de kamer waar onze bedden staan. Het voornaamste ding in de grote kamer is de haardstede, waar altijd vuur in brandt, dag en nacht, zomer en winter. De rook gaat naar buiten door een gat in het dak. De onze heeft altijd goed getrokken. Er zijn geen ramen, en de vloer is van leem, afgezien van de tegels in de openhaard. Ik ben op die vloer geboren, toen mijn moeder na een dag hooien alleen thuiskwam en het bed net niet meer kon halen.

Het lijkt misschien een vreemde plaats om naar terug te gaan, voor iemand die het grootste deel van zijn tijd besteed heeft aan de studie van Latijn en Grieks en het lezen van boeken geschreven door mannen en vrouwen die zich in alle levensproblemen hebben verdiept, behalve in die waar alle werkkracht die mijn vader en moeder in zich hebben aan opgaat.

Maar het was niet zo vreemd. Ik wil niet theatraal doen, maar voor mij is Grahovo dichter bij Troje en Carthago dan de goed verwarmde kamers van onze leraren. Om deze brokkelige bergen is de afgelopen duizend jaar voortdurend gevochten, en vóór die tijd waren ze Grieks, onder heerschappij van Byzantium. Homerus heeft het niet over syntaxis maar over wanhoop en moed. We hebben vijfhonderd jaar Turkse oorlogen gehad en nadat onze laatste guerrillastrijd tegen hen gewonnen was, waren we niet vrij maar werden door de andere Europese mogendheden aan de dichtstbijzijnde Grote Mogendheid overgedragen.

Dat kon het einde niet zijn. De mensen beginnen altijd weer

opnieuw. Evenals iedereen hier, brengt mijn vader zijn dagen op de akkers door, maar wordt pas wakker als hij 's avonds over de oorlog en politiek kan praten. Hoe vaak ze ook verslagen zijn, ze zullen altijd opnieuw de oorlog ingaan. In het Latijn is dat rebellare, waar het woord 'rebel' vandaan komt.

Mijn ouders hebben me nooit met ontzag als stadsgeleerde bekeken. Dat paste bij onze geschiedenis. Ze vonden onderwijs eenvoudig de beste opleiding voor deze eeuw en het nieuwe soort gevechten dat deze eeuw te zien zou geven, zoals ze vroeger misschien hadden gehoopt dat ik boogschieten zou leren.

Mijn vader kapittelde me niet omdat ik van school was gestuurd. Hij zei me niet dat ik dankbaar had moeten zijn en me had moeten verzoenen met de wereld waar ik was binnengelaten. Hij zei: 'We moeten je op een of andere manier in Belgrado op school zien te krijgen; we moeten de Oostenrijkers niet over ons leven laten beslissen.' Omdat ons oog, natuurlijk, op Servië en Belgrado, de hoofdstad, gericht was, een klein landje ingeklemd tussen Oostenrijkers en Turken, maar de enige plek waar ons volk al vrij was – of tenminste zelfstandig. Ik had liever dat hij me berispt had, want hij maakte me beschaamd. Een trap van een Oostenrijkse politieman was een beetje armzalig vergeleken bij al die zwijgend gekerkerde, opgehangen, neergeschoten voorvaderen van hem.

Deze man, mijn vader, geen streep groter dan ik (en ik ben klein), met dezelfde blauwe ogen, zijn rode bergbewonersmuts en korte broek, zijn leerachtige handen, gerimpeld gezicht; mijn moeder met haar vermoeide glimlach, twintig jaar ouder lijkend dan ze werkelijk was… Toen ze me almaar gretig bleven vragen over onze protesten tegen de autoriteiten en over ons verleden en onze hoop voor de toekomst praatten, voelde ik me inderdaad beschaamd.

En daarna werd ik overstelpt door vermoeidheid, of beter, deernis.

Deernis voor mijn vader en moeder en grootvader, en verder terug door de jaren heen, deernis voor alle bittere integriteit van hun verspilde leven, hun altijd aan de goede kant staan, onbekend, in geen enkele krant beschreven. Arme donder, dacht ik, terwijl mijn vader praatte, arme donders wij allemaal, om te denken dat Zij met een hoofdletter z er ook maar een verdommenis om malen of Zij in onze ogen van de geschiedenis goed of slecht zijn. 'Ga je wassen, je stinkt,' dat is de enige reactie die zijn levenslange gedachten bij hen zouden hebben opgeroepen.

Ik herinner me hoe ik, toen ik dat dacht, bloosde en mijn blik afwendde, want ik had naar zijn handen met hun zwarte nagels zitten staren, en was opeens bang dat hij mijn gedachten zou kunnen raden.

Wat was dat voor een mysterieuze brandstof die hem op gang hield? Wat dreef deze mannen en vrouwen om zich almaar aan dingen vast te klampen alsof we het eeuwige leven hadden in plaats van één seconde in de eeuwigheid?

Eén seconde. Was die gedachte niet voldoende om ons allemaal te verlammen? Of, jazeker, ons allemaal te bevrijden? Wat deden bazen, politiemannen, legers, gevangenissen en zelfs de galg ertoe?

Wat konden we anders zijn dan vrij? Ik ben zo vrij als een stofdeeltje dat in een stormvlaag uit het dal opdwarrelt.

3

Het was donker in de treincoupé en tabaksrook van twee dagen oud hing als mist om ons heen. Ik was net bezig me van mijn slapende buren los te maken toen we tot stilstand kwamen met een schok die bundels en manden uit de bagagerekken op ons deed neerregenen.

De winter liep ten einde en ik was nu op weg naar Belgrado om de school af te maken. Mijn vrijheidsmars-enthousiasme was verdwenen. Er was in Grahovo veel met me gebeurd, niet uiterlijk, maar van binnen, in mijn gedachten.

Ik bedoel niet dat ik wijsheid had opgedaan. Eerder een reëel besef – van vlees en bloed – van onwijsheid, van belachelijkheid. Niet ten aanzien van mezelf, maar van alles.

De lange reis van Grahovo was via Fiume gegaan, met hele stukken lopen, of meerijden op boerenwagens. Van Fiume af was het louter spoorlijn, en slechts twee verschillende treinen brachten me helemaal naar mijn bestemming.

De hemel boven Fiume was licht geweest, en ik had in een flits de Adriatische Zee gezien, glinsterende golven van een feller blauw dan ik ooit waarnam. Toen zwenkten we van de kust weg, en de trein zwoegde omhoog door de bossen en moerassen van Kroatië; de lucht werd leigrijs en de bomen waren weer kaal. Na Zagreb was het buiten nacht, een zwarte uitgestrektheid met slechts zelden een knipperend lichtje. We waren terug in de strenge sneeuwrijke winter van het binnenland, maar de trein was zo stampvol passagiers dat we warm bleven. De houten latten van de coupébank sneden in mijn rug. Je moest bij de haltes blijven zitten om je plaats niet kwijt te raken.

Maar deze keer holde de conducteur langs de trein en riep in verscheidene talen: 'Grenscontrole! Iedereen uitstappen.' We waren bij de uiterste rand van het Oostenrijks-Hongaarse Rijk gekomen.

Ik drong naar buiten en bleef op het perron staan. Er brandden een paar elektrische lampen en daar voorbij was weinig te onderscheiden, maar in de verte tekende de horizon zich af als een groene strook ochtendschemering met wat vegen van een oranje wolk. Een vochtige wind, heerlijk om te voelen, blies in mijn gezicht. Voor ons uit zag ik een houten slagboom en daarachter wapperde de rood-blauw-witte driekleur van Servië, het licht van het kantoorraampje erachter in de witte baan weerkaatst. Ik kon onder de spoorbrug aan het eind van het perron de grensrivier, de Sava, zien glinsteren.

Wat is het gemakkelijk jezelf te bevrijden; ik geloofde dat ik nooit terug zou gaan.

'Ga in de rij staan,' zei een Oostenrijkse soldaat in het Duits tegen me. We schuifelden naar het hek. Ik liet mijn schoolpas zien, het enige wat je nodig had om over de grens te komen als je minderjarig was. Toen we van school waren gestuurd hadden ze vergeten onze passen in te nemen. De Oostenrijkse grenswacht liet me mijn bundeltje openmaken maar keek niet naar mijn naam op de pas. Ik liep langs de tweekoppige Oostenrijkse adelaar en zag kans, door net te doen of ik hoestte, erop te spugen.

Ik weet wel dat dergelijke dingen dwaas zijn, maar ik voelde me een beetje dwaas. Niet dat het geen foeilelijke adelaar is, in foeilelijke kleuren. Ondanks de hoge dunk die de Oostenrijkers van zichzelf hebben, stelt hun gevoel voor schoonheid niet veel voor. En waarom willen naties zich altijd vergelijken met adelaars en leeuwen? Ze bespringen hun slachtoffers ook, dat wel, maar in een andere stijl; voor een nieuw Oostenrijks wapen zou ik een hond suggereren, zoiets als een kruising tussen een buldog en een teckel.

'En jij?' vroeg de Serviër aan de andere kant van de slagboom, en keek van mijn versleten schoenen omhoog naar mijn kartonnen boordje. 'Heb je geld?'

'Jazeker.'

'Laat zien.'

Ik viste uit mijn zak wat ik nog over had, twee Oostenrijkse kronen. Ik begon te lachen en hij lachte ook.

Toen hield hij abrupt op met lachen om te laten zien dat dit een ernstige kwestie was. 'Daar kan je in Belgrado net een paar biertjes voor kopen.'

'Ik ben niet gekomen om bier te drinken,' antwoordde ik. Ik geloofde niet dat hij me terug zou sturen, maar het was beter het er een beetje dik op te leggen. 'Geld,' zei ik zo verbitterd en verachtelijk als ik maar kon, 'is dat het eerste wat u van een verbannen Servische landgenoot vraagt? Misschien betaalt die Oostenrijker daar u wel dertig zilverlingen als u me naar hem terugstuurt.'

Dat bracht hem in verlegenheid. 'Goed, goed,' mompelde hij. 'Meld je binnen 24 uur bij de politie,' en hij wees naar de wachtende trein.

Ik stapte weer in. Heel kort daarna reden we het station van Belgrado binnen. Want de hoofdstad van Servië lag binnen loopafstand van de Oostenrijks-Hongaarse grens; wat was het toch een kwetsbare stad!

Vuile hopen sneeuw en modder lagen nog in de hoeken, en diepe plassen zetten het stationsplein bijna blank. Terwijl ik er voorzichtig omheen stapte, voelde ik me bijzonder met mezelf ingenomen.

De zon kwam nu boven de daken uit, een bleke bergzon. Het was bijna lente, de derde maart om precies te zijn. Dinsdag 3 maart 1914.

4

Belgrado zag er die eerste ochtend monter en vreedzaam uit. En zo ben ik de stad altijd blijven zien.

Het kwam toen gewoon doordat na maanden van kou en natte sneeuw de zon weer scheen. De straten waren al stampvol met karren en rijtuigen, hier en daar een auto, en drommen mensen die naar hun werk gingen. Er waren veel soldaten op straat, en veteranen uit de twee Balkanoorlogen in een ratjetoe van uniformstukken en burgerkleding. Weinig officieren – het was nog te vroeg voor ze.

Ik sjouwde de hele stad door, door het Kalemegdanpark, waar de sneeuw zacht en glinsterend was, door de Turkse straatjes, en de nieuwe zakenwijk met de bankgebouwen onder de vergulde letters van hun namen. Maar ik voelde daar niet die weerzin die de zakenlieden van Sarajevo altijd bij ons opwekken. Misschien omdat Serviërs, ook al zijn ze bankiers, nog altijd arm zijn. Of misschien omdat ze hun werk doen met een zekere grandeur die geen enkele Oostenrijker of Angelsaks ooit zou begrijpen. Ik bedoel dat je kan zien dat ze onder een borrel hun hele bank of naamloze vennootschap compleet met de in Londen opgeleide boekhouder zouden verkopen als het ging om inlossing van een ereschuld van een broeder.

Ik had een bestemming: het plein van de bloemenmarkt. De bars en koffiehuizen daar fungeerden als plaats van samenkomst voor de bannelingen uit Bosnië en Herzegovina, scholieren als ik, of mannen die als vrijwilliger in het Servische leger tegen Turkije hadden gevochten en nu niet terug konden naar hun dorpen in het Oostenrijks-Hongaarse Rijk.

Er was maar één van deze cafés open toen ik daar kwam. Het lag op een hoek, en mijn vrienden en ik noemden het later altijd de Hoekbar. Het werd gedurende mijn tijd in Belgrado mijn eigenlijke tehuis. Niet dat de eigenaar me die eerste ochtend erg hartelijk verwelkomde. Hij zag bij wijze van spreken die twee eenzame muntstukken door mijn jasje heen.

Ik installeerde me met een kop koffie, en mijn wacht begon. Er waren alleen kooplieden van de markt. De studenten en scholieren zouden pas later komen opdagen; je kon ze gemakkelijk herkennen. Ze zagen er magerder, bleker uit, en praatten ofwel luider ofwel fluisterend, en hadden altijd, in tegenstelling tot anderen, boeken onder hun arm. Er waren een paar middelbare-schoolmeisjes bij, op de universiteiten waren geen meisjes. We geloofden in die omgang op voet van gelijkheid, maar dat deden de ouders van de meisjes niet.

Bij de eerste groep studenten die binnenkwam, was niemand die ik kende. Ze keken even naar me maar gingen een eind van me vandaan zitten; ze konden onmogelijk weten dat ik geen verklikker was. Het liep al gauw stampvol. Wie geld op zak had bestelde wat te eten voor zichzelf en een of twee vrienden. De anderen bleven denkbeeldige teugjes nemen uit hun lege koffiekoppen.

Het werd weer stil. De caféhouder verdween voor een dutje in zijn achterkamer. Ik zat daar maar, eenzaam, en ik begon me danig ellendig te voelen. Toen kwam er, eindelijk, een jongen binnen die ik kende, goed kende zelfs, want hij had aan diezelfde schoolmars in Sarajevo meegedaan en was gelijk met mij van school gestuurd. Hij heette Djula en hij was islamiet. Ik had gehoord dat hij tot de universiteit van Belgrado was toegelaten en dat een of andere religieuze groep hem een toelage had gegeven.

Wat een opluchting om hem te zien. 'Gavre, Gavrica,' riep hij, 'welkom in Servië, afvallige Oostenrijker die je bent. We dachten dat we je nooit meer zouden zien.'

'Noem me niet Gavrica,' zei ik, 'maak er Gavroche van als je iets voor mijn naam wilt doen.'

'Wie is Gavroche?' vroeg Djula gretig, alsof hij zich dat al een hele poos had afgevraagd. Hij reageerde altijd zo; het was een erg prettige gewoonte. Hij ging zitten en keek me met een blij gezicht aan.

'Een held van Victor Hugo. Ik heb vroeger vaak geprobeerd m'n ouders ertoe te brengen me zo te noemen. Ze hebben 't nooit gedaan.'

'Mooi! Je wou dus een held zijn.'

'Ja. Nu niet meer.'

'Ik hoop niet dat je dat meent,' zei Djula ernstig. 'Hier worden grote daden door ons besproken.'

We keken elkaar aan en begonnen te lachen. Djula haalde een in papier gewikkeld pakje uit zijn zak. 'Ik zal m'n lunch met jou delen,' verkondigde hij. 'En ik heb geld voor koffie voor ons allebei. Ben je blut?' Hij haalde zijn brood uit het pakje en deelde het in tweeën.

'Mijn vader heeft mijn reis naar Belgrado betaald, en dat is een hele ruk, helemaal via Fiume. Ik ben hier gekomen om mijn laatste jaar af te maken en toelatingsexamen voor de universiteit te doen. Ik moet een baantje zien te vinden om in die tussentijd van te leven.'

Djula floot. 'Er zijn in Belgrado geen baantjes. Als ze iemand zouden vragen om dat marktplein daar te vegen, zou je prompt een hele rij zien van twintig studenten, tien oorlogsveteranen en een paar filosofieprofessoren van de universiteit van Zagreb.'

'Ik red me wel,' zei ik. 'Hoe dacht je dat we in Grahovo leven?'

Djula gaf me een klap op de rug. 'We redden het wel,' zei hij. 'We vinden wel iets voor je. Ik weet al een plekje waar je vannacht kan slapen. De stadskennel.'

Hij wachtte op mijn reactie, maar ik haalde alleen maar mijn schouders op. Toen ik zijn proef doorstaan had, stelde hij me gerust. 'De meesten van ons hebben daar wel eens geslapen, warm, schoon stro, en er zijn altijd lege hokken. Ze sluiten ze niet af. Cabrinovic heeft het ontdekt. Hij komt straks ook hier. En je kan met hem meegaan naar het orthodoxe klooster om te eten. Ik kan daar natuurlijk niet naartoe. Hoeft ook niet, ik krijg vijftig dinar per maand. We vinden gauw genoeg een echt bed voor je. De monniken geven je te eten, als je niet al te vaak komt, maar je moet wel voor je maaltijd betalen door te praten en te praten en te praten. Ze houden ervan om met de studenten te filosoferen. Heb je zin om over transsubstantiatie te praten?'

Ik schudde mijn hoofd.

'Ze hebben daar iedere avond soep,' zei Djula, 'dikke, stevige soep, hoor ik. Bonen. Vis. Soms zelfs schapenvlees.'

'Wat is transsubstantiatie precies?'

'Moet je mij niet vragen,' zei Djula. 'De islamitische leer houdt zich niet met dat rare soort bijgeloof bezig. Vertel eens, hoe vind je 't nou, hè, om in Servië te zijn, je eigen taal te zien op de straatnaambordjes en op de openbare gebouwen en op de uniformen?'

'Fijn. Veel meer dan fijn. En natuurlijk.'

5

Het lukte niet zo goed toen ik Djula en Cabri, zoals ik Nedeljiko en Cabrinovic noem, wilde uitleggen wat er gedurende die twee thuis doorgebrachte ingesneeuwde maanden met me gebeurd was.

Ik begon hun te vertellen dat ik mezelf gemarteld had met een opwelling van medelijden met mijn vader, en ze onderbraken me en zeiden dat dit betekende dat ik mezelf had afgezonderd en een middenklasser was geworden. Alleen iemand van de middenklasse kon dat soort gevoelens hebben. En, ging Cabri verder, het woord 'middenklasse' was een verkeerde benaming; je kon niet in het midden staan tussen aanvallers en slachtoffers, uitzuigers en uitgezogenen. De enige kenmerken die een middenklasser van een bovenklasser onderscheidden, waren zijn hypocrisie en zijn gebrek aan talent. Cabri was altijd moeilijk tot zwijgen te brengen.

Ik trok een gezicht tegen hem en zei dat als ik me inderdaad had afgezonderd, dit niet was om me bij iemand anders aan te sluiten, en zeker niet bij mijn natuurlijke vijanden. Ginds in Grahovo, zei ik, was ik tot een soort non-hoop gekomen.

Ze keken elkaar aan. Ik had de indruk dat ze dachten dat ik domweg bang was geworden doordat ik van school was gestuurd. 'Non-hoop?' herhaalden ze allebei.

'Ik bedoel dit,' zei ik. 'Als je gelooft dat de wereld fundamenteel redelijk is, fundamenteel rechtvaardig wil zijn, alleen dan heeft het zin dat een drom studenten de straat op gaat tegen een grote mogendheid. Maar dat is geloof, mythologie – net als wat onze priesters uitdragen.'

Bedoelde ik dat onze vrijheidsmars precies hetzelfde was geweest als een kerkprocessie, vroeg Cabri, en hij beantwoordde zijn eigen vraag door te zeggen dat dit vuige onzin was. Het doel van het ene was de mensen de ogen te openen voor hun eigenlijke situatie, het doel van het ander hen tot aanvaarding ervan te sussen.

Hoe kon ik hun vertellen, dacht ik, over iets waar ik zelf maar half van overtuigd was, het besef waar ik in Grahovo toe gekomen was dat het geen zin had om te proberen een onredelijk, zwijgend universum redelijkheid op te dringen? Maar dat het me niet kon schelen, dat ik mezelf niet voor de gek hoefde te houden? Dat het, in tegendeel, de enige manier was om op deze ellendige aarde in leven te blijven zonder gek te worden? Het zou aanmatigend of gekunsteld klinken. Zo klonk het mij ook toe, overdag. 's Nachts, wakker liggend, wist ik dat het waar was.

Djula staarde door het raam naar de bloemenmarkt waar nog enkele boerenvrouwen te zien waren die probeerden hun laatste trieste bosjes lathyrus en narcissen aan de man te brengen.

Hij draaide zich naar me om. 'Ja,' zei hij, 'het is waar, zonder religie heeft actie geen zin, 't doet er niet toe of 't een religie is over God of over mensen of over principes. Maar het antwoord daarop is, wie zijn wij om, zelfvoldaan in een bar zittend, uit te maken dat het geen zin heeft? Het is grandioos, Gavroche, om het leven stilzwijgend te accepteren. Maar niet zo grandioos om het stilzwijgend voor alle anderen te accepteren.'

Het universum zwijgt. Onze stemmen dringen niet door.

'"Ook al heb ik niet in iets voor mezelf geloofd, ik zal de ellende van onze tijd hebben bevochten",' citeerde Cabri.

'Weet je waar dat uit is?'

'Ja. "Onze gaven zullen het fundament zijn van een nieuw leven zonder de misdaden van vandaag." Ik heb vragen...'

Ik zweeg.

Toen gleden de vermoeidheid van die nachten in de trein en de diepere vermoeidheid van mijn filosofieën in besneeuwd Grahovo van me af of zochten in ieder geval een schuilplaats in mijn binnenste. In plaats daarvan kwam er een gevoel van warmte in mij op, een gevoel van liefde voor deze twee die zo ernstig met me praatten. En toen, op datzelfde moment, gaven we elkaar plotseling allemaal de hand.

Djula ging naar de achterkamer om de koffie te betalen, waarna we naar buiten liepen, de binnenstad in.

We bleven met ons drieën naast elkaar lopen, zelfs toen we ons door smalle straatjes moesten dringen waar de winkeliers inmiddels bezig waren hun spullen op de trottoirs uit te stallen, en we hielden onze handen op elkaars schouders. Ik keek naar de voorbijgangers die haastig of geërgerd voor ons aan de kant gingen, en dacht eraan dat ik geen eenzame in een vreemde stad was. We waren – ik wist niet wat, maar in ieder geval: 'we'.

6

In Sarajevo hadden we in een diep emotionele atmosfeer ge-leefd, mijn vrienden en ik, en dat alleen maar ten dele uit eigen keus. We hadden op school een groep gevormd, maar alle sa-menscholingen waren streng verboden en we waren onmiddel-lijk in geheimhouding gedompeld – nog voor er iets was om ge-heim te houden.

We lazen over Russische revolutionairen en de volgelingen van Garibaldi en Mazzini in Italië en praatten over eenheid voor Serviërs en Kroaten en islamieten, voor alle zuidelijke Slaven. We waren niet erg specifiek.

We stonden in dit alles pijnlijk alleen. Toen Oostenrijk in 1908 Bosnië en Herzegovina annexeerde, droegen de plaatse-lijke hoge omes waarachtig een dankmis op in de kathedraal van Sarajevo! En toen de bisschop, of wat zijn juiste titel ook mag zijn, de gemeente verzocht te knielen en te bidden om de goddelijke zegen voor het Huis Habsburg, zonken al die hon-derden mensen op hun knieën... en niet in een geest van chris-telijke vergiffenis, reken daar maar op, maar uit angst en heb-zucht.

De enigen die in die reusachtige kerk overeind bleven, waren een stuk of wat middelbare scholieren, die in een groepje bij elkaar stonden.

We schreven poëzie, probeerden dat althans. Het zal voor het merendeel wel afgrijselijk zijn geweest, maar we geloofden dat dichters de 'denksoldaten' moesten zijn, dat soort ideeën hadden we. Ik schreef een heel schrift vol, maar liet het nooit aan iemand lezen.

We bestudeerden de Duitse socialisten en hadden het daar een beetje moeilijk mee, omdat we hen bewonderden en tegelijkertijd voelden dat (hoe verwaand dit ook klinkt) onze wereld complexer was. Ik kan dit misschien uitleggen door te zeggen dat wij, anders dan zij, ook van de natuur hielden, er net zoveel van hielden als van onze medemensen.

We deden erg ons best om te laten zien dat we anders waren. Zo hadden we, bijvoorbeeld, de gelofte afgelegd geen alcohol te drinken. Nu terugkijkend, was het pedant, maar die gelofte kwam in feite voort uit het dagelijkse schouwspel van de arbeiders die er met de zegen van hun bazen maar op los zopen. Een dronkaard op straat bracht een toegeeflijk lachje op het gezicht van een politieagent, dezelfde man die een jongen bezig met het kladden van een anti-Habsburgleus op een muur de ribben zou breken.

Het was ook een reactie op het materialisme van onze ouders, de welgestelden dan. Materialisme, want hoewel ze allemaal erg kerks waren, waren ze collaborateurs die hun ziel en zaligheid aan de machthebbers verkochten. En waarom? Om in vrede dik en oud te worden. Ze aanbaden hun eigen lijven, daar kwam het op neer. Dat maakte van ons asceten.

Ik had trouwens geen geld voor drank.

Een zwaardere gelofte was geen liefde te bedrijven, niets wat er maar op leek. Als je een meisje had, moest het een idealistische vriendschap zijn.

Ook daar zat een boel getheoretiseer achter. Natuurlijk zouden de paar meisjes in of bij onze groep, of zusjes van vrienden, er niet aan denken om de liefde te bedrijven of iets dergelijks. Ze waren maagd, zoals de traditie in onze Grieks-orthodoxe en katholieke gezinnen is. Wat islamitische of joodse meisjes betreft, die zag je zelfs nooit alleen op straat. Als een meisje zich van de kerk had losgemaakt en probeerde een echte rebel te worden, zou dat voor haar nog geen enkel verschil uitmaken wat *dat* aangaat. En wij, die geloofden in de broederschap van een Slavische natie en elkaar broeder en zuster noemden, zouden er niet aan hebben gedacht te proberen zo'n meisje te verleiden. Evenmin konden we, zoals de anderen op school deden, ronddollen met een of andere kelnerin of keukenmeid die van trouwen droomde.

Als je de mond vol had van klassenstrijd en uitbuiting, kon je dat soort dingen moeilijk doen.

Daarmee was het aanbod van meisjes uitgeput, op de hoeren na. Maar we waren gebonden aan de gelofte ook nooit bij hen in de buurt te komen, omdat dit eveneens beschouwd werd als uitbuiting en vernedering van een medemens. Bovendien waren de bordelen van Sarajevo ingesteld door de regering van Zijne Katholieke Hoogheid, Keizer Franz-Jozef. Voordat de Oostenrijkers de macht overnamen, was er in Bosnië nooit iets geweest wat aan die huizen kon tippen. Officieel was het voor de militairen gedaan, maar we twijfelden er nooit aan dat ze een wapen tegen het volk waren. Het zou makkelijk genoeg zijn geweest om ze tot verboden gebied voor burgers te verklaren, zoals met zoveel andere gebouwen het geval was.

Integendeel, er was alle mogelijke onderhandse propaganda voor gemaakt, en ze waren gemeubileerd in een Weense pseudovorstelijke stijl, zoals niemand in Sarajevo ooit gezien had: grote spiegels op rood fluweel, vergulde stoelen, vleugelpiano's.

Als de ene soort nieuwsgierigheid niet zou helpen een greep op de bevolking te krijgen, zou dat wel met een andere soort lukken. Er waren drie van die bordelen, de Rode Ster, de Blauwe Ster, en de Groene Ster, plus nog een paar die armoediger waren. Op de onderste plaats stond een huis dat De Laatste Cent heette, de naam in het Duits en Engels boven de deur.

Het was een erezaak om daar weg te blijven, maar die huizen lieten me niet los.

De laatste paar maanden voordat ik wegging, had ik een vriendinnetje. Op een herfstdag zaten we met een groepje in het park te praten; ik bleef er een beetje buiten en luisterde maar half. Ik zag een meisje alleen op een bank zitten lezen, en haar gezicht was zo openhartig en gespannen dat ik opstond om te zien welk boek het was. Toen ik de titel zag, begon ik te lachen en ging, zonder er verder bij na te denken, naast haar zitten.

'Waarom lach je?' vroeg ze.

Ik trok mijn schouders op. Ze klapte het boek dicht en keek naar het omslag. Het heette *De geheimen van het Paleis in Istanboel* en er stond een afbeelding op van een dame in harembroek met een dolk in haar hand. Toen begon ze ook te lachen. 'Jij vindt zeker dat ik dit in de vuilnisbak moet gooien,' zei ze.

'Niet als het een bibliotheekboek is.'

Zo ontmoetten we elkaar. Haar naam was Vukosava, maar later in dat jaar begon ze zich Sophia te noemen, ter ere van Sophia Perovskaya, de Russische studente die werd opgehangen voor haar aandeel in het complot om tsaar Alexander II te doden. Ze was inmiddels heel anders geworden dan in die haremdagen – niet door mij, maar omdat ze toch veranderd zou zijn. Ze was een erg zachtmoedig wezen, net als de oorspronkelijke Sophia. Op een dag barstte ze in tranen uit toen we langs een oude man liepen die te voet van de hemel weet waar naar de stad was gekomen en drie gerimpelde appels wilde verkopen die hij op een stuk krantenpapier voor zich op het wegdek legde. Maar ze had een scherpe geest en een sterke wil. Anders dan ik, hield ze ervan mensen te ontmoeten en met ze te debatteren, achter de waarheid te komen, zoals ze zei.

Ik ben verlegen. Meestal doe ik er al gauw het zwijgen toe bij die debatten waarin iedereen het zo nodig vindt erop los te oreren.

Zij en ik lazen samen en wandelden langs de straten en wegen aan de rand van de stad, waar je zelden iemand tegenkomt behalve een voerman op een kar die krakend langsrijdt, beladen met hout of graan. We kusten elkaar nooit. Ze was vijftien. Tijdens die wandelingen had ik vaak momenten dat ik overweldigd werd door het vertederende van haar aanwezigheid, door haar lichaam dat zo fantastisch en adembenemend anders was dan het lichaam van een jongen.

Later veranderde dat, als ik alleen was, in een wanhopige behoefte om zo'n lichaam, iemand, een of ander meisje, te voelen en te betasten. Of alleen maar te zien. Ik had nog nooit een naakt meisje gezien.

Dan liep ik langs De Laatste Cent, als om mezelf op de proef te stellen.

Op een keer, op een middag, toen ik op het punt stond bij mijn hospita aan te kloppen, om haar de maandelijkse huur voor mijn kamer te betalen, holde ik in plaats daarvan met het geld in mijn hand naar buiten en ging op weg naar de Blauwe Ster. Ze keken niet verbaasd op en vroegen me even op een sofa te gaan zitten en het me makkelijk te maken. Ik keek om me heen, naar een paar officieren en een zakenman met verwrongen gezicht, en slaperige Servische meisjes op hun schoot, en liep de deur weer uit. Ik ging terug naar huis, betaalde mijn huur, en in mijn kamer trok ik mijn kleren uit en staarde naar mezelf tot ik dacht dat ik gek werd. Ik haatte mijn lichaam; ik wou dat het me met rust liet. Het hielp als je ten slotte je jongeheer in je hand nam om jezelf klaar te laten komen, maar niet echt, en niet lang. Er scheen geen nauw verband of zelfs maar een parallel te zijn tussen het een en het ander.

Ik wandelde met Sophia langs de oever van de rivier en we kochten een cake, die we samen opaten. We gingen naar de Kosovobegraafplaats om bloemen van de graven te stelen en ze op de naamloze steen te leggen waaronder Zerajic begraven ligt. Zerajic was de student die zelfmoord had gepleegd na een poging om onze moordlustige gouverneur Varesanin dood te schieten. De meeste studenten in Sarajevo namen hun hoed of pet af of bogen hun hoofd als ze langs de plek op de Keizersbrug kwamen waar dit gebeurd was.

Zij en ik praatten altijd over zulke dingen en nooit over onszelf.

Ze was een vreemde, een mysterie, en toch waren er flitsen van intimiteit tussen ons, dieper dan alles wat ik ooit gevoeld had met mijn eigen familie of met oude vrienden. Het had te maken met iets ongekend zoets, een heel iemand, een heel nieuw leven net buiten en toch net binnen mijn bereik.

Toen ik uit Sarajevo weg moest, zeiden we allebei dat we vaak zouden schrijven, en dat deden we. We zeiden nooit iets over op elkaar wachten, of hoe lang we gescheiden zouden zijn. We zouden het vernederend en beneden onze waardigheid hebben gevonden om in zulke termen te praten.

Ik had met mijn vrienden nooit over haar gepraat. Nu, in Belgrado, speet het me dat ik dat nooit gedaan had; het zou leuk zijn geweest als Cabri en de anderen me op een terloopse manier zouden vragen hoe het met haar ging.

Naar Djula en Cabri kijkend, was het moeilijk niet over de vraag na te denken of ze zich hier in Belgrado nog aan onze regels hielden. Ik probeerde me Cabri voor te stellen met een meisje in zijn armen. Ik wilde het vragen, maar deed het niet.

7

De Eerste Middelbare School van Belgrado liet me tot de hoogste klas toe na een examen dat gemakkelijk was. Ik heb nooit moeite met boeken gehad. Op die school trof ik Trifko, een andere vriend met wie ik had gehoopt weer contact te krijgen. Zijn ouders stuurden hem wat geld, en hij had een kosthuis ontdekt dat hem maar tien dinar per maand berekende. We kwamen overeen dat zodra ik een paar dinars bij elkaar zou hebben geschraapt, ik bij hem zou intrekken. Voor vijf dinar extra was de pensionhouder bereid een tweede bed in Trifko's kamer te zetten. Ik wilde niet dat iemand anders dat voor me betaalde.

Ik vond de kennel niet zo erg; als anderen zich ermee hadden kunnen behelpen, kon ik het ook.

Ik ging er alleen na donker naartoe en vertrok voor het licht was. Gedurende de weken dat ik daar sliep, zag ik nooit iemand. Na de tweede nacht hielden de honden me niet meer wakker, en ik vond een kraan waar ik me bij kon wassen. Toch was ik blij toen die tijd voorbij was. Tegen het eind schenen de mensen een beetje voor me terug te deinzen, terwijl anderzijds de honden allemaal naar me toe kwamen.

Het lukte me in Belgrado niet een baan te vinden, ofschoon ik bereid was alles te doen. Djula had gelijk gehad; er liepen te veel gestrande mannen rond. Ik was toen erg sterk, maar ik zag er niet naar uit. Via een leraar op school kwam ik in contact met een echtpaar dat me aanstelde om hun twee kinderen Latijnse les te geven, maar na de eerste week weigerden ze te betalen en ik ging weg.

Waar leefde ik van? Van het geld dat Sophia me gestuurd had.

Het was iets waar ik een hele poos mee worstelde. Ik ben erg goed in gevechten met mijn eigen geweten, en nadat ik dit speciale gevecht verloren (of gewonnen) had, voelde ik me erg achterdochtig. 'Een eerlijk mens beslist tegen zijn eigen belang in,' was een geliefkoosde kreet van me geweest. Nu ik terugkijk, heb ik er geen spijt van dat ik het geld heb aangenomen, maar dat kon ik toen niet hebben geweten. Ik beloofde mezelf voortaan strenger te zijn.

Wat er gebeurd was, was dat ik in een van Sophia's brieven, die ze me toezond via het adres van de school in Belgrado, een postwissel voor vijftig dinar vond. Het was me een raadsel hoe ze aan zoveel geld kwam. Later, toen ik er steeds weer om gevraagd had, schreef ze dat ze het gouden kruis beleend had dat ze, zoals de meeste meisjes, om haar hals droeg. Ze zei dat ik er niet beledigd of overgevoelig over moest doen. Het was niet voor mij persoonlijk maar 'voor onze zaak'.

Het moeilijke punt was dat mijn leven egocentrisch begon te worden, en dat er niet zoveel 'zaak' in te onderscheiden viel.

Natuurlijk was er in de Hoekbar altijd wel een discussie gaande over het lot van de Slaven onder hun drie buitenlandse bezettingen, in het Duitse, het Oostenrijkse en het Russische Rijk. En het was ons ernst; als Servië besloot ze allemaal tegelijk de oorlog te verklaren, zou iedereen zich als vrijwilliger hebben gemeld. Maar Servië was niet van plan dat te doen. We praatten over een socialistische revolutie die het rijk van Franz-Jozef van binnenuit omver zou werpen. Maar de zichtbare realiteit van dat rijk was de comfortabele welvaart van Wenen en Boedapest.

We beten ons in die onderwerpen vast als Parijse studenten in een nieuwe kunstvorm.

Af en toe kwam er een veteraan van de tweede Balkanoorlog bij ons zitten. Hij heette Milan. Hij was ouder dan wij allemaal en had een onderscheiding gekregen voor betoonde moed in het gevecht tegen het Bulgaarse leger. We mochten hem graag en bewonderden hem; hij was erg bescheiden. Het was zijn theorie dat we allemaal geoefend moesten worden voor oorlogvoering, in het geheim natuurlijk, anders zouden de Servische autoriteiten ons eruit gooien. Hij vertrouwde me, en toen ik eens bij hem op bezoek kwam, liet hij me een houten kist zien, op een verborgen plek in zijn kamer, vol handgranaten die hij bij zijn afzwaaien mee naar huis had genomen. Maar tegen wie en waar moesten we vechten? Dacht hij aan een guerrillaoorlog, zoals van de Spanjaarden tegen Napoleon? Hij zei dat hij het niet wist, maar dat we in ieder geval voorbereid moesten zijn.

'Nou ja, we kunnen ons er in ieder geval op beroepen dat we in ballingschap zijn gegaan,' zei Cabri tegen me. En hij en ik leden honger op de avonden dat we ons gezicht niet in het klooster durfden laten zien. Maar wat was de verdienste van dat alles?

Er was vriendschap onder ons, zelfs broederschap, dat bijna versleten woord... juist het tegengestelde van mijn eenzaam gepeins in Grahovo, waar ik vaak door de sneeuw naar een stapel brandhout op een heuvel sjokte om daar te gaan zitten en naar beneden het dal in te staren.

Maar 's avonds in die kennel, voordat ik in slaap viel in het strobed dat ik voor mezelf gemaakt had, alles overdenkend wat er gedurende de dag gezegd was, zag de realiteit achter die twee situaties er nog altijd hetzelfde uit. Een zwijgend universum, zonder echo.

De lente veranderde de aanblik van de stad. De oevers van

de Sava en de Donau en de oude gescheurde muren van de citadel waren zachtgroen van jong gras.

De eigenaar van de Hoekbar zette een tafeltje met stoelen buiten onder een boom.

Meisjes kwamen met loshangend haar dat niet langer met hoofddoeken bijeen werd gehouden op straat. Je hoorde muziek uit open ramen, pianoklanken uit de grote huizen, zingende stemmen uit de armoedige.

Zodra de dag voorbij was, werd het weer winter, en de zon ging onder in flarden koude, gele mist.

Ik zou liegen als ik zei dat we toen niet gelukkig waren.

's Zondags (als de school en de bibliotheek gesloten waren) nam ik mijn boeken onder mijn arm en liep bijna drie kilometer de stad uit naar het Kosutnjakpark, waar ik ging zitten lezen in een oud paviljoen vol kapotte stoelen en potvarens. Ik bleef daar altijd tot het te donker werd om nog een letter te onderscheiden, en dan holde ik de hele weg naar de stad terug om weer warm te worden. De tweede of derde keer kwam Milan langs met een heel stel mensen die naar buiten waren gegaan om te picknicken, en toen hij me zag haalde hij me over mee te gaan.

We liepen door het park en verder omhoog, het heuvelgebied in, en toen er mist kwam opzetten, ontstaken we een vuur en zongen allerlei liederen. Een meisje wier naam ik nooit te weten ben gekomen, kwam naast me zitten en nam mijn hand in de hare.

De straten waren al in schemer gehuld toen we terugkwamen.

Bij iedere hoek namen er mensen afscheid, en toen we voorbij de schouwburg waren, bleek ik met haar alleen te zijn. We liepen zonder een woord verder, haar hand op mijn arm om me de weg te wijzen. Ze hield me staande bij het hek van een tuin vol pruimenbomen; erachter stonden twee kleine huisjes waar geen licht uit de ramen scheen. Ze hief haar gezicht naar me op, en ik kon in het halfduister haar ogen zien, en de glans van haar tanden toen ze plotseling glimlachte.

Ik aarzelde, en ze draaide zich om en rende naar binnen.

Ik liep naar de binnenstad terug, onder een donker wordende hemel die zich snel met sterren vulde. Toen werd ik weer omringd door mensen en verkeer, en opeens flitsten de nieuwe elektrische straatlantaarns aan, de hemel werd zwart, en de straat en de huizen sprongen uit hun schaduwen te voorschijn.

Geluiden droegen die avond verder, stemmen waren helderder, er hing een eigenaardige opwinding in de lucht. Ik moest naar mijn schuilplaats in het stro, maar vond het niet erg. Alles hield een belofte in.

Midden in de nacht werd ik wakker en kon niet meer in slaap komen. Er scheen een andere 'ik' door mijn hoofd te spoken. Ik dacht met iets als nostalgie aan mijzelf in Sarajevo, een voorgoed verdwenen heel ernstige jongen.

8

De dag waarop ik bij Trifko zou intrekken, in de Carigradskastraat, was de dag van het krantenknipsel.

We waren vroeg in de avond in de Hoekbar bijeen gekomen. We waren een beetje stil, misschien omdat het nog altijd hetzelfde rusteloze, vreemde weer was, met een scherp blauwe hemel heel hoog boven de stad. Sommigen van ons speelden biljart en anderen zaten in hun schoolboeken te bladeren.

De deur was open gezet, en we konden de geur ruiken van de hopen bloemen die op de markt waren achtergelaten.

Ik zat naar het biljartspel te kijken, in afwachting van mijn beurt om te spelen, toen Cabri binnenkwam. Cabri had toen net een baan bemachtigd als letterzetter; hij was al drukkersknecht. Hij werkte nu iedere dag tot zeven uur. Het was een baan bij een links-liberale krant, maar ze hadden daar net als de andere kranten werktijden van negen uur.

Hij gaf me een envelop. 'Dit interesseert je misschien wel,' zei hij met een vreemde stem.

Er zat een knipsel in uit een in Sarajevo verschijnende krant: ik herkende het lettertype. Ik keek naar de tekening van een besnorde heer, met daaronder een advertentie van een kapper die zijn haarverfkunst aanbeval. Cabri trok het knipsel ongeduldig uit mijn hand en draaide het om.

Een uit Wenen gedateerd bericht. 'Onze beminde Troonopvolger,' las ik, 'Zijne Koninklijke Hoogheid Aartshertog Franz-Ferdinand van Habsburg, zal deze zomer een bezoek brengen aan Bosnië en Herzegovina. Daarmee krijgen deze pasverworven juwelen in de Keizerlijke Kroon de gelegenheid andermaal van hun trouw aan onze regering te getuigen en de boosaardige Servische tongen tot zwijgen te brengen die twijfelen aan de morele eenheid van...' Enzovoort enzovoort. 'Militaire manoeuvres van twee legerkorpsen in Bosnië zullen ieder buurland overtuigen van Oostenrijks kracht en van haar vaste besluit dat Bosnië nooit de Habsburgse monarchie zal verlaten. Deze manoeuvres zullen plaatsvinden op 26 en 27 juni. Onze hoofdstad Sarajevo zal op 28 juni met het aartshertogelijk bezoek worden vereerd.'

'28 juni,' zei Cabri.

Die datum, Vidovdan, Sint-Vitusdag, is de herdenkingsdag van de Slag bij Kosovo. In die veldslag, op de 28e juni van het jaar 1389, werd de Servische middeleeuwse staat door de Turken verslagen en verwoest. Daarmee begon een onderwerping die pas vijfhonderd jaar later (in 1867) in Belgrado eindigde, toen het Turkse garnizoen in de citadel capituleerde; en die in Sarajevo... nooit eindigde, want daar namen de Oostenrijks-Hongaren de macht eenvoudig van de Turken over.

Het is voor een volk misschien ver gezocht, in iedere betekenis van het woord, om van deze dag een plechtig feest te maken, maar dat hadden we nu eenmaal gedaan. Juist omdat ons maar zo weinig geschiedenis restte, was dit de dag om ons aan vast te klampen – zoals de joden nu tweeduizend jaar of meer terug moeten gaan om bij een dag van nationale betekenis te komen. Arme mensen moeten van hun povere schat het beste zien te maken.

Ik keek Cabri aan. Hij was bleek van woede. 'Stel je voor,' zei hij, 'deze man die in alle opzichten onze vijand is, deze man die generaal Varesanin uitkoos voor de pacificatie van Bosnië, zoals hij het noemde, deze man die ten slotte onze hele identiteit zal vernietigen als hij op die troon komt... deze hertog' (hij spuwde het woord uit) 'zal de onbeschaamdheid hebben op onze 28e juni met zijn *Uhlanen* Sarajevo binnen te rijden.'

'Misschien komt hij per trein,' zei iemand. Het knipsel ging nu van hand tot hand.

'Barst, verdomme. Het is geen grap,' mompelde Cabri. 'Nee.'

'Wie heeft je dit gestuurd?' werd hem gevraagd.

'Dat weet ik niet,' antwoordde Cabri. 'Er was geen brief bij, en het adres stond in schrijfmachineletters op de envelop.'

We keken naar het poststempel: Zenica.

'Ik ken niemand in Zenica,' zei Cabri ons.

'De brief zou daar gepost kunnen zijn om de censuur van het postkantoor in Sarajevo te ontlopen.'

'Dat heeft geen zin, want ze hebben het bericht daar zelf gepubliceerd.'

'Het lijkt inderdaad vreemd dat ze 't gepubliceerd hebben, en al zo ver vooruit. Misschien zit er een vuiligheidje achter. Een provocatie, om tegenstanders uit hun tent te lokken.'

Verscheidene anderen waren het erover eens dat het een vals bericht was, met een speciale bedoeling in Sarajevo gepubliceerd. We besloten naar het café van het Hotel Royal te gaan waar ze de *Zeit* hadden, een Weense krant. Alleen ik en een andere student gingen naar binnen, omdat we redelijk goed Duits konden lezen. We bleven daar, elk op één kopje koffie, tot middernacht zitten om alle oude kranten, tot wel een maand en verder terug, door te snuffelen, bijna stikkend in alle Herren Doktoren en Herren Geheimräte, maar we vonden niets over dit bezoek. Toen we buiten kwamen waren de anderen, die hadden gezegd dat ze zouden wachten, natuurlijk al lang weg. Het plein lag er verlaten bij. Ik moest de halve stad door naar mijn nieuwe huis, en toen ik daar kwam, was alles donker, Trifko had me gezegd ervoor te zorgen vóór negenen binnen te zijn, dan zou hij me aan de mensen voorstellen en vragen of ik een sleutel kon krijgen, maar ik had daar helemaal niet meer aan gedacht.

Het leek me onverstandig toe mijn verblijf in dat pension te beginnen door de huisbaas uit zijn bed te trommelen. Ik probeerde Trifko's raam te lokaliseren maar was er niet zeker van, en er was trouwens niets bij de hand om tegen het raam te gooien.

Ik bleef een poosje besluiteloos in de stille straat staan. Ik had me erop verheugd eindelijk weer eens in een echt bed te slapen. Bovendien had Trifko mijn boeken en spullen in zijn kamer. Ik vroeg me af of ik toch maar moest aanbellen.

Ik merkte dat mijn gedachten afdwaalden.

Ik probeerde me dat beroemde gevecht bij Kosovo voor de geest te halen zoals het er moest hebben uitgezien, maar ik kon de deelnemers niet goed gekleed krijgen. Wij verschenen almaar in colberts, met boord en das, terwijl de meeste Turken lange jassen droegen die wapperden in de wind terwijl ze ons achtervolgden – jacquets met zwierige panden zoals ik de sultan had zien dragen op een foto in een geïllustreerd tijdschrift. *Plechtige opening van het nieuwe bordeel aan de Grande Rue in Istanboel. Zijne Doorluchtige Hoogheid Sultan Mohammed VI verwelkomt hier Z.K.H. de Koning van België hoffelijk met de rechterhand terwijl hij met de linker zijn kruis krabt.* Wat waren die satrapen en hertogen en presidenten en andere hoge omes eigenlijk stomvervelend – eerder vervelend en zielig dan gevaarlijk; kon hun toch maar worden geleerd hun agressie op een of andere onschadelijke manier af te reageren, bijvoorbeeld door dagelijkse bezoekjes aan een bordeel of een opiumkit...

Ik ging in de portiek van het pension zitten en doezelde weg met mijn hoofd tegen de muur. Toen de meid tegen het aanbreken van de dag beneden kwam om de deur te ontsluiten ging ik op mijn tenen de trap op naar Trifko's kamer en viel als een blok op mijn nieuwe bed in slaap.

9

Het liep tegen het middaguur toen ik opstond. Het weer was omgeslagen en vuilgrauwe wolken bedekten de hemel. Er stond een bitter koude oostenwind, de beruchte IJzeren Poortwind, die fluitend door de barsten in het vensterglas blies, en ik zag hoe de voorbijgangers er huiverend tegen optornden. Trifko was weg. Ik had het grootste deel van mijn lessen gemist en besloot de rest nu ook maar te laten schieten.

Ik bofte dat ik nu net van die kennel af was en een kamer had die ik de mijne kon noemen. De schoorsteen van de keuken liep door onze muur en maakte die lekker warm. Maar in plaats van in de vensterbank te gaan zitten lezen, waar ik minstens een week lang met immens genoegen naar had uitgezien, ging ik naar buiten om door de straten te zwerven alsof ik nog steeds dakloos was.

Ik herinner me die winderige wandeling, de kale boompjes voor onze school waar ik zonder enige reden langs liep, hun spichtige takken triest in alle richtingen zwaaiend; het stationsplein met de huurkoetsiers en kruiers bijeen gedrongen onder de galerij, met hun rug tegen de wind hun zelfgerolde sigaretten rokend; en de rivieroever waar de woelige golven stuifwater over het pad joegen. Ik voelde diepe liefde voor onze gehavende kleine hoofdstad die een spottend lachje op het gezicht van een bezoeker uit Parijs of New York teweeg zou brengen, en ik bleef lange tijd aan de waterkant staan, kauwend op het broodje dat ik gekocht had, en met tranen in mijn ogen van de wind.

Een paar jaar tevoren was ik meegeweest op een schooluitstapje van Sarajevo naar de Bjelasnicaberg boven het dorp waar mijn broer zijn houtzagerij aan het bouwen is. Toen we uit het bos op de kale rotsgrond kwamen, moesten we over een richel lopen of kruipen. De richel was breed genoeg, maar aan een kant viel de bodem steil weg naar een weiland, zo ver in de diepte dat je niet kon zeggen of de stipjes daar schapen of koeien waren. De oudere jongens zeiden ons dat er niets aan was; de kunst was gewoon voor je uit of naar links te kijken, nooit in de afgrond.

Zo eenvoudig was het natuurlijk niet.

Zodra ze je dat verteld hadden, begonnen al je spieren je hoofd naar rechts te trekken om precies in de verboden richting te kijken. En niet alleen maar met angst; je voelde een vreemde verleiding om in dat dal omlaag te tuimelen, te springen, alsof dat niet de dood zou hebben betekend, maar je bevrijding.

Op die wandeling door heel Belgrado had ik precies datzelfde gevoel. Ik bestudeerde de rivier, ik keek naar de mensen die zich langs repten, naar oude bladeren die door de goot dwarrelden, naar zware schoorsteenrook die door de wind laag over straat werd gejaagd, en al die tijd vermeed ik omlaag te kijken in een soort afgrond naast me. Die was er natuurlijk alleen maar in mijn gedachten, maar ik fantaseerde niet. Ik had precies datzelfde gevoel als toen ik over die rotsrichel kroop.

Er was een leegte naast me, en ik moest me met kracht op de dag om me heen concentreren om er niet naartoe te worden getrokken.

10

Die leegte hield verband met het krantenknipsel. Maar ik probeerde er niet op door te denken, toen niet.

Van alle Servische kranten nam alleen een weekblaadje het bericht van het veronderstelde bezoek van de aartshertog op 28 juni over. Weer was het Cabri die ermee aankwam en het ons voorlas. Bij wijze van commentaar drukte het blad fragmenten af uit een brief van Zerajic, die student in het naamloze graf. Een paar dagen voor zijn dood had Zerajic geschreven dat Sarajevo eruitzag alsof het 'een ten ondergang gedoemde stad was, iedereen buigend, iedereen diep buigend... Met pijn moet ik zeggen dat dit lastering van de historie is.' Dat ging over het bezoek aan Sarajevo door keizer Franz-Jozef, in 1910.

'Oh, ja – ik weet nog hoe ze zijn rijtoer tot op het laatste ogenblik geheim hielden,' zei Djula, 'en toen loodsten ze hem snel door de stad met het halve leger op straat om ervoor te zorgen dat niemand het zou wagen ook maar even in de richting van onze Franjo Josip, Francesco Giuseppe, te spugen.'

Cabri legde het blad midden op de biljarttafel. 'Maar als het waar is,' zei hij, 'dat ze ons nu deze Franz-Ferdinand op ons dak sturen, zal Sarajevo hem moeten tonen dat sommigen van ons zijn opgehouden met buigen.'

'De man haat ons toch al. Wat zou het voor zin hebben? Dat gedaas over trouwbetuiging geloven ze in Wenen zelf niet. Da's allemaal uiterlijk vertoon.'

'Je weet 't nooit,' zei Cabri. 'Onze heersers zijn er meester in om zichzelf met hun eigen woorden te hypnotiseren.'

Djula antwoordde: 'Stel dat je een demonstratie op touw zet; de politie en de soldaten zullen je uit zicht sleuren voordat je goed en wel je mond hebt opengedaan. Franz-Ferdinand zou er nooit iets van merken, en ze zullen hem heus niet inlichten.'

'Maar als hij het hoorde,' zei Trifko, 'of als 't je zou lukken de route te blokkeren die hij...'

'Onmogelijk.'

'En wat dan nog? "Een ordeverstoring door Servische anarchisten." En hij zou een heleboel trouwe burgers zien die hun vuisten naar ons schudden omdat we ze als gastheren van Zijne Hoogheid in verlegenheid hebben gebracht. En daarna zouden we een maand of twee achter tralies zitten.'

'Een jaar of twee,' wierp ik ertussen.

'We zijn nu op dit moment bezig hier in Belgrado iets te bereiken,' zei iemand, 'we maken de mensen politiek bewust. Ik geloof in Masaryks program: "Realistische methoden, werk van dag-tot-dag". Dit is een worsteling op lange termijn.'

'Maar we leven niet op lange termijn,' zei Trifko, 'dat is de moeilijkheid. We leven op korte termijn. Deze zelfde seconde wordt er een man vernederd, verhongert er een kind, wordt een vrouw...'

Hij zweeg.

'We zijn ingesteld op de toekomst,' zei de man die Thomas Masaryk geciteerd had. 'Ons werk gaat boven onszelf uit.'

Cabri had bij dit alles steeds maar met zijn hoofd staan knikken, alsof ieder gesproken woord een eigen gedachte van hem bevestigde.

'Ach wat, gelul!' riep hij opeens uit. 'Ik weet het niet... Moet je horen, deze 20e eeuw van ons heeft nog 86 jaar voor de boeg, we hebben nog meer dan acht eindeloze decennia vóór ons om er als naar een rots pikkende vogels op los te pikken tegen de zelfvoldane hebzucht van onze leidende burgers, en tegen de stomme... stomme stomheid van de rest van ons... oh, God,' eindigde hij, en liep naar buiten.

Ik stond op, dacht erover hem achterna te gaan. Maar net op dat moment kwam hij het café weer binnen en liep naar de biljarttafel om zijn tijdschrift te pakken. Er was voor dit debat begon een spel aan de gang geweest, en de spelers waren nu weer begonnen, en hadden zijn blad weggelegd, bovenop de kachel, die niet brandde.

Dit maakte Cabri op een of andere manier woedend. Hij stond daar met dat weekblad in zijn hand, ogen fonkelend, en toen slingerde hij het met kracht over de tafel zodat de biljartballen naar alle kanten wegrolden. 'Biljarters,' mompelde hij verachtelijk en beende weer naar buiten.

Ik liep achter hem aan, maar toen ik in de deuropening stond en hem het marktplein zag oversteken, volgde ik hem niet.

Wat moest ik tegen hem zeggen? Dat ik zijn reactie begreep? Dat hij een prachtkerel was en dat biljarten niet was wat de tijden vereisten? Het zou een hoogst zinloze toespraak zijn. Ik zou moeten zeggen... maar nee, dat zou ik niet doen. Ik schudde mijn hoofd om een of andere soort paniek af te weren die me bedreigde.

Ik wilde niet tegen Cabri praten.

Ik sloeg de hoek om en ging op weg naar het klooster, maar na een paar huizenblokken wilde ik ook daar niet meer naartoe. Laat dat klooster barsten. Ik had die ochtend vijf dinar in mijn zak gestopt (waar ik een hele week mee zou moeten doen).

II

Toen ik in mijn kamer terugkwam, lag Trifko op bed te lezen. Hij had een aan zijn beddestijl bevestigd stuk touw vastgeknoopt aan het snoer van de lamp, om die van het midden van het plafond naar zijn hoek te trekken. Hij had anders niet genoeg licht om bij te lezen: de huisbaas had er een heel zwakke lamp ingedraaid. Trifko stond op om de knoop los te maken, maar ik zei dat ik het niet erg vond om in het donker te blijven. Ik ging op het bed liggen en staarde naar de zoldering. 'Wat is er met jou?' vroeg hij. 'Niets, hoezo?' 'Je schijnt je ellendig te voelen.'

Ik keek verbaasd op. Ik had gedacht dat ik mijn onbehagen van me af had gezet en dat ik me op een, ik geef het toe, stomme manier heel tevreden voelde, thuiskomend na een maal van vier dinar met de verrukkelijke vetsmaak nog in mijn mond, en de geur en de warmte van het houtvuur in het restaurant kleefden nog aan mijn kleren en handen.

'"Een nevel",' las Trifko hardop. '"Ze zag alles door een nevel, zoals dat mensen gebeurt die zwaar ziek zijn of in de ban van een of andere allesabsorberende, grote gedachte."'

Hij las uit Andreyevs *De Zeven Gehangenen*. '"Ze voelde grenzeloze liefde, grenzeloze begeerte naar grote daden, en grenzeloze verachting voor zichzelf..." Ze was natuurlijk een revolutionaire,' vertelde hij me. 'Ik geloof niet dat ik dat van die verachting begrijp.'

'Nee, dat begrijp ik ook niet. "Grenzeloze verachting"? In ieder geval niet in dat ene zinnetje dat je las. Ik zou denken dat je heel erg in jezelf moet geloven om grote daden te beramen. Als jij het uit hebt, wil ik het graag lezen.'

'Verachting, misschien, voor profiteurs... Je weet wel, zoals de man die uitriep: "Onschuldigen bestaan niet," die Parijse anarchist. Wat je ook doet, het is nooit genoeg, zo'n soort gedachte,' zei Trifko.

'Maar als ze haar hebben opgehangen voor wat ze deed... Wat kun je meer vragen? Ze zijn toch allemaal opgehangen, is 't niet?'

'Zo ver heb ik het nog niet gelezen,' antwoordde hij, 'maar het zal wel. Andreyev haalt geen foefjes uit; hij is geen Nick Carter.'

We hebben dat boek nooit meer naar de schoolbibliotheek teruggebracht. Ik heb er weken mee rondgelopen, en er zijn bladzijden in die ik praktisch uit mijn hoofd ken.

Ik dacht na over dat mysterieuze, smalende meisje, dat ik zag als mijn Sophia, of als de Sophia Peroviskaya die haar voorbeeld was geweest, en ik peinsde over haar drijfveren en haar lot alsof ze niet alleen in Andreyevs fantasie bestond, maar echt was, op en neer lopend in de cel van een tsaristische gevangenis.

Ik concipieerde de boodschap die ik haar zou sturen, die haar met zichzelf zou verzoenen; je gelooft in liefde, zou ik schrijven, je hebt het recht om niet zo streng voor jezelf te zijn. Ik zou niet schrijven over een stil, eeuwig door de zon beschenen, ijskoud universum, maar over een wereld vol hartstochtelijke liefde, geboren uit de eenvoudige ontdekking dat we op deze aarde allemaal zulke verdoolde schepsels zijn, dat als we elkaars tranen niet drogen, er niets meer is om te kiezen of op te hopen.

Als ik hier over nadacht, huilde ik bijna om haar.

Mijn gesprek met Cabri.

Het liep uit op een orgie van gepraat. Plotseling en zonder vooropgezette bedoeling begonnen hij en ik samen lange, vochtige avonden door te brengen in het Kalemegdanpark. We drentelden almaar rond over het pad dat om de fontein heenloopt, kiezels knarsend onder onze voeten en de regen van de bomen op ons neerdruppend, in het donker, met om de dertig meter of zo een lichtkegel van een gaslantaarn. Dan wreven we de zitting van een bank met een mouw droog en gingen zitten, onze benen uitgestrekt, luisterend naar de stilte, en in die stilte overal het geluid van water (behalve in de fontein, die altijd droog stond), en slechts nu en dan de voetstappen van een andere bezoeker, meestal een man met een hond. We volgden ze dan met onze ogen en spraken geen woord tot het duister ze weer had opgeslokt. De aprilregens waren serieus begonnen, en ik heb nu een beeld voor ogen van een aaneengesloten reeks regenachtige dagen en avonden, allemaal aan elkaar gelijk. We zeiden nooit dat we de volgende dag zouden terugkomen, het gebeurde gewoon. Ik zou die bank tegenover de fontein kunnen uittekenen, met het ijzeren onderstel vol tierelantijnen, en het gehavende groene hout waarin tientallen initialen waren gekrast. Wat zou ik daar nu graag willen zitten! Oh God. Oh, oh, barst.

We praatten over het leven, over onszelf, onze ouders (de zijne waren anders dan de mijne; Cabri's vader had alle boeken van zijn zoon verbrand), over de wereld, over actie, en ook over dwaze dingen. We waren niet somber. Het is niet mijn bedoeling die indruk te wekken. Een beetje vaag en weemoedig misschien. Als we praatten over wanneer we graag zouden hebben geleefd, zeiden we allebei: 'Eerder, of later.' Omstreeks 1789, bijvoorbeeld, toen de wereld vol verwachting was, of in een of andere toekomstige tijd, wie weet wanneer, als alles beter zal zijn dan nu.

'We leven in een ijzeren tijdperk,' zei Cabri, 'en er zijn zoveel mensen die zich niet eens realiseren dat we zo niet door kunnen gaan.' En ik keek naar dat vredige tafereel, de avondmist boven de bomen met de gele weerspiegelingen van het gaslicht en vroeg me af : was het werkelijk zo slecht? Ja, dat was het. Ja, dat is het. Een gepleisterd graf.

En dan boog Cabri zich voorover om een handvol kiezels op te rapen en ze een voor een te laten vallen en te proberen ze halverwege de val weg te trappen, en dan mompelde hij bij iedere trap fel: 'Doen! Doen! Daden!' O ja, zei hij, hij begreep mijn denkbeeld van het onverschillige universum volkomen, misschien was dat het antwoord op alles – maar misschien ook niet, en moesten we er niet voor zorgen ons niet het voordeel van de twijfel te gunnen en niet de passieve en makkelijke uitweg te kiezen? 'De geschiedenis bewijst...' zei Cabri, en mijn gedachten dwaalden af.

Op dat moment zag ik duidelijk en, leek het me toen toe, met verbijsterende originaliteit, dat geschiedenis, nationalismen, symbolismen, talen, de mensenrassen, landen, oorlog en vrede, al onze instellingen, kerken, gerechtshoven, parlementen, kazernes, geloofsovertuigingen, taboes, al onze spelregels, inderdaad niet meer waren dan dat: spelregels. Een handjevol organismen, menselijke wezens, levend op een obscure planeet, had louter door het feit van hun wisselwerkingen bepaalde regelmatigheden en berekenbaarheden voor hun kikkervijver, mierenhoop, tot stand gebracht en had de arrogantie gehad deze dingen wetten te noemen. Natuurwetten, voor mijn part. Een kind dat een stuk speelgoed van een ander kind gapt is net zo'n ernstige gebeurtenis die onderzocht moet worden als Napoleons terugtocht uit Moskou, want als we zogenaamd graven in de logica of onlogica van de geschiedenis, rubriceren we alleen maar een miljoen kinderen die bezig zijn een miljoen stukken speelgoed te gappen. We stappen nooit buiten ons eigen kringetje, en dat kunnen we ook niet; dat Latijnse gezegde over 'niets menselijks is me vreemd' is daarom bijzonder vervelend, het is een waarheid als een koe.

'Ben je 't met me eens,' vroeg ik Cabri, die me aankeek in afwachting van het antwoord op een vraag waar ik niet naar geluisterd had, 'dat diepe en eeuwige gedachten en filosofieën noodzakelijkerwijs alleen maar in menselijke wezens kunnen opkomen en dus net zo ondiep en oneeuwig zijn als kiespijn of de drang om te piesen, en vice versa?'

'Jawel,' antwoordde hij onmiddellijk, 'nou, en?'

Nou en, inderdaad.

'Om terug te komen op dat bezoek van de satraap aan Sarajevo,' zei Cabri (hij had die uitdrukking 'satraap' van mij overgenomen), 'ik wil erbij zijn, als het waar is, ik wil desnoods in mijn eentje dwars op de weg gaan liggen, of een kerkklok luiden, of een Servische vlag laten wapperen, iets, alles wat *geen* "lastering van de geschiedenis" is. Het zal zijn als een in een vijver gegooide steen, Gavre, met steeds breder wordende rimpels; het zal een paar mensen wakker schudden, ergens, waar dan ook. Zie je dat niet?'

'Ja, misschien wel,' antwoordde ik.

'Wat bedoel je, misschien wel?'

'Precies dat. Het kan zijn zoals je zegt, of misschien ook niet.'

Het was tegen het slot van een avond toen dit speciale gesprek plaatsvond, dat herinner ik me; de regen was opgehouden, het was koud geworden, en we konden als we praatten onze adem zien.

Cabri stond op, en ik hoorde hem iets zeggen over biljarten. Ik pakte hem bij zijn mouw. Hij draaide zich naar me om en, in die leegte springend, hoorde ik mezelf zeggen: 'Wat ik bedoel is, dat het enige juiste antwoord op zijn bezoek, de enige handeling die er tegen zou opwegen, zou zijn hem te doden.'

Ik weet niet meer wat Cabri antwoordde, maar het was niets gewichtigs. We liepen nog eens om de fontein heen en toen, terwijl we onze kragen opzetten, sjokten we terug naar de stad. Hij trakteerde me aan een kraampje op een kop koffie. We praatten over andere dingen.

13

Hem doden.

De satraap, Franz-Ferdinand, stond aan de rand van een grote open ruimte in het bos. Het terrein was heuvelachtig en hij keek omlaag in de blauwige nevel van de boomgrens. Alles in het blikveld was blauw, groen of bruin, en hij was zich daarvan bewust en ermee ingenomen. Hij zag zichzelf in de allereerste plaats graag als jager. Het is goed om in een blauw-bruin-groene wereld te zijn, dacht hij; er is geen behoefte aan andere kleuren, behalve heraldisch voor ons geel en rood. De Hongaren, die alles verkeerd doen, hebben groen in hun heraldiek, en juist daar hoort die kleur niet thuis. Mijn voorouders waren bosmensen, blank vlees in een groene zuivere wereld, en een ander ras dan de nomaden van de stoffige, rode vlakten, barbaren, zigeuners, zwervers, plunderaars. Je overdrijft, hield hij zich toen met een lachje voor. Mijn vader zei altijd, ons rijk is zeven steden in een oceaan van barbarisme. Eigenlijk maar drie. Zelfs Salzburg stond me nooit aan. Maar god zij dank zijn het niet alleen maar steden, zoals Engeland, of zoals Amerika weldra zijn zal. Drie steden in een jachtreservaat van 650.000 vierkante kilometer; dat is een gelukkiger omschrijving. Als ik door de straten van Wenen word gereden, ben ik in een kunstmatige situatie; spanningen, vijandige krachten zijn overal aan het werk. Als ik hier sta, ben ik op mijn natuurlijke plaats. Ik ben deel van de schepping, maar ik heb heerschappij over ieder levend wezen erin, zoals God het beschikt heeft. Alleen joden voelen zich thuis in steden.

De barbaren jagen op andere dieren. Ze plaatsen dier tegenover dier, valk tegenover reiger, hond tegenover beer. Ik houd zelfs niet van honden; ik ben mens; en ik ben alleen.

Ik dood dieren, maar met genoegen en zonder haat; ze worden gedood, maar zonder opstandigheid. Ik dood, maar ik houd ook in stand, zoals juist dat woord het zegt. De natuur kan alleen maar zijn toevertrouwd aan hen die haar bezitten, die het land bezitten.

Hij voelde bij die gedachte een vreemde tederheid in zich.

Zijn wapendrager overhandigde hem zwijgend zijn Mannlicher-geweer. Het geritsel van bladeren en het geluid van stokken tegen boomstammen waren hoorbaar geworden, wat betekende dat de drijvers opnieuw de rand van de open ruimte naderden. Hij schouderde zijn geweer, blij met dit ogenblik van koele aanraking van het metaal tegen zijn wang, de vage geur van wapenolie, en het geruststellende gevoel van het besneden hout van de kolf. Dat was de sublieme opwinding van elk schot, hard hout en staal aan de ene kant, zachte huid, weefsel, aderen en bloed aan de andere kant. Een gems stond roerloos onder de bomen, bijna onzichtbaar tussen het struikgewas, aarzelend om die open ruimte binnen te gaan. Zijn wapendrager keek hem aan, maar hij schudde even zijn hoofd, want het was een hinde. Toen, terwijl de drijvers dichterbij kwamen, stoof de hinde uit dekking en snelde over de open ruimte, gevolgd door nog twee hinden en een gemsbok. Luchtig vuurde de jager beide lopen af, zo snel dat één enkel ogenblik beide kogels in vlucht waren. De eerste trof de gems in zijn oor, nauwelijks een spoor van inslag achterlatend, vloog door zijn hersens en stuitte tegen de wand van de schedel. Hij was dus al over de grens van de dood toen de tweede kogel in zijn nek drong, de slagader doorboorde, en nogmaals door de huid scheurde, nu met minder snelheid en dus een grotere wond veroorzakend, om dertig meter verderop met een boog tegen de grond te slaan. Het dier zakte door zijn voorpoten en rolde toen opzij. De drijvers kwamen tevoorschijn, drie mannen, en bleven staan in afwachting van verdere orders.

De jager gaf zijn geweer aan de drager terug, en ze staken de open ruimte over om de prooi te bekijken. De drager pakte zijn mes om de testikels van het dier, die het vlees muskusachtig doen smaken, uit te snijden, maar de jager schudde zijn hoofd. 'Laat maar,' zei hij, 'dit is een te mooi exemplaar; ik wil niet dat hij opgegeten wordt. Misschien laten we hem opzetten, het hele beest; de kinderen zouden dat mooi vinden.'

Neerknielend tilde hij de kop van het dier op en keek er aandachtig naar. 'Een mooi beest,' herhaalde hij, terwijl hij de kop weer op de grond liet vallen. Hij veegde zijn handen aan het gras af. 'Ik geloof dat hij de laatste hier was,' zei hij tegen niemand in het bijzonder, en liep terug naar de jachthut. Daar bescheen de zon het grasveld, en hij besloot zich buiten een drankje te laten serveren. Hij schudde zijn hoofd toen zijn knecht verscheen om zijn laarzen uit te trekken. Hij legde zijn voeten op een tafeltje en sloot zijn ogen, zich koesterend in het warme zonlicht, en begon in gedachten zijn dagelijkse brief aan zijn vrouw op te stellen.

14

Is het leven of de dood van enige man of vrouw ooit beslissend? Zijn het, in plaats daarvan, niet diepe onzichtbare stromingen die ons voortdrijven? We hadden daar doelloze discussies over in de dagen van onze geheime schoolgroep. Hoe Tolstoj gezegd had dat niet Napoleon, maar het volk Europa naar Waterloo had geleid en hoe Marx zelfs nog drastischer was. Dan was er altijd wel iemand die vroeg waarom Marx dan de moeite had genomen om te schrijven.

Was Franz-Ferdinand belangrijk als een *leven*? De aartshertog die na hem voor opvolging in aanmerking kwam, werd geacht een minder boosaardige persoonlijkheid te hebben. Maar welk verschil zou dat uitmaken? Een subtiele tirannie is erger dan een wrede, en duurt langer.

Of, als al deze mannen alleen maar marionetten waren die aan de draden van het lot bungelden, zouden we ons geen donder van hen moeten aantrekken. Misschien alleen maar medelijden voelen.

Wat ik tegen Cabri zei had met dat alles niets te maken gehad. Ik had, toen ik Cabri's krantenknipsel las, onmiddellijk geweten dat er geen enkele waardigheid in enige actie zou zijn behalve stilte... of dood. Al die andere plannen zouden schooljongensromantiek zijn, een zelfzuchtige, pijnlijke janboel. Bij dat Judasmaal in Sarajevo zou je verstek moeten laten gaan, of de tafel omver moeten gooien.

Als de satraap zou sterven door op onze 28e juni voet in onze hoofdstad te zetten, zou die mist uiteen worden gescheurd waarin hij de verlichte despoot speelde en wij de trouwe burgerij. Het zou misschien zelfs een paar van die lieden die er al sinds lang een gewoonte van hadden gemaakt om hun kleingeestige tirannie te bedrijven in de schaduw van die kolossale tirannie angst inboezemen.

Tirannenmoord. We waren in oorlog. Door in Bosnië zonder recht geweld te gebruiken, had hij zich in staat van oorlog met Bosnië gebracht.

Dat is van John Locke.

Na Zerajics dood waren tientallen boeken verwijderd van de planken in de schoolbibliotheek. Op een dag vonden we een stapel van die boeken in een kelderkast, gewikkeld in papier waarop geschreven was: 'Portier! Ter vernietiging.' We haalden die boeken weg en constateerden dat ze tirannenmoord aanprezen, Locke, Schiller, en zelfs een jezuïet, Mariana. We waren geïntrigeerd, maar niet bijzonder onder de indruk. De gewelddadigheid van onze oude wereld, dagelijks als patriottisme gepredikt, was hier in subtielere vorm terug. De Duitse dichter en zijn *Wilhelm Tell*, loofde hij niet het enige soort patriottisme dat mogelijk is eer er een vaderland is? Zou hij zijn *Tell* nu hebben geschreven, in het Berlijn van 1914?

Onze rebellie op de middelbare school van Sarajevo was iets anders geweest. Daarbij was het om niets minder gegaan dan verandering van een wereld die we verwierpen, om niets minder dan de dood. Die rebellie was juist gericht tegen al die schoolboekhelden die zo grif bereid waren om te doden.

We waren blij geweest dat onze geschiedenis er een van slachtoffers was en dat onze nationale herdenkingsdagen nederlagen herdachten.

We zijn misschien vermoeiende onvolwassenen geweest, 'idealisten', zoals een krant in Sarajevo in een hoofdartikel geschreven had, tussen aanhalingstekens, om er een smerig woord van te maken. Zelfs zagen we onszelf soms ook zo.

Maar we wisten dat we wisten. Zodra je eenmaal hebt gezien dat een schaduw een schaduw is en geen konijn kan niemand je van het tegendeel overtuigen.

We hadden een filosofieleraar die ons een voor een vroeg of we honderd onschuldige Chinezen zouden doden als we dat van een afstand en zonder vrees voor straf zouden kunnen doen en er een miljoen kronen voor zouden krijgen.

Hij was een domme man.

Het ging hier om een groter probleem: kon een moord, zelfs op een boosaardige satraap, een revolutionaire daad zijn?

En ik? Waar was mijn plaats in dit alles?

Ik trok een verticale lijn op een stuk papier en schreef boven de linkerkolom: 'Zwijgend universum.' En boven de rechter: 'Broederlijke liefde.'

Ik schreef in de linkerkolom: 'Het is te makkelijk om mijn geloof in de absurditeit van de dingen een excuus te laten zijn.

Twee soorten wanhoop. De kosmische is een luxueuze wanhoop. Waardeloos. De wanhoop van de boeren van Bosnië is iets anders. En als ik werkelijk in mijn zwijgend universum geloof, dan zou niets me bang kunnen maken, geen vooruitzicht van wat dan ook op aarde. Anders is mijn filosofie weifelend. Des te meer reden dus om die niet als een uitweg te gebruiken.'

Onder 'Broederlijke liefde' schreef ik: 'Doden – uit liefde voor mijn medemensen?'

Ik wist niet wat ik daar anders zou moeten schrijven.

15

Op weg naar school kwam ik langs een oploop in een zijstraat. Ik hoorde een dame zeggen: 'Er is een vreselijk ongeluk gebeurd.' We gingen vroeger nooit naar dat soort dingen kijken, dat beschouwden we als ziekelijk en beneden onze waardigheid. Maar nu bleef ik staan.

We hadden zoveel gesprekken over gewelddadigheid waarbij alle gebruikelijke dingen werden gezegd. Maar Milan, die een oorlog had meegemaakt, had nooit zijn mond over dat onderwerp opengedaan.

Ik dacht, dit is een proef, en daar moet ik doorheen.

Ik draaide me om en drong me door een kring toeschouwers.

Een jongeman was door een auto overreden. Hij lag op de natte keien, roerloos, met zijn hoofd op een opgevouwen jas. Zijn breedgerande vilten hoed lag naast hem. De chauffeur en alle anderen stonden daar maar om hem heen en staarden.

De smalle wielen van de auto waren over zijn onderlichaam gegaan, waarin de voor- en achterwielen twee afzonderlijke groeven met bijna scherpe hoeken hadden gemaakt. Er was geen bloed te zien: de stof van zijn broek was in de wonden gedrukt. Zijn gezicht had een afgrijselijk groene, onmogelijke kleur.

Ik vervloekte mezelf omdat ik me zwak voelde, en terwijl ik naast de man neerknielde, zei ik hardop dat we zijn kleren zouden moeten lossnijden. Ik pakte een schaar aan die een dame uit haar handtas haalde, en knipte voorzichtig zijn broek boven de knie open, zonder aan de stof te trekken. Het bloed had zich in de broek opgehoopt, en gutste nu naar buiten, onder een gesmoord 'Oh' van de toeschouwers. Ik stapte over het lichaam heen en dwong me het andere been onderhanden te nemen. Een stem zei: 'Dat doe ik wel,' en een man met een dokterstas knielde naast me en trok de stof uit de wonden: 'Hij is niet dood,' riep hij over zijn schouder, 'en we kunnen hem zo niet vervoeren. Geef me verband. Ben jij medisch student?' vroeg hij me.

Ik dwong mijn ogen zich te concentreren. Dikke, rode randen krulden van die open wonden naar buiten, en daartussen was een purperen massa zichtbaar van vliezen en ingewanden. 'Blijft hij in leven?' vroeg ik de dokter. 'God, nee,' zei hij, 'de aorta is opengescheurd. En moet je die troep zien,' en hij wees naar iets lillends. De drom mensen maakte ruimte voor een man met een grote rol verbandgaas, en ik stapte opzij en liep weg. Zweet parelde over mijn voorhoofd, en ik moest slikken om niet over te geven. Dat groene gezicht van een man die nog maar een paar minuten geleden over ditzelfde trottoir had gedrenteld, misschien plannen makend voor deze dag, of voor zijn zomervakantie, of voor zijn leven. 'Zo ziet de dood eruit,' fluisterde ik. Ik voelde me niet sterker door mijn proef, maar zwakker. Misschien moest het zo zijn.

16

Die avond gingen Trifko en ik naar het Café Royal om de kranten te lezen. Hij had vriendschap met de oberkelner gesloten. Eenmaal per week hielpen we een handje in de biljartzaal en daarna kregen we gratis koffie aan de leestafel in het café. Ik had Cabri in de Hoekbar achtergelaten. Nadat die woorden 'hem te doden' waren uitgesproken, waren hij en ik in stilzwijgende overeenkomst niet meer naar het park teruggegaan.

We hadden het ons kunnen veroorloven onze koffie te betalen, denk ik, maar op deze manier was het veel leuker. We konden uren blijven zitten zonder door een kelner te worden aangestaard.

'Wat hebben jij en Cabri bekokstoofd?' vroeg Trifko me.

Ik vroeg me af wat ik moest antwoorden. Het zou stom zijn om geheimzinnig te doen, maar nog erger te riskeren dat Trifko ergens bij betrokken werd. Daar was hij echt te jong voor.

'Goeie God!' zei Trifko.

Op de voorpagina van de *Zeit* van die dag, of in ieder geval van het laatst binnengekomen nummer, stond het bericht van het keizerlijke bezoek aan Bosnië en Herzegovina, compleet met een foto en een kaartje.

Trifko's Duits stelde niet veel voor, maar hij herkende de sleutelwoorden natuurlijk, en hij scheurde het bericht meteen met zijn koffielepeltje uit de krant. Hij schoof het naar me toe; we stonden allebei op hetzelfde moment op om weg te gaan. De geanimeerde stemmen in het lokaal, en al die kranten en geïllustreerde weekbladen die we zo graag hadden willen lezen, leken nu weerzinwekkend.

Terug in onze kamer schreef ik een vertaling van het bericht, en toen begonnen we er allebei afschriften van te maken. Waarom wisten we niet precies. Om iets met die bedorven uren te doen. Net zo zeker als macht, is machteloosheid gif in de oorspronkelijke betekenis van het woord, het vreet aan je.

17

Toen ik bij het eerste ochtendlicht wakker werd, regende het weer of nog steeds. Ik had een massa huiswerk, maar ik zat in de vensterbank alleen maar naar de tekst van een van die verdomde oorlogen van Livius te staren. Mijn eerste dag op het gymnasium in Sarajevo was ik zo trots geweest, dat ik mijn Caesar zo droeg dat iedereen de titel *De Bello Gallico* kon zien. Dat was lang geleden. Nu kwam mijn beste moment met Livius toen ik me realiseerde dat ik op een grote homp brood zat, overgebleven van de vorige dag. Erop kauwend, ging ik naar buiten. Trifko sliep nog.

Om elf uur die ochtend, toen we voor de laatste les van lokaal wisselden, pakte ik in een opwelling mijn spullen bij elkaar en glipte het gebouw uit. De school was benauwd en warm geweest, en het was een genot om buiten op straat te zijn, waar een frisse wind stond, met alleen maar af en toe een vlaag regen. Ik ging op weg naar het regeringsgebouw waar Milan als ambtenaar werkte. Ik was daar voor twaalven, maar de portier vertelde me dat ze al waren gaan lunchen. Hij wees me de weg naar een café waar Milan en zijn collega's altijd aten.

Daar binnen, in een nevel van tabaksrook en wasemende regenjassen, luide stemmen, kelners die borden opstapelden, duurde het een poosje voor ik hem ontdekte aan een tafeltje met twee andere mannen. Hij zag me op hetzelfde moment ook en wenkte me naar zich toe. 'Ik kwam je om raad vragen,' zei ik, 'maar je was net weg. Wanneer...' 'Eet wat met ons mee,' viel Milan me in de rede, 'daarna kunnen jij en ik een eindje gaan wandelen.' En hij stelde me heel formeel voor aan de twee mannen die op zijn afdeling werkten. Ze praatten over kantoorroddeltjes en ik deed geen poging aan het gesprek mee te doen; ik had het gevoel dat mijn komst daar Milan in verlegenheid had gebracht, ofschoon hij een te aardige man was om het te laten merken. Ze begonnen toen over politiek, en al luisterend vond ik die mannen sympathieker dan ik op een of andere manier van hun uiterlijk zou hebben verwacht. 'We zitten allemaal in hetzelfde schuitje,' zei Milan op een soort geruststellende manier, zich tot mij richtend.

Ik glimlachte tegen hem. Ik had echt geboft, met mijn groepje vrienden in Belgrado. Ik tobde er niet langer over of het wel goed was geweest om Milan op te gaan zoeken.

'Andreyev wordt dus nog steeds gelezen,' zei een van zijn collega's half vragend, met een blik naar mijn boek.

'Waarom "nog steeds"?' vroeg ik.

'Zijn stijl is zo ouderwets. De nieuwe Russische roman-schrijvers zijn zoveel beter.'

'Ja, goed geschreven is het werk van Andreyev niet,' voegde de andere man eraan toe.

Ik trok mijn schouders op, maar toen ik Milans spottende blik naar ons alle drie zag, besloot ik het daar niet bij te laten. Verbaasd over mijn eigen heftigheid, haalde ik me Andreyev (die ik natuurlijk niet kende) voor de geest als kwetsbaar, dank-baar voor mijn verdediging, en ik herhaalde: 'Niet goed ge-schreven? Wat zegt dat? Dacht u dat we Andreyev lazen zoals een dikke man van zijn maal smult? Om onze zinnen te stre-len? Dacht u dat we boeken lazen om gevleid te worden? Om on-ze eigen dierbare emotietjes te herkennen?'

'Wat is daar voor verkeerds aan?' vroeg Milan.

'Kan niet schelen. 't Is ons daar niet om te doen, dat is alles. We zijn niet meer geïnteresseerd in rentenierende heren en da-mes die hun hogere gevoelens analyseren.'

'Ik houd van hogere gevoelens,' zei een van de mannen droog-jes. 'Ik heb grote bewondering voor de beschaving die bijvoor-beeld op dit moment in Parijs belichaamd is, een voorbeeld voor ons Slaven, een magische kring van poëzie en kunst, en con-certmuziek, en *belles lettres.*'

'Daar heb ik ook bewondering voor,' antwoordde ik, 'maar de prijs ervoor is belachelijk. Er moeten stakers neergeschoten, koelies afgetuigd, mijnwerkers vergast en Marokkaanse dorpen platgebrand worden, alleen maar om die magische kring te creë-ren van keurig geklede mensen die in beschaafde vervoering naar Bizet luisteren.'

'Hmm,' zei een van de mannen, en de ander keek al net zo on-gelukkig. Er viel een stilte en ik voelde me verplicht door te gaan.

'Het is niet mijn bedoeling dat dit klinkt als het gepraat van een fanatiekeling. Ik bedoel niet dat ze uw schone letteren zouden moeten verbieden of verbranden.'

'Da's erg aardig van u.'

'Begrijpt u 't dan niet,' zei ik, 'het is gewoon niet meer interessant. Die verheven eigenwaan die nodig is om, ten eerste, die schone letteren van u te produceren en, ten tweede, ze te waarderen, was honderd jaar geleden van belang, toen de mensen nog maar net bezig waren zich zelf als individu te ontdekken. Maar nu is dat anders. Niet omdat menselijke vreugde en verdriet, individueel, niet belangrijk zijn, maar omdat er om zo te blijven schrijven iets aan je moet ontbreken. Anders zouden de verschrikkingen van deze wereld je niet zo grondig kunnen ontgaan. Maar wie wil er nu beschrijvingen van de wereld, of wat ook, van een waarnemer aan wie iets ontbreekt?'

'Hmm,' zei de eerste man weer.

'Bent u schrijver?' vroeg de tweede man, met verbazing op zijn gezicht.

'Hij is een middelbare scholier,' antwoordde Milan namens mij.

'Oh,' zeiden ze allebei tegelijk.

18

Milan en ik gingen in noordelijke richting op weg over de Avenue, tegen de middagstroom in van mannen die naar hun werk terugkeerden.

'Vertel me nu maar eens waarom je ons hier college kwam geven, in plaats van op school te luisteren naar...' begon Milan.

'Oh, verdomme! Heb ik je in verlegenheid gebracht?'

Milan legde zijn hand op mijn schouder. 'Ik maak maar een grapje. 't Beviel me wel. Ik heb vaak gedacht dat er aan die twee iets ontbrak. Waar zullen we over praten, om te laten zien dat wij anders zijn?'

Ik was blij met die aanloop. 'Over wapens,' zei ik met enige ernst.

Ik wilde me niet verder binden dan tot een onherroepelijke grens. Ik wilde vaag blijven. 'Stel dat er een plan was om iets of iemand aan te vallen, een politieke aanval, natuurlijk. Zou daar hier hulp voor zijn, in wapens, of geld?'

'Natuurlijk niet,' antwoordde Milan prompt.

Ik was van mijn stuk gebracht. Ik had van hem verwacht dat hij vragen zou stellen en mijn gezicht zou bestuderen, goedkeurend of afkeurend, maar in ieder geval belangstellend. Maar ik realiseerde me ook dat er andere gevoelens met mijn teleurstelling vermengd waren. Misschien, zei ik bij mezelf, ben ik laf genoeg om op tegenwerpingen en obstakels te hebben gehoopt.

Milan leek niet geneigd er verder op door te gaan, maar toch zette hij onze wandeling voort, steeds verder weg van zijn kantoor.

'Waar had Zerajic zijn revolver vandaan?' vroeg ik ten slotte.

'Dat weet ik niet. Niet uit Servië, daar ben ik zeker van.'

'En jij bent die man die de vorming van een geheim leger hier voorstaat'

'Een leger, ja,' antwoordde Milan resoluut. 'Maar wat jij zei, klonk meer als banditisme, of wat marxisten avonturisme noemen.'

Ik zuchtte en bleef staan. 'Ik loop met je mee terug naar je kantoor,' zei ik.

Milan keek me aan. 'Hoor eens, vriend,' zei hij toen, 'jij weet net zo goed als ik dat Servië in deze verrukkelijke, door grote mogendheden beheerste wereld, op de wip zit. We hebben ons, dankzij niemand, van de Turken bevrijd, en de Oostenrijkers zouden ons nu graag opslokken. Na Bosnië zijn wij aan de beurt. Da's de reden waarom de Engelsen het heel best vonden toen wij onder het juk van de heidense Turken zaten in plaats van op eigen benen te staan, ofschoon ze christelijk zijn dat 't hun oren uitkomt. Er is geen belangengemeenschap tussen een klein landje en een grote mogendheid, net zomin als tussen een arme man en een rijke man.'

Ik zei: 'Ik snap niet waar je heen wilt.'

'Als er een kiezelsteen tegen het raam van die vuile ouwe schoft, de keizer Franjo Josup, wordt gegooid en ze kunnen bewijzen dat het een Servische kiezel was, zouden ze dat gebruiken als excuus om deze natie de duimschroeven aan te zetten en er tegen in oorlog te gaan. Ik persoonlijk geloof dat ze dat toch wel zullen doen, en er staat hun misschien een verrassing te wachten als ze dat doen. Maar het is van beslissend belang dat we ze geen excuus geven. Het is onze enige kans om de anderen welwillend neutraal te houden. Vooral die Duitse Kaiser met die piek op z'n helm, z'n reservepik zoals we in het leger zeiden.'

We begonnen aan de terugweg naar het regeringsgebouw.

'Ik weet dat je geen agent-provocateur bent,' ging Milan verder. 'Nee, dat weet ik niet. Ik ben bereid er m'n leven voor op het spel te zetten, maar ik kan er niet op zweren. Ik kan niet zweren dat jij er niet op uit bent de Serviërs mee te sleuren in een of ander geraffineerd Weens slagroommoeras van dubbelhartigheid. Dus je ziet...'

'Stel nou,' onderbrak ik hem, 'let wel, ik bedoel alleen maar in theorie, gewoon in principe, stel dat iemand je vroeg hem die handgranaten van je te geven. Ze liggen op je kamer onder je bed. Nergens voor nodig om iets te zweren, tegenover niemand.'

Milan dacht daar over na. 'In principe is het antwoord ja,' zei hij ten slotte, 'in de praktijk zou ik het sterk afraden. Die granaten waren al niet al te best toen ze kersvers uit het arsenaal kwamen. We hadden er altijd wel een op de vier of vijf die niet afging. Of te gauw afging, wat nog erger is. In gevecht, als een heel bataljon een buitenpost aanviel, beantwoordden ze wel aan hun doel. Maar voor wat jij in je hoofd schijnt te hebben, zouden ze verschrikkelijk riskant zijn. En ze liggen nu al een jaar in die kist. Hoewel...'

We waren bij het toegangshek van Milans gebouw gekomen. Iedereen was al naar binnen en het was er erg rustig. De portier die me de weg naar het café had gewezen, was bezig het binnenplein te vegen. Toen hij ons samen zag staan, knikte hij om het succes van zijn aanwijzingen te bevestigen, en ik knikte naar hem terug.

'Zeg, weten die mensen voor wie je "in principe" praat, hoe ze met handgranaten moeten omgaan?' vroeg Milan zacht.

'Nee.'

'Kunnen ze met een pistool schieten?'

'Nee.'

Milan lachte. 'Als jij een agent-provocateur bent, ben je wel een verschrikkelijk slechte. Maar ik moet nu naar binnen, anders krijg ik m'n congé.'

'Ja. Bedankt voor de soep.'

'We praten er nog wel eens over,' zei Milan, en voegde er onverwacht aan toe: 'Ik ben trouwens een erg goeie wapeninstructeur.'

19

En al meteen de volgende avond nam Milan me in de Hoek-bar apart.

'Zeg die mensen waar je het gisteren over had, die theorie-mensen, morgen om vijf uur naar het Kosutnjakpark te komen, bij de noordelijke ingang.'

Toen ik er kwam, was Milan er al. 'Ben jij het totaal van alle theoriefiguren?' vroeg hij.

'Wat gaan we doen?'

'Zul je wel zien.'

Milan ging voorop, snel voortstappend, over een drassig gras-veld, tot we in een verwaarloosde hoek van het park kwamen. Hier waren de bladeren niet geharkt, een gevallen boom lag midden op het pad te rotten, en er waren overal ophoginkjes, molshopen of zo. 'Kijk naar die eik,' zei Milan, en hij wees naar een dode boom met een korte, vreemd gevormde stam. 'Zie je wel, 't lijkt net een man. Kom hier staan en probeer het.' En hij stak zijn hand in zijn zak en haalde een pistool te voorschijn. 'Duw de pal om. Mooi. Stevig vasthouden, kijk, zo. Mik op de boom, en haal de trekker over.'

Ik deed wat hij zei, er kwam een knal, en het pistool maakte een venijnige sprong in mijn hand zodat ik het bijna liet vallen.

'Dat leek nergens op,' zei Milan. 'Nog eens.'

Ik hield het wapen die keer beter vast, en vuurde verder. Na vier keer kwam er alleen maar een klik. Ik nam het pistool in mijn linkerhand en schudde de pijn uit mijn rechter.

'Er kunnen zes kogels in,' zei Milan, 'maar we stoppen er nooit meer in dan vier. Als je de veer te veel samendrukt, ko-men de kogels niet recht uit het magazijn en kunnen ze vastslaan als ze in de kamer worden geschoven. 't Is niet zo'n erg nieuw pistool. Ik zal je laten zien hoe het ding werkt.'

'Wat betekenen die f en s?' vroeg ik.

'"Feuer" en "Sicher". Da's voor de stand van de veiligheidspal. Het is een Browning, maar het ding werd voor het Duitse leger gemaakt, daarom staat 't er in het Duits op. De eerste kogel wordt in de kamer gebracht door dit deel met een hand naar achteren te trekken, kijk, zo. De rest gaat er automatisch in, door de terugstoot. Hier heb je er nog vier. Stop ze er maar in, en laat nu eens zien dat je die boom kunt raken. Richt langs de loop, probeer niet te schieten als een bandiet. En kijk, alleen als de haan gespannen is, als je een kogel in de kamer hebt gebracht, is deze metalen punt omlaag en 't vizier vrij. Je kunt 't dus altijd zo zien.'

Die middag raakte ik de stam een paar keer van ongeveer veertig meter afstand, en Milan schoot iedere keer raak. We gingen door tot het donker werd.

'Overmorgen komen we hier om dezelfde tijd terug,' zei Milan. 'Ik moet 't pistool bij me houden, heb ik beloofd.'

En zo, zonder dat me gevraagd was waar het allemaal om ging, en zelfs zonder dat mijn eigen besluit scherp vaststond, begon ik mijn pistoolschietoefeningen in het Kosutnjakpark, dezelfde plek waar de Serviër Michael iii een halve eeuw tevoren op instigatie van Wenen in een hinderlaag was gelokt en vermoord.

De volgende keer dat we daar waren, vroeg Milan opnieuw: 'Ben jij de hele theoriegroep?' En toen ik begon te lachen, zei hij: 'Dat is niet goed. Denk er nog eens over na. Als het iemand ernst is met een actie, welke actie dan ook, heb je reserves nodig, mensen om op terug te vallen, om het risico te verdelen en de kansen gunstiger te maken.'

Ik had daar al over nagedacht, maar ik wachtte nog af. Zo lang het alleen nog maar een gedachte van me was, kon ik alles doen of laten. Zodra ik verder ging dan dat, moest ik verdomd zeker van mezelf zijn.

Die middag raakte ik de boom drie van de acht keer.

We wilden het toen van verderaf proberen, maar we hoorden stemmen en besloten weg te gaan. 'Maandag komen we terug,' zei Milan, 'zaterdagmiddag en zondag zijn te riskant.'

In de Hoekbar vroeg Djula me plotseling: 'Waarom snuffel je telkens aan je hand? Het is een weerzinwekkend gezicht.' Ze lachten allemaal en ik bloosde, maar gaf geen antwoord.

Ik had me niet gerealiseerd dat ik dat deed. Mijn hand rook naar kruitdamp, een vreemde verontrustende geur. De geur van slagvelden. Of misschien verbeeldde ik het me alleen maar.

20

Toen ik onze boom met bijna elk schot van veertig meter afstand raakte en met de helft van mijn schoten op zestig meter, liet Milan 't me hardlopend proberen. Het was moeilijk, maar ik plaatste een paar treffers. Hij deed twee pogingen en raakte de boom de tweede keer. Daarna gingen we op een rots zitten, waar hij me liet zien hoe ik de Browning moest schoonmaken. 'Je kan 'm nu houden,' zei hij. 'Vergeet niet, je kan 'm me gewoon teruggeven en niemand zal je vragen waarom. Maar zorg er alsjeblieft voor dat niemand 'm te zien krijgt.'

Hij laadde het pistool en gaf het me. Ik stopte het in mijn hemd, de loop stevig onder mijn broekriem. 'Ik zou nog wel wat meer patronen kunnen bemachtigen,' ging Milan verder, 'en misschien nog een tweede pistool. Ook een paar goeie handgranaten, als we die nodig hebben. We kunnen daar moeilijk mee oefenen, maar ik kan je uitleggen hoe je ze moet behandelen.'

Ik bedankte hem.

Een vreemd gevoel, om door de stad terug te lopen met het metaal tegen mijn huid. Een gewapend man. En dit was Belgrado. Hoe zou dat binnen de Oostenrijkse grens voelen!

Ik legde de Browning onder mijn matras, weggestopt in een sok. Te weten dat het wapen daar lag, dat ik in staat was het te gebruiken – ik kon de kracht van de terugstoot nog in de spieren van mijn hand voelen – was zoiets als een nieuwe proef te hebben doorstaan.

Ik was bezig een trap te beklimmen; ik zag het als een breed marmeren bordes, zoals op de afbeelding van een Romeinse tempel. Het verkeersslachtoffer was één tree omhoog geweest. Tegen de aanblik van die man opgewassen te zijn, bedoel ik. Dit was een tweede tree.

Nu kwam er een rustpunt in mijn leven. Een pauze. Ik keek weer om me heen, hoorde de leraren op school, studeerde, en zwierf in de langer wordende avonden door de straten. Er schenen overal trouwpartijen te zijn, en bijna iedere avond liep ik langs de tuin van een restaurant waar bruiloftsgasten op de oostelijk-orthodoxe manier in een kring dansten.

De zon ging steeds verder in het noorden onder, over de golvende vlakte die door de Oostenrijkers Szeben wordt genoemd maar eigenlijk Srem heet, achter de Sava. Iedere avond ging de zon in bloedrode wolken onder, nog lang daarna in het water weerspiegeld. Waarna de Oostenrijks-Hongaarse lichtjes van Zemun door de donkerblauwe schemering langs de horizon begonnen te twinkelen.

Misschien was ik me gewoon meer van die lente bewust. De

lucht was zo zoel, en alles had iets verleidelijks, alles wat vrouwelijk was iets liefs.

Daarom, om die betovering te verbreken, wachtte ik niet langer.

Ik nam Cabri weer mee naar onze parkbank, en voordat ik een woord gezegd had, vroeg hij: 'Heb je iets uitgebroed voor 28 juni?'

'Ja.'

'Om hem te doden?'

'Ja.'

'Kan ik met je meedoen?' vroeg hij.

'Dat wou ik je juist vragen. We moeten erg zeker van onze zaak zijn.'

'Trifko wil ook meedoen,' zei Cabri. 'Hij vermoedde iets.'

'Ik mag hem erg graag,' antwoordde ik, 'maar hij is nog zo jong. Ik was van plan Djula te vragen – dat wil zeggen, als jij en ik besluiten dat we er nog een derde bij moeten hebben.'

'Maar Trifko weet het eigenlijk al,' zei Cabri, 'en hij is niet te jong. Hij is zo koelbloedig als een ouwe generaal.'

Cabri stond op en streelde de ruwe steen van de fontein. ''t Kost ons misschien het leven,' merkte hij op.

'Geloof je dat we 't recht hebben om te proberen deze man te doden?' vroeg ik.

'Ja. Jij niet?'

'Ik weet 't nog steeds niet,' antwoordde ik.

'Weet je aan wapens en geld te komen?'

'Wapens, ja,' zei ik hem. 'Geld, dat weet ik nog niet.'

'We verzinnen wel iets,' zei Cabri. 'We moeten ook proberen vergif te krijgen.' 'Voor ons zelf,' voegde hij er na een ogenblik stilte aan toe.

Ik huiverde, maar niet van angst.

'Als een van ons gepakt wordt, zal hij de anderen niet willen verraden,' zei Cabri. 'En bovendien – niemand van ons zou aan de genade van de Oostenrijkse politie overgeleverd willen zijn.'

Ik gaf geen antwoord.

'Het zou niet realistisch zijn om te veronderstellen dat we zouden kunnen ontsnappen,' hield Cabri vol. 'Had je dat niet begrepen?'

Ik slikte. 'Ik had gedacht dat ik misschien niet zou *willen* ontsnappen,' zei ik eindelijk.

Opnieuw een stilte. Ik wist niet of hij me begreep, maar hij vroeg niets en dus ging ik er niet verder op in.

'Laten we 't met een handdruk bezegelen,' zei hij. 'En het dan aan Trifko gaan vertellen. We moeten een eed afleggen.'

Daar moest ik om glimlachen. 'We kunnen zweren te zullen zwijgen als je wilt,' antwoordde ik, 'maar meer ook niet. Ik wil dat jij en Trifko alle vrijheid hebben, zelfs in Sarajevo, om van gedachten te veranderen.'

'En jij dan?'

'Mijn besluit staat nu vast. Maar ik zou het vreselijk vinden als ik jullie tweeën gebonden had.'

'Dat heb je niet gedaan. Dat doe je niet. Wat voor ons geldt, moet ook voor jou gelden.'

'Nou goed, dan zijn we alle drie vrij.'

We liepen terug, en het zien van Cabri's gezicht in het licht van de straatlantaarns deed me pijn. Hij leek zo belachelijk jong. Hij beantwoordde mijn blik. 'Maak je over ons geen zorgen,' zei hij. 'We hadden toch zeker geen keus, is 't wel?'

'Nee. We hebben geen keus.'

21

Ik lag midden in de nacht in bed en voelde mijn hart tekeer gaan als een locomotief, ik kon het bloed in mijn oren horen bonzen. Mijn twijfel was teruggekomen en dat maakte me misselijk, letterlijk, alsof ik moest overgeven.

Ik kneep mijn ogen dicht en probeerde mezelf te zien op het moment dat ik de Browning trok en de satraap neerschoot. Maar ik kon dat tafereel niet tegen een mij onbekende achtergrond in Sarajevo dwingen. Ik kon hem alleen maar voor die eikenboom in het Kosutjnakpark zien staan, in feite alsof hij op een geheimzinnige manier die boom was. Dan zou ik kunnen schieten. Een handgranaat was makkelijker, ofschoon ik er nog nooit een had zien exploderen. Ik kon mezelf aan een raam zien staan; beneden me reed de stoet voorbij en ik trok de pin los, telde, vier? tien? en liet de granaat op die man vallen terwijl hij naar een verlaten straat zat te wuiven en te buigen. Hij spatte uiteen alsof hij zelf geëxplodeerd was.

Ik beefde, en ik dwong mij roerloos te blijven liggen. Ik luisterde naar Trifko's regelmatige ademhaling. Hij was inderdaad een dappere jongen. Toen ging ik terug naar die koets en zag die bezaaid met flarden uniformstof en vlees, er dik mee bedekt, en de koetsier reed door alsof er niets gebeurd was.

Maar de soldaten die de route hadden omzoomd zwermden nu allemaal bijeen voor mijn deur. Ze trapten de deur open, en terwijl ik van mijn raam wegliep, hoorde ik hun laarzen in de gang, deuren die opengingen, gegil van vrouwen en kinderen, schreeuwende mannen. Ik klom de ladder op naar het dak, sprong over naar het volgende huis, en rende en rende maar door.

Toen zag ik mezelf in een andere kamer, van een vriend, bezig mijn snor af te scheren, mijn haar te verven, en boerenkleren aan te trekken. Ik kwam buiten in een stille, koude, nee, zondoorstoofde straat. Ik had, heel handig, een paar kippen bij me, die ik meedroeg, hun bungelende koppen druipend van het bloed. Ik liep naar het station.

Het stationsplein stond vol mensen; ik kon ze uit de verte zien. Boven hun hoofden rezen die houten driehoeken op die ik in 1908 als kind had gezien: galgen. Ze waren bezig zich op Sarajevo te wreken.

Ik viel in slaap, want nu droomde ik dat ik in de koets zat, dat ik het doelwit was, en ik zag de granaat langzaam op me neervallen, niet alsof het ding uit een raam was gegooid, maar alsof hij recht uit het zenit van de diepblauwe hemelkoepel neerviel.

Het raakte me en bleef toen in mijn schoot liggen, of liever staan, snorrend als een tol. Ik werd met een schreeuw wakker.

Toen bedacht ik dat er geen enkele redenering mogelijk was die moord rechtvaardigde. Iedere redenering in die richting zou impliceren dat het ene leven meer waard was dan een ander, zou een ontkenning zijn van liefde en onze gemeenschappelijke... onze gemeenschappelijke noem maar op. Als ik deze man van kant wilde maken, als ik me dat recht aanmatigde, zou ik bereid moeten zijn met hem te sterven. Alleen door dat offer te aanvaarden zou de onoplosbare tegenstrijdigheid worden opgelost. Doden uit liefde voor mijn medemensen.

Wacht nu eens even, zei ik tegen mezelf. Ik geloof dat allemaal eigenlijk niet. Waarom zouden we niet het recht kunnen opeisen zijn leven van minder waarde te verklaren dan het onze, van negatieve waarde, verbeurd? Wat onderscheidt de mens anders dan zijn kennis van goed en kwaad – niet een absolute kennis, niet die van het Paradijs; eenvoudig het goed en kwaad van zijn kikkervijver, hetzelfde waardeniveau dat een kikker heeft die vochtigheid goed verklaart, droogte slecht.

Zo simpel.

Zoals Cabri gezegd had, er was geen keus. Een of ander rad van fortuin draait rond en rond, en het ongeluk wilde dat mijn generatie andermaal gedoemd was. We moesten.

Maar dan toch, alweer, deze man vermoorden en dan hard weglopen, dat was niet te rechtvaardigen. Omdat het niet *klopte*. We wilden deze man niet uit de weg hebben, we wilden meer.

We wilden zijn dood als een voorbeeld.

We wilden voor Sarajevo en de wereld een mysteriespel opvoeren, een spel van gerechtigheid.

Een pistool op deze aartshertog afvuren of een handgranaat naar hem werpen en dan wegkruipen zou niet voldoende zijn. Wie het ook was die hem doodde, hij zou bereid moeten zijn met hem te sterven. Net als de Russische studenten die een bom voor hun tsaar hadden die alleen maar op een halve meter afstand werkte, en hen dus tegelijk met hem doodde. Niet omdat zijn leven net zoveel waard was als het hunne, maar omdat het oneindig veel minder waard was.

Zodra ik tot hiertoe had doorgeredeneerd, zodra ik dat begrepen had, voelde ik een totale kalmte over me komen en viel in een droomloze slaap.

22

Trifko en Cabri bleken allebei te willen dat we gedrieën onder ede een plechtig verbond sloten. Cabri zei dat we dat in het Kosutnjakpark moesten doen, precies op de plek waar Michael III in die hinderlaag van het jaar 1868 was doodgestoken. Cabri was zich altijd diep bewust van hoe iets 'eruit zou zien', van het historische protocol, om zo te zeggen, dat zijn handelingen diende te leiden. Trifko zei alleen maar dat het geluk zou brengen om daar naartoe te gaan. De Habsburgers hadden Michaels dood onder die bomen bewerkstelligd, en dat was een goed voorteken voor een lid van dat Huis om op zijn beurt doelwit te worden.

Wat mij betrof, ik deed nogal verwaand over de hele zaak. Ik haalde mijn schouders erover op en zei dat ik geen spelletje wilde spelen. Het deed me naar mijn smaak te veel aan romantische balladen denken. Dat soort dingen maakte me kriegel en verveelde me.

Maar omdat die twee erop stonden, gingen we ten slotte toch naar het Kosutnjakpark en zochten naar de citroenbomen waaronder Michael het leven had gelaten. Cabri vond ze. Hij beweerde tenminste dat het de citroenbomen waren, en daar sloegen we de handen ineen en legden onze eed af, en uiteindelijk was ik blij dat we dit deden.

Want, terwijl we daar in de schemering stonden, begon ik te begrijpen dat zij een heleboel moed en kalmte putten uit het feit dat ze zich op deze manier terugverplaatsten naar het verleden. Alles zou gemakkelijker voor hen zijn, zodra ze hun handeling konden vergelijken met een of andere legendarische daad. Ik kon dit niet doen; ik was me te scherp bewust van *gedachten*, van geschiedenis als een geschiedenis van gedachten. Zelfs al op de lagere school was Saint-Just mijn held geweest en niet Napoleon. Ik was me er te veel van bewust dat onze helden met hun dolken en gedichten iets belachelijks hadden – ofschoon ik hen letterlijk vereerde. Maar ik wilde zowel door de boerendorpen als door Sir Edward Grey van het Londense ministerie van Buitenlandse Zaken verschrikkelijk au serieux worden genomen. Mijn eigen moed moest van een denkbeeld komen.

Toch was ik door Trifko en Cabri, door hun manier van met de dingen leven, door dat Kosutnjakgras waar we op stonden –

'ze zeggen dat er hier af en toe een rood grassprietje tussen groeit, van Michaels bloed,' zei Trifko – niet alleen met m'n denkbeeld, en werd het niet broos en dor. Zij maakten het natuurlijk en harmonieus.

Ik bleef bij mijn voornemen dat zij hun beslissingsvrijheid moesten houden, en dat aanvaardden ze, zodra ik ermee instemde dat ook ik van gedachten kon veranderen. Ik had dat echter niet nodig. Ik voelde me vrij binnen de keus die ik al gemaakt had. Voor het eerst in jaren knaagde onze machteloosheid niet aan me. We stonden op het punt daar iets aan te doen, alles wat we konden, en dat nam de vloek ervan weg. Ik zou er de voorkeur aan hebben gegeven een 'normaal leven' te leiden, maar waar zou je je moeten verbergen om dat te doen?

Dus zeiden we, elk op onze beurt: 'Ik zweer op het Sarajevo-complot.'

Nu ik aan die avond terugdenk, weet ik dat onze vijanden zowel als onze vrienden vonden dat we grimmig en fanatiek waren. Gezworen moordenaars. Ik dacht aan het Engelse woord ervoor, dat meer nog van razernij getuigt: assassin; hasjasjin, een door hasjies bedwelmde woesteling. In werkelijkheid waren we verheugd en kalm. Eenmaal weer buiten op straat, besloten we naar een of ander café te gaan waar we nooit geweest waren en niemand ons kende. We kwamen aan de overkant van het goederenemplacement terecht in een kroeg vol nachtarbeiders die koffie dronken met een flinke scheut pruimenbrandewijn erin en we werden erg luidruchtig en vrolijk. Toen brachten Trifko en ik Cabri naar zijn kamer, en daarna bracht hij ons weer terug, en zo ging dat door; we schenen geen afscheid van elkaar te kunnen nemen.

Daar liepen we, drie jongens die bereid waren binnen ongeveer tien weken na die dag hun leven te beëindigen.

Het was een mysterie. Dat lijkt het me nu nog.

Geloofden we misschien niet werkelijk dat het zover zou komen?

Ik weet dat jonge mensen niet geacht worden in hun eigen dood te geloven. Maar wij deden dat wel, geloof ik. Ik tenminste. En het benam me de adem.

Ik kan het mezelf alleen maar uitleggen door een vergelijking. Diegenen van onze ouders, van de burgers van Sarajevo, die het meest door de hebzucht en wreedheid van de staat waren gevormd of misvormd, die van de gewelddadigheid van de staat profiteerden en erdoor waren bezoedeld, waren het bangst voor hun eigen veiligheid en bang om dood te gaan.

Dat is precies het spiegelbeeld van onze stemming.

23

Geld. We moesten geld hebben voor de reis naar Sarajevo en ons verblijf daar. Hoe minder geld je hebt, hoe meer de politie je in de gaten houdt. Voor geld zouden we naar de geldmannen moeten gaan.

Onder de mensen die het zakenleven in Belgrado beheersten, waren er enkelen die uit Bosnië en Herzegovina stamden, en Trifko en ik kozen een van de rijksten van hen uit. Hij bezat een hele rij zijdepakhuizen, schakels in de Oostenrijks-Turkse handel die via Servië loopt. Het was gemakkelijk genoeg hem te spreken te krijgen in zijn kantoortje achterin een pakhuis, maar zodra we zeiden dat we een bijdrage kwamen vragen voor 'een politieke zaak', schreeuwde hij: 'Eruit! Ik wil nergens in betrokken raken.' En hij kwam achter ons aan om ervoor te zorgen dat we niemand anders daar zouden aanklampen. Toen we omkeken zagen we hem in hemdsmouwen en druk gesticulerend bij de ingang met zijn werklieden staan praten. 'Hij zet ze tegen ons op,' zei Trifko.

Dat was dus niet de methode. Het was beter de waarheid terzijde te laten, en ten slotte hielden we onze inzameling voor 'een uit particuliere middelen gefinancierd onderwijsproject in Bosnië'. Een ideetje van Cabri, natuurlijk. Hij zette en drukte zelf een briefhoofd, compleet met een zegel dat hij leende van de advertentie van een militaire kleermaker in zijn krant, en hij typte er een brief onder, met een onleesbare handtekening. Het stond me tegen geld te gebruiken dat door de gevers voor zulk een verheven doel bestemd was, maar deze gewetensbezwaren verdwenen toen ik merkte hoe moeilijk het was om zo'n gever te vinden. Ik scheen de grandeur van die mannen te hebben overschat.

We probeerden het iedere avond. Het ging Trifko het best af en mij het slechtst. Ik keek niet overtuigend genoeg en werd zelfs met de politie bedreigd. We leerden niet te aarzelen of zelfs maar te glimlachen als we onze brief lieten zien en ons praatje maakten. We begonnen zelf in die brief te geloven en, naarmate de avonden verstreken, meer en meer verontwaardigd te worden over de algemene onverschilligheid. We stonden in deuropeningen, en die ex-Bosniërs lieten ons door de meid wegsturen of kwamen met een servet in hun vest gestopt uit hun knusse kamers en mompelden iets over geen kleingeld, of visten een halve dinar uit hun zak. Op een keer werd ik zo woedend op een dame die een geldstuk van twee cent te voorschijn haalde dat ze me in plaats daarvan tien dinar gaf en toen de deur voor mijn neus dichtsloeg. Toen we onze lijst hadden afgewerkt, hadden we honderdtien dinar verzameld, die we omwisselden in honderd Oostenrijkse kronen, die we in een speciale doos opborgen.

Daarna brachten we al onze vrije tijd grotendeels met ons drieën door. Omdat we ons met de anderen niet zo op ons gemak voelden, overigens niet eens omdat we almaar over onze plannen wilden praten. Die waren nu net als onze kronen weggestopt. In het begin van die onwerkelijke tussentijd waren Cabri en ik erg nerveus; ik vertelde de anderen in de Hoekbar dat ik me zorgen maakte over mijn komend examen. Wat Trifko betrof, die leek de kalmte zelf en sliep net zo vast als altijd.

Geleidelijk raakten we gewend aan onze toestand van spanning, een spanning tussen de alledaagsheid van ons leven en een datum, 28 juni. Milan hielp ons; hij vroeg niets, maar er ging een soort geruststellende kracht van hem uit. Djula maakte dat ik me niet op mijn gemak voelde.

Die man, die me op mijn eerste dag in Belgrado zo hartelijk verwelkomd had, bekeek me nu met een verwonderde frons. Hij vond dat ik hem teleurgesteld had. Ik wilde hem vertellen wat we van plan waren, hoe hij mijn keus was geweest, hoe graag ik zou willen dat hij erbij betrokken was. Maar aan de andere kant, het was geen spelletje, het zou hem later nodeloos in gevaar hebben gebracht.

Op een avond stond hij plotseling op toen Trifko en ik weggingen. 'Ik loop een eindje met jullie mee,' zei hij.

Een zwijgende processie.

'Jullie tweeën moeten weten,' zei hij eindelijk, 'dat we met velen zijn, hier en thuis in Sarajevo... niet, niet dat daar iets bijzonders aan is, natuurlijk, Slaven hebben altijd volop collectieve moed gehad, in een groep zijn we in staat tot, tot grote daden – maar als we de dingen ooit in een betere richting willen draaien, is er individuele moed nodig.'

'Ja.'

'Ja, dat is waar,' zei Trifko.

We liepen zwijgend verder.

En toen riep ik uit: 'Verdomme, Trifko, wat heeft het voor zin om iets te doen als we onze intiemste vrienden niet eens kunnen vertrouwen; hoe wil je maar door blijven kletsen over de verdomde toekomst als we hier in onze eigen groep niet eens – ik bedoel, niet eens...'

Ik was in verwarring geraakt en zei niets meer.

Trifko slaakte een luide zucht en zei: 'Je hebt gelijk.'

We bleven met ons drieën staan. 'Luister, Djula,' zei ik hem, 'ik zal het je vertellen.'

Maar hij onderbrak me. Hij hield zijn hand op. 'Houd op,' zei hij. En met zijn vertrouwde, opgewekte stem: 'Ik dank jullie allebei. Ik begrijp het. Ik wil het niet weten. Hoe minder erover gepraat wordt, hoe beter. Vergeet alleen niet dat jullie op me kunnen rekenen als jullie me ooit nodig hebben.'

'Dank je, Djula,' zei ik eindelijk.

'Dank je,' zei Trifko.

Djula omvatte ons beiden in die glimlach van hem. 'Slaap wel,' zei hij. En toen heel ernstig: 'Allahu khairun hasadan...' en meer, te moeilijk voor me om te onthouden. 'Dat is uit de Koran, een gelukwens voor een heilige oorlog.'

Hij verdween in het donker.

In onze kamer maakten Trifko en ik een grimas tegen elkaar: we waren in verlegenheid gebracht, maar wilden het niet toegeven. Toen heropende ik een brief die ik aan Sophia had geschreven en de volgende dag wilde posten. Ik probeerde de brief door haar ogen te lezen. Was er een verandering van toon, zoals Djula een verandering ontdekt had? Zou het nu de juiste, gedisciplineerde gedragslijn zijn om haar niet te schrijven, haar zelfs in Sarajevo niet op te zoeken?

Dat zou moeite kosten. Maar het zou meer moeite kosten

om natuurlijk te doen en een of andere eenvoudige reden voor mijn terugkomst te verzinnen.

Toch, realiseerde ik me, was dat de manier waarop we het zouden moeten doen, want we waren niet van plan te proberen te vluchten.

24

Het was een erg korte spanne tijds sinds die eerste dag in Belgrado, rustig wachtend om de stad en al haar geheimen te leren kennen, een hele reeks ontdekkingen te doen. Ik had een oude plattegrond van de stad bij me gehad, van Sophia gekregen. Het was niet zo'n erg praktische kaart, daterend uit de tijd kort na de bevrijding van de Turken, maar het was een mooie kaart, getekend op papier dat op linnen geplakt was, en met de hand ingekleurd. Lichtrose waren de islamitische woonwijken, geel de Servische, en paars de joodse, want elk huis en elke fontein was afzonderlijk aangeduid. Groen, voor tuinen, overheerste toen. Op één huis stond de naam van de eigenaar, kapitein Mischo. Waarom, was moeilijk te raden. Op die kaart bestonden de stadspoorten nog, de Zuidelijke Poort, waar nu de schouwburg staat, droeg nog de oude naam: Constantinopelpoort. De brede avenue die er dwars door de stad naartoe leidde, nu de Vase Carapico, was de Constantinopelstraat. Het denkbeeld van een stadspoort die naar haar bestemming genoemd was, twaalfhonderd kilometer ver weg over onmogelijke wegen, weken van moeizaam reizen, had me gefascineerd. Ik hoor in het Oosten thuis; ik had ernaar gesnakt dat Belgrado en Servië zich aan me zouden onthullen.

En nu, zo kort daarna, was het allemaal al voorbij. Het had

voor mij niet langer zin te proberen iets meer te weten te komen over een land dat we weldra voorgoed zouden verlaten.

Er was niet één dag geweest dat ik hier echt gewoond had, noch toen ik net was gearriveerd, noch nu ik op het punt stond te vertrekken. Of, om eerlijk te zijn, misschien een of twee.

Het was iets dat maakte dat ik met mijzelf te doen had.

Het was zoiets geweest als een klim, onmiddellijk weer gevolgd door een steile daling. Geen rust daar tussenin, geen blik van de top.

25

Ik ging op bezoek bij Skerlic.

Eén voornemen volvoerd, één verwachting vervuld. Zweempjes van zelfbeklag en bijgeloof. Maar ook omdat het goed was en omdat het die versplinterde tijd, die al onwerkelijk werd, meer stevigheid gaf.

Skerlic was een held van ons geweest toen we in Sarajevo op school waren, een vreemde rol voor een hoogleraar. Hij was verbonden aan de universiteit van Belgrado, hij was een van de weinigen die op een reële, onsentimentele manier over de Zuid-Slaven schreef, een volk dat nog slechts door een gemeenschappelijke taal verbonden was. 'Denkbeelden zijn net zoveel waard als de mannen die ze bepleiten,' was een van onze geliefkoosde citaten van hem. Hij was een moedig man. Toen de Kroatische opstandige studenten in 1912 naar Servië vluchtten, stond hij aan de poort van de universiteit om hen te verwelkomen. Ieder woord dat hij geschreven had was in het Oostenrijkse keizerrijk verboden. Het was mijn bedoeling geweest het volgend jaar een van zijn studenten te worden.

Dat zou niet gebeuren.

Ik wilde hem echter toch hebben ontmoet.

Toen ik bij zijn huis aanbelde, wist ik niet welke reden ik voor mijn bezoek moest opgeven. Maar de huishoudster die de voordeur opende, vroeg niets; ze ging me voor naar een kamer en zei dat ik daar moest wachten. Er zaten daar nog twee andere mannen. Niemand zei iets.

Toen mijn beurt kwam, ging ze me voor door een donkere gang en opende een deurgordijn. 'Blijf niet langer dan een paar minuten,' zei ze.

Ik had niet geweten dat hij ziek was. Ik merkte dat ik in een slaapkamer was. Bij het raam, in het zonlicht, lag Skerlic op een bank, een deken over zich heen. Ik herkende zijn gezicht van het portret in zijn boeken, hij zag er niet ziek uit, maar hij had zijn ogen gesloten. 'Kom hier zitten,' zei hij toen hij mijn voetstappen hoorde.

Ik ging op de stoel naast hem zitten en wachtte tot hij iets zei, maar er kwam geen woord meer.

Toen dacht ik dat ik hem moest zeggen wie ik was, waarom ik naar hem toe was gekomen, en wat hij voor ons betekende. En ik voelde een onweerstaanbare drang om hem over ons complot te vertellen – onze eed ten spijt. Maar toen ik had gezegd: 'Ik ben Gavrilo Princip, uit Bosnië,' sloeg hij zijn ogen op en keek me aan met een heldere en onvermoeide blik. Hij glimlachte vaag, en knikte toen alsof ik hem een beslissende vraag had gesteld en alsof zijn antwoord was: 'Ik weet het allemaal, en het is goed.' Ik glimlachte terug en hij drukte mijn hand en hield die een ogenblik in de zijne. Toen knikte hij een afscheidsgroet en ik stond op en ging weg.

Hij stierf diezelfde week. Zonder ons complot zou ik niet bij hem op bezoek zijn gegaan. Zou ik geen moment in zijn leven zijn geweest. Een goed teken, een goedkeuring van het lot voor ons plan.

De dag na zijn dood kwam iemand die ik niet kende na school naar me toe en zei: 'We zouden graag willen dat jij bij professor Skerlics begrafenis de krans van Jong-Bosnië draagt. Wil je dat doen?' Ik weet niet waarom ze mij uitkozen.

Op een warme meidag droeg ik de krans van bloemen met het lint in de kleuren van Bosnië, in een lange rij mannen en vrouwen op weg van de universiteit naar de begraafplaats. Alle studenten waren er, Servische vlaggen en rode vlaggen, en geen priester.

Ik dacht aan Skerlic, maar zonder droefheid.

Ik keek naar de gezichten van de inwoners van Belgrado die langs onze route stonden, en probeerde me in te denken dat ik deel van hen uitmaakte, en zij van mij, probeerde een schakel vast te houden, en niet volledig en voorgoed weg te gaan.

26

We vertrokken op 28 mei uit Belgrado.

We hadden nog precies een maand.

We hadden vier pistolen bij ons, patronen, zes handgranaten, en een fles die, was ons gezegd, Pruisisch zuur bevatte, en waarvan de inhoud eerder geel dan kleurloos was. Later beseften we dat het een onnodige last was geweest, plus een onnodig en vreselijk risico om een dergelijk arsenaal Oostenrijk-Hongarijë binnen te smokkelen – een risico dat voor sommigen fataal zou blijken te zijn. Maar op dat moment hadden we een hoogst overdreven idee van hoe de situatie in Sarajevo zou zijn en voorzagen dat we ons een weg door een half legerbataljon zouden moeten banen. Met extra wapens zouden we ter plekke meer steun hebben. Bovenal, echter, hadden wij drieën eenvoudig niet de ervaring of misschien de wilskracht gehad om niet alles aan te nemen wat ons met zoveel offervaardigheid was aangeboden. Milans bron, had hij ons verteld, was de ondergrondse organisatie 'Eenheid of Dood', die we allemaal kenden. Hij had ook contact met een andere groep die zich 'Leven of Dood' noemde, en Milan vond Trifko's grapje 'Wanneer kiezen ze nu eens?' helemaal niet geestig. Dit waren mannen die zich gebonden hadden, zei hij, en de Servische burgerlijke autoriteiten waren inmiddels zo bevreesd om Oostenrijk te provoceren dat ze weinig genade zouden hebben getoond als ze hen te pakken konden krijgen. We moesten hun vertrouwen waarderen. Toen dus Milan naar onze kamer kwam met een kistje dat niet minder dan zes handgranaten bevatte, zware, rechthoekige gietijzeren dingen, konden we niet doen alsof hij de bakker was tegen wie we zouden kunnen zeggen: 'Mooi we nemen er twee.'

Die granaten waren plompe dingen, het zou me niet verbazen als ze van Turkse makelij waren, en ze leken me niet betrouwbaarder dan de handgranaten in Milans kamer. Ze hadden koperen koppen die er moesten worden afgeschroefd en er als gordijnknoppen uitzagen, en dan kwam er een slagpin bloot die je tegen een hard oppervlak moest slaan. Daarna explodeerde de granaat na twaalf tellen. Wie zou met zo'n ding in zijn hand zoiets als tien seconden blijven staan, binnen bereik van een aartshertog? Maar Cabri en Trifko, die hooguit een uurtje of zo met een pistool op de eikenboom hadden kunnen oefenen, zagen wel iets in die handgranaten.

Elk van ons zou twee handgranaten over de grens brengen, onder ons colbert om ons middel gebonden; Trifko en ik de vier pistolen, Cabri de munitie en de fles Pruisisch zuur.

We hadden ook de naam van een contactman, een officier bij de grenswacht in het rivierstadje Sabac. Hij wist niets van onze plannen, maar hij had al eerder Bosnische studenten over de grens geholpen. We moesten ons alleen maar aan hem bekend maken met de letters 'MC' op een stukje papier. Dit waren Milans initialen. Ik was benieuwd of hier echt iets van terecht zou komen.

We hadden met ons drieën tweehonderd dinar bij ons: het geld voor het 'onderwijsproject' in kronen, plus Cabri's spaargeld, en een bijdrage van achttien dinar van mij. Plus tien overgebleven kronen van Sophia's kruis, en acht van mijn jas. Die dag, mijn op één na laatste in Belgrado, toen ik bezig was mijn spullen op te ruimen, had ik die jas plotseling bekeken alsof het een spook was. Het ding was oud, van zware wol, gemaakt voor onze winters; de gedachte viel me in dat ik die jas nooit meer nodig zou hebben, en ik begon te beven. Toen vermande ik me, sprong op, en ging ermee naar de lommerd in Dorcol, waar ze er me acht dinar voor gaven. Ik besloot al mijn andere bezittingen, eigenlijk alleen maar boeken, mee te nemen naar Sarajevo.

Die laatste middag op school zei ik tegen de directeur dat een ziektegeval in mijn familie mij wegriep. Dat zou navraag voorkomen als ik niet meer kwam opdagen. En in de Hoekbar gaven ze ons een afscheidsetentje.

Het had van toen af geen zin meer ons vertrek geheim te houden. We zeiden dat we de zomer in Bosnië wilden doorbrengen en samen zouden reizen. Ze veronderstelden dat we een of ander plan hadden, want ze dronken ons allemaal toe en vroegen niet wanneer we terug zouden komen. We probeerden niet geheimzinnig te doen, alleen maar onszelf en hen te beschermen door niets te zeggen. Ik zal niet ontkennen dat het nogal akelig en triest was, die laatste dag op school, slechts een paar weken voor het eindexamen dat me toegang tot de universiteit zou verschaffen. En die directeur die uit de hoogte naar mijn verhaal over dat ziektegeval luisterde. Die donkere lange gangen en benauwde klaslokalen leken erg belangrijk en veilig, en ik prentte me in het geheugen hoe ze eruit zagen.

De ochtend van 28 mei waren Trifko en ik vroeg wakker. We pakten onze spullen bij elkaar, bonden de handgranaten om ons middel, wat moeilijk was, want ze hadden geen groeven en waren glad, legden ze weer af, hingen maar zo'n beetje rond, en verlieten ten slotte om zes uur en veel te vroeg zachtjes het huis.

Het was koud op straat en de rivier ging schuil onder een ochtendmist. We liepen naar de aanlegplaats. Het eerste traject van onze reis ging per boot, de kleine stoomboot van Belgrado naar Sabac; er gaat daar geen trein naartoe.

We kwamen ruim een uur te vroeg op de kade. Cabri was er zelfs al eerder; we zagen hem op een bank zitten, op ons wachtend, en we gaven elkaar zwijgend een hand. We hadden kaartjes als dekpassagier, en we gingen aan boord zodra iemand het touw dat de loopplank afsloot losmaakte. We zetten onze bundeltjes bij de verschansing op het dek. Trifko en Cabri gingen elk op een bolder zitten en ik leunde over de verschansing en staarde naar de stad.

De boot lag vastgebonden vlak naast de spoorbrug waar ik was binnengekomen, die vroege ochtend, en besloten had nooit meer terug te gaan. Daar zouden morgen andere pas aangekomen mensen staan met hun eerste blik op de vlag van Servië.

De mist trok op, de zon scheen over het water. Boeren met lege manden en zakken, terugkomend van de markten, kwamen aan boord, plus een enkele reiziger in stadskleren die onmiddellijk verdween in de salon midscheeps. Venters gingen rond met sigaretten en kannen koffie. Het fort en de torens en minaretten van Belgrado tekenden zich scherp tegen de hemel af, die nu niet meer melkachtig wit was, maar zomers blauw. De twee gendarmes die bij de loopplank op en neer hadden gelopen – geen tafereel is compleet zonder tandenpulkende en toekijkende politiemannen – kwamen aan boord. Een scherp getoeter van de stoomfluit.

Een oude man, die op de kade op een bolder had gezeten, stond langzaam op en maakte de tros los. Hij sleepte de tros over de keistenen, met een grijns naar de dekknecht die naast me stond. Ik zie zijn gezicht en die grijns nog voor me; hij had nog maar een paar tanden over. Toen, met een onhandige beweging, smeet hij de tros op het dek.

De boot trilde plotseling van boeg tot achtersteven terwijl de machine op gang kwam. Ze braakte rook uit de schoorsteen en zwenkte de neus tegen de stroom in. 'We zijn los,' riep Cabri halfluid. Trifko keek ons glimlachend aan. Ik zuchtte van opluchting. Geen twijfels meer; dat lag nu allemaal achter ons.

Dat was op een donderdag, en het gaf een vakantieachtig gevoel om daar zomaar op een weekdag te staan en te spijbelen.

27

We stoomden de hele dag de Sava op, Servië aan onze linkerkant, en het Rijk rechts van ons. Het schip bleef dicht bij de Servische oever, omdat de stroom daar zwakker is, vertelde een passagier me. Maar als je dat niet geweten had, leek het alsof het schip onder de bescherming van de aarde van Servië wilde blijven en bang was voor die vlakten onder de *Kaiserlich-Königliche* bezetting. Als het in een scherpe bocht dichtbij ze kwam, leek het vaart te meerderen om maar weer gauw weg te komen.

We zagen geschutsstellingen op die oever, en cavalerie-patrouilles. In Bosnië is dat een heel gewoon gezicht. Maar om er uit de verte naar te kijken, van een Servisch schip af, buiten hun bereik, was heel iets anders, zoiets als een uitdaging. Ik begreep de gendarme die, toen een Oostenrijkse kanonneerboot ons passeerde, zijn revolver trok en 'Beng, beng!' riep. Zijn collega gaf hem een uitbrander. Dat grijze kleine oorlogsschip, met die adelaarswimpel en rood-groene vlag, zag er boosaardig uit. Een dergelijk schip zou op een dag de aanval op Servië inzetten; daar twijfelde ik niet aan.

Op beide oevers groeide tarwe, groen en vrij hoog. Het was een zachte lente geweest. Boeren werkten op de akkers en staarden naar ons uit schuurdeuren. Karren reden langs, met kinderen die op de paarden zaten, dezelfde scharminkels van paarden en kinderen met o-benen aan beide kanten van het water. Op de oever aan de kant van het Rijk was de weg beter, de aanblik van de boerderijen armoediger.

Cabri had gelachen om dat beng-beng, van de gendarme, en de man kwam naar hem toe om een praatje te maken. 'Jij bent zeker een student die op vakantie gaat,' begon hij, en ik hoorde Cabri zeggen: 'Nee, we gaan naar Bosnië, en bepaald niet op vakantie.'

'Om daar te werken?' vroeg de man.

'Om een karweitje te doen, in Sarajevo,' zei Cabri kalm. Toen, na een pauze waarin hij de fronsende gezichten negeerde die ik tegen hem trok, voegde hij eraan toe: 'Ik ben geen student, ik ben drukker.' Dat scheen hem minder interessant te maken voor de gendarme, die na nog een paar woorden wegliep.

Ik liep naar Cabri toe en zei: 'Je bent gestoord, verdomme.'

'Pardon?' vroeg hij.

Ik wist niet of hij nu een grapje maakte. Wat ik wel wist was dat we geen ruzie moesten maken. We waren maar met ons drieën en er was niemand anders op de hele wereld. Maar ik zei: 'Om over een karweitje in Sarajevo te praten... hoe kan je zo idioot zijn?'

'Nou zeg, bekijk jij het maar,' zei Cabri, 'ik heb van jou geen betutteling nodig. Wat dacht je dat die woorden voor hem konden betekenen?'

'Dat weet ik niet, maar je weet nooit hoe de dingen met elkaar in verband gebracht kunnen worden. Je wou zo nodig in het Kosutnjapark een eed afleggen, nou goed dan, leer dan je mond te houden.'

Nu was Cabri ook boos, en hij liep weg. Natuurlijk had ik spijt dat ik dat gezegd had. Maar hij kwam al gauw terug, arm in arm met Trifko, die maakte dat we elkaar de hand gaven. Cabri was het ermee eens dat we met niemand, vriend of vijand, over ons doen en laten moesten praten. Hij hield zich daar echter niet aan, en later zouden Trifko en ik daar echte ruzie met hem over krijgen. Maar toch had niemand ooit een betere vriend gehad dan hij was.

We aten van onze proviand, dronken water en koffie uit een kom die een boer ons toereikte. We lazen wat en gingen op het dek liggen, op het warme hout, met onze ogen gesloten tegen de zon.

Een gevoel van rust en onwerkelijkheid.

Toen dook de zon weg achter een zwarte wolkenbank, en het werd koel op het water. Het was vroeg in de avond toen het silhouet van een kerktoren of minaret in Sabac zichtbaar werd, een donkere streep boven de mistige akkers.

We meerden in de schemering, net toen de lamp in het kantoor van de havenmeester werd aangestoken, die een geel zigzagschijnsel over de rivier wierp.

28

Bij de kazerne van de grenswacht, tegenover de kade, wilde een arrogante korporaal in het wachthuis maar één van ons binnen laten om op zoek te gaan naar onze contactman in Sabac, kapitein Rade. Ik ging.

Ze hadden geen elektrisch licht. Ik zwierf in de snel vallende duisternis over het exercitieterrein, op goed geluk koers zettend naar een opflakkerend vlammetje van een man die een pijp opstak of naar de stemmen van een pratend groepje. Schimmige gezichten doemden op en verdwenen, en niemand wist waar de kapitein was. Ten slotte riep een stem uit een open raam me toe: 'Hij zal wel zitten te kaarten in Café Amerika.' Ik vond mijn weg terug naar het hek waar Cabri en Trifko bij onze bundels in het gras zaten, en zei bij mezelf dat ik altijd wel verwacht had dat er niets van terecht zou komen.

Ik vergiste me. Het klopte wel degelijk, en ik realiseerde me later dat ik het vakmanschap van Milans mensen onderschat had. Niet dat die kapitein veel enthousiasme toonde om ons te helpen. Hij keek van achter zijn kaarten naar ons op en zei: 'Jullie zien dat ik bezet ben. Maar als jullie de moeite willen nemen even te wachten, dan kom ik zo dadelijk even met jullie praten.'

We pakten onze bundels weer op, schoven ze onder een tafeltje tegen de wand, en gingen zitten. Het café was verrassend deftig voor zo'n klein stadje en ik wilde niet dat we iets bestelden. Maar Trifko zei dat we daardoor te veel zouden opvallen, en dus namen we allemaal koffie. Hij haalde een boek uit zijn zak en begon te lezen; Cabri pakte zijn zakmes en sneed zorgvuldig een M en een C in een bierviltje. Ik was te moe om me te verroeren. Ik sloot mijn ogen en voelde de zachtrollende beweging van de rivierboot in mijn lichaam.

Toen kwam de kapitein naar ons toe, en Cabri gaf hem het bierviltje. Eerst keek hij verwonderd, maar toen beantwoordde hij Cabri's lachje en kwam hij bij ons zitten.

'Jullie willen de grens over,' zei hij luid.

Ik keek zenuwachtig om me heen en antwoordde: 'Ja, kapitein.'

'Ja, ja,' zei hij, en scheen in gedachten verdiept. Hij haalde een nagelvijltje uit zijn zak en begon aan een duim te werken. 'Klenak,' zei hij. ''t Dorp Klenak, geen problemen daar, en 't is niet meer dan een flinke wandeling van hier.'

'Zijn er geen grensposten in Klenak, kapitein?' vroeg ik. 'Natuurlijk zijn er daar grensposten,' antwoordde hij met een geduldig lachje. 'Het is een grensdorp, niet?'

'Oh,' zeiden we.

'Onze jongens zijn tiptop,' ging de kapitein verder, 'en die andere lui, nou ja, er is er eigenlijk maar één, en die is ook niet slecht, voor een Oostenrijker. Hij speelt mee in onze klaverjascompetitie. Doet-ie nog heel goed ook. Hij heeft nooit enige last gegeven. Leven en laten leven, zeg ik maar. Afgesproken dus?'

'Eh, nou ja, ziet u, kapitein' begon Cabri, en ik nam het over: 'Nee, daar schieten we niets mee op. We willen ongezien de grens over, dat wil zeggen, door niemand gezien.'

'Oh, verdomme, jongens,' zei de kapitein, 'jullie zijn niet de eerste studenten met papieren die niet in orde zijn. Als jullie vrienden me vragen te helpen, dan help ik. Klenak is prima. M'n hand erop.'

Hij hield zijn hand vlak voor mijn gezicht, maar ofschoon Trifko of Cabri me onder tafel een trap gaf, nam ik de hand niet aan. 'We willen u natuurlijk niet lastig vallen,' zei ik, 'maar...'

'We kunnen zelf wel wat verder op zoek gaan,' zei Trifko monter tegen niemand in het bijzonder.

De kapitein liet zijn hand zakken en wijdde zich somber weer aan zijn duimnagel. Het bleef stil. Hij zuchtte en stopte zijn vijltje weg. 'Goed dan,' zei hij, 'dan nemen we de koninklijke weg. Iemand die een specialist is. Ik zal jullie een briefje voor hem meegeven. Maar hij zit in Loznica, twee uur hier vandaan. Jullie hebben geld voor de trein, neem ik aan?'

'O, ja, kapitein,' zei ik haastig, maar nu was het Cabri's beurt om te zeggen: 'We zouden het erg op prijs stellen als u ons een spoorwegpas kon geven. Dat is ons min of meer beloofd, in Belgrado.'

De kapitein stond op, met een gekwelde en verlangende blik naar zijn kaarttafel. 'Vlug dan,' zei hij. 'Kom mee naar het bureau. Ik zal jullie op ons reisformulier voor douanepersoneel zetten; dan reizen jullie voor half geld. Wat niet wegneemt dat jullie voor vannacht een hotel zullen moeten zoeken, want de laatste trein is al weg.'

Toen we gedrieën weer in de donkere straat stonden met onze spoorwegpas en onze bagage, en de kapitein naar zijn café was teruggegaan, zei ik: 'Tjonge, dat ging beter dan ik gedacht had. Hij kende die MC-code inderdaad.'

'Ik wed dat VC of AD net zoveel resultaat zou hebben gehad,' antwoordde Trifko. 'Het kon hem niets schelen. Hij wou alleen maar terug naar zijn kaarten.'

'Hij is aan het oefenen voor de klaverjascompetitie met Oostenrijk,' zei Cabri, en we begonnen hysterisch te lachen.

'Denken jullie dat 't goed zit met die contactman van hem in Loznica? vroeg ik. 'Misschien probeerde hij alleen maar van ons af te komen.'

Cabri schudde zijn hoofd. 'Nee, hij weet heel goed dat we terug zouden komen om 'm op z'n nek te springen. En dat zou

Belgrado ook doen. Hij kon wel zien dat het ons ernst was. Jij was erg goed, Gavre.'

Dat beurde me op.

We gingen op weg, sjouwend met onze bundel door de straat, en ontdekten in het volgende blok een hotel waar ze ons een kamer met drie bedden aanboden voor anderhalve dinar.

We verstopten onze wapens in de potkachel en liepen toen naar het centrum van het stadje en aten in een boerenherberg onze buik vol aan bonen.

29

Vraag een man je te helpen en hij zal wellicht nee zeggen, of misschien, of informeren waar het allemaal om gaat, maar het is ook mogelijk dat hij onmiddellijk ja zegt. Onze contactman in Loznica, die eveneens een kapitein bleek te zijn, behoorde tot de laatste categorie. Hij stelde geen vragen. Hij zei: 'Laat 't maar aan mij over en het wordt allemaal geregeld. Kom morgen tegen het middaguur terug, klaar voor de reis.' Hij deed er zo eenvoudig over alsof al zijn dagen met een verzoek als het onze begonnen. Een ogenblik later verscheen hij weer in de deuropening van zijn kantoor, en toen hij ons daar nog zag staan, zei hij: 'Stel je plannen een dagje uit. Ga naar Koviljaca, da's ons vakantieoord hier, erg gezellig.'

Ik weet niet of innerlijke tegenstrijdigheden in mensen als wij sterker zijn dan bij anderen. Ik weet welke vorm ze bij mij aannemen: ik wil hopen, en dan wil ik het weer niet; ik wil in de mensheid geloven, en dan haat ik ze allemaal. En ik ben ontzet als ik zeker weet dat ik gelijk heb en de meeste anderen het bij het verkeerde eind hebben. Het vervult me niet met trots om de enige te zijn die de juiste weg volgt. Gelijk hebben en geconfronteerd worden met een wereld die het allemaal verkeerd ziet, is een verbijsterende ervaring voor me. Ik zou eerder mezelf de schuld geven dan de mensheid.

Die kapitein in Loznica hielp mij, en ons alle drie, door ons het gevoel te geven dat we niet zó alleen stonden, met iedereen uit de pas. Hij kwam op een beslissend moment, omdat het ons, ver van Belgrado en de geborgenheid van onze vrienden, onze school, onze kamers, onze ditjes en datjes, op een boot, in een trein, handelsreizigers snurkend achter de wanden van onze hotelkamer, een beetje begon te duizelen.

In die kapitein vond ik, evenals in Skerlic op zijn ziekbed, een man die zonder iets te vragen onze gemoedstoestand scheen te raden en stilzwijgend scheen te zeggen dat we gelijk hadden. Maar terwijl Skerlic, ziek en oud, me met grote warmte voor hem vervuld had, gaf de kapitein me nieuwe energie. We waren eraan gewend de zieken en treurenden aan onze kant te hebben. Een stoere officier die naar scheerlotion rook en de dag opgewekt tegemoet zag, was een zeldzamer bondgenoot.

'Laten we naar zijn vakantieoord gaan,' zeiden we, 'als echte toeristen.' We huurden eerst een kamer voor de nacht, en stapten toen aan boord van de stoomtram, die heen en terug rijdt voor maar tien cent per retour.

De huizen van Loznica lagen weldra achter ons en de rails bogen naar de Drina, de grensrivier. Cabri gaf me een por in de ribben alsof ik het mezelf niet al gerealiseerd had: daar, aan de overkant van het water, lagen de groene heuvels van Bosnië. We zaten uit het raam te kijken, en niemand zei een woord tot het warmwaterbadhuis van Koviljaca, grandioos met zuilen en friezen, tussen de rivier en ons kwam en dat panorama blokkeerde.

Het was een vreemd oord. Op deze doordeweekse dag, en lang voor de zomervakanties, heerste er de stilte van een graf. Een Grand Hotel ter grootte van een kathedraal met een verlaten vestibule vol rotanstoelen en een geeuwende portier in goud bij de ingang. Het park had een muziektent en een fontein met drinkbekers aan kettinkjes, en hier zaten of drentelden enkele bejaarde echtparen. We proefden het water, dat bitter en grondig smaakte, maar op een gezonde manier.

Terwijl we daar zo'n beetje doelloos rondhingen, passeerde aan de overkant een eenzame wandelaar, die opkeek, ons zag, en recht op ons toekwam. Een idioot toeval wilde dat deze enige andere aanwezige onder de tachtig in Koviljaca een goeie vriend van Cabri was. Er volgde een luidruchtige begroeting en veel schoudergeklap, en hoewel Trifko en ik opmerkingen maakten als 'We moeten gaan' en 'Er wordt op ons gewacht,' lukte het ons niet Cabri's aandacht af te leiden. Hij stelde ons voor, en toen zijn vriend vroeg waarom we daar waren, glimlachte hij raadselachtig en wees naar Bosnië in de verte. Wie weet wat hij gezegd zou hebben als Trifko hem op dat moment niet letterlijk had meegesleurd, zonder pardon voor de vriend die ons ietwat beledigd nastaarde.

Toen kregen Trifko en Cabri dezelfde ruzie die ik op de boot met Cabri gehad had. En daarmee was het nog niet afgelopen.

Naast heilzame bronnen bleken prentbriefkaarten Koviljaca's voornaamste product te zijn. Prachtig gekleurde foto's van de rivier en het stadje, op de voorgrond een heer met een strohoed op of een dame in hoepelrok, de Drina op die speciale prentbriefkaart diepblauw, en de daken allemaal kersenrood. Trifko en ik kochten er een, maar Cabri kocht een heel stapeltje. We gingen een cafeetje in om te lunchen, en ik schreef mijn kaart naar de vrienden van de Hoekbar in Belgrado. Ik schreef dat ik onderweg was naar het Tromoshaklooster, om daar in alle rust voor mijn examen te werken. We konden de verleiding niet weerstaan Cabri te vragen aan wie hij al zijn kaarten stuurde, en omdat dit bovenop zijn ruzie met Trifko kwam, was hij hier gebelgd over. Hij las hardop een paar regels voor van een gedicht dat hij op een van zijn kaarten citeerde, over een rebel tijdens een opstand tegen de Turken die naar de heuvels van Bosnië staart en denkt: 'Het ogenblik zal weldra komen.' En hij had soortgelijke dingen op andere kaarten geschreven, geadresseerd aan zijn vele vrienden, jongens en meisjes, van Triëst tot Zagreb. Ik pakte een kaart die hij nog niet beschreven had en krabbelde erop: 'Een bewaard geheim is je slaaf, een onthuld geheim is je meester,' en adresseerde de kaart aan hem.

'Je speelt weer schoolmeester,' zei Cabri, 'en je hebt mijn kaart verknold.'

'Nou ja, waarom schrijf je zulke dingen dan?' vroeg Trifko.

'Omdat dit de gedachten zijn die me bezighouden,' zei Cabri, 'en ik wil dat mijn vrienden dat weten, later, naderhand. Nu zegt het niemand iets.'

'Jij verstuurt die kaarten niet,' zei Trifko, en bij wijze van antwoord pakte Cabri zijn kaarten op en liep naar buiten.

Trifko en ik bleven zitten wachten, maar hij kwam niet terug. Ten slotte ontfermden we ons samen over zijn koud geworden bonen. We gingen een wandeling maken langs de Drina en waren niet in een erg opgewekte stemming.

Toen we ons in het park op een bank lieten vallen, kwam Cabri weer opdagen en ging naast ons zitten, maar we spraken de verdere dag niet tegen elkaar. Ik had wat brood uit het café voor hem meegebracht dat hij met een hoofdschuddend gebaar afwees.

Er scheen niets anders op te zitten dan maar naar de eindhalte terug te gaan en te wachten op de eerstvolgende tram naar Loznica. We waren de enige passagiers. Het was Cabri die de stilte verbrak.

'Het spijt me, jongens,' zei hij, 'maar ik geloof dat gewoon doen onze beste bescherming is. Ik ben niet van plan voor Rinaldo Rinaldini te gaan spelen, of de Dappere Spion voor de Tsaar uit te hangen.'

Ik moest onwillekeurig lachen, maar Trifko zag het grappige er niet van in. 'Ik ga niet met jou door,' zei hij, 'je bent een beste kerel, maar ik zou niet graag met jou over een grens sluipen. We ontmoeten mekaar wel weer in Tuzla.'

Cabri en ik keken elkaar aan. Het was moeilijk Trifko iets uit zijn hoofd te praten als hij eenmaal een besluit had genomen. Ik vond trouwens dat hij waarschijnlijk gelijk had. Tuzla, vijftig kilometer over de grens, is de eerste echte stad in Bosnië, en we kenden het allemaal. We waren daar vroeger allemaal op school geweest.

Trifko haalde zijn registratiekaart van school uit zijn zak. 'Het is echt beter,' zei hij tegen Cabri. 'Jij neemt mijn kaart en gaat openlijk de grens over. Een verdeling van risico's.'

'En mijn wapens dan?' vroeg Cabri.

'Laat Gavre en mij ze voor je dragen. Je neemt ze weer van ons over als we daarginds zijn, in Tuzla.'

Cabri begon nu terneergeslagen en gekwetst te kijken. Niettemin wilde ik geen zwakkeling zijn en toen hij zich tot mij wendde, zei ik: 'Ik ben het met Trifko eens. Ik neem het je niet kwalijk. Jij hebt nu eenmaal het temperament niet om te veinzen – te liegen.'

Cabri trok zijn schouders op en pakte Trifko's schoolkaart aan. 'Ik zal me bij het besluit van de meerderheid neerleggen,' zei hij langzaam. 'Ik ga vandaag nog weg. Zie jullie in Tuzla, in ons ouwe café.'

30

Onze magische tocht.

Trifko en ik liepen vier dagen of, beter, nachten (want we wachtten doorgaans tot het donker was) – van dat kapiteinsbureau in Loznica tot vlak bij Tuzla, een keer slapend in een legerpost, een keer op een onbewoond eiland in de Drina, en een keer in een boerenhut, elk beladen met drie handgranaten, twee pistolen en dertig patronen. Trifko had onze extra kleren in zijn zakken gepropt, want ik droeg, krankzinnig genoeg, ook nog mijn boeken mee, 24 stuks, die ik weigerde achter te laten, of gewoon te laten vallen, ofschoon de verleiding om dat te doen kolossaal was. Ik had ze, natuurlijk, aan Cabri moeten meegeven. We liepen door bossen en een moeras en pasgeploegde akkers en waadden door de Drina. En in de nacht dat juni aanving, tornden we tegen de felste bergstorm op die ik ooit had meegemaakt. We zagen nooit ook maar een schim van een Oostenrijkse soldaat of gendarme. Ik was nog nooit zo moe geweest, zo nat en bemodderd en hongerig. Maar we noemden het onze magische tocht. We waren in een verheven stemming, moeilijk onder woorden te brengen, een toestand van opwinding of, soms, zelfs van vervoering.

Waarom, weet ik eigenlijk niet goed.

Om te beginnen markeerden we niet langer de pas, dat was het; maar bovendien waren we zalig bevrijd van die bloedstollende confrontaties met 'normaliteit' en 'normale mensen.' En Sarajevo en 28 juni lagen nog ver in de toekomst.

Het was een groene tocht. De uitgestrekte, vreedzame wouden van ons Bosnië waren overal om ons heen en boven ons. Bomen, struikgewas, bladeren, gras en zelfs het water waar we door waadden, alles was groen, was ons, en de striemende regen was groen, en niet vijandig. Ik zag ons als van een denkbeeldige hoogte, twee stipjes die zich voortbewogen over deze reusachtige aarde, beschermd door die vroegzomerse natuurkoepel. Kun je je indenken te moe te zijn om nog een stap te verzetten en je tegelijkertijd intens en oppermachtig in leven te voelen? Ik was me van iedere centimeter van mijn lichaam bewust en ik praatte tegen mijn voeten en handen als een sergeant tegen zijn afgebeeld maar trouw peloton. Ik voelde het natte gewicht van die handgranaten tegen mijn huid, en het was een goed gevoel. Alles was goed. Als een van ons een tak te vroeg liet terugspringen zodat die de ander in het gezicht sloeg, lachten we.

Want we genoten van die natte bladeren in ons gezicht. Het waren onze bladeren.

Hoe weet ik dat Trifko het net zo voelde? Toen ik, tijdens de derde nacht, zei: 'Dit is een magische tocht,' was hij niet verbaasd, maar antwoordde meteen: 'Ja, dat weet ik.' Op dat moment strompelden we over de harde voren in een donkere en hellende en eindeloze akker. En toen we vlak voor het aanbreken van de dag bij een hut kwamen en naast elkaar zaten, bezig onze schoenen uit te trekken en ons van de last van de handgranaten te bevrijden, zei hij: 'We lijken net middeleeuwse ridders.'

'Ridders te voet.'

Trifko dacht daarover na en antwoordde: 'Dat is juist 't goeie ervan! We zijn niet als mannen die iets zijn kwijtgeraakt, die het zonder paarden moeten stellen, wij zijn daar ver bovenuit, dit is zo'n kolossale taak dat we onze voeten op de grond moeten houden om niet weg te vliegen, vandaar dat we naar Sarajevo moeten lopen...' Toen lachte hij verlegen en zei: 'Ach wat, ik weet 't niet. Laten we gaan slapen.'

Er is een stemming die ik voor mezelf het tijdsplinterbesef heb genoemd. Het overvalt me zelden, en tot dan alleen maar in een depressie van hopeloosheid.

Ik wil uitleggen wat het betekent.

De eerste keer dat ik er op die speciale manier aan dacht was op school, terwijl onze leraar Latijn vertelde over de Romeinse spelen in het Colosseum. Ik zag mezelf staan, in het felle zonlicht, tegenover een amfitheater stampvol vrouwen en mannen, en ik zou sterven. Ze keken naar me zonder me te zien, zagen alleen maar een naakt levend lichaam dat op het punt stond voor hen te worden opengereten, om hun een sensuele huivering van genot te geven. Toen, terwijl ik daar stond, dacht ik, dit is alleen maar een splintertje tijd, een schilfertje in de eeuwigheid. Zij en ik zullen allemaal op hetzelfde ogenblik sterven.

Maar ik putte daar geen moed uit, want mijn tijdsplinter, in de zon, mijn blote voeten op het zand van de arena, was volledig het heden, het middelpunt van tijd en ruimte. Het overweldigde alle andere dingen, oceanen en sterren, en niets anders was van belang behalve de unieke opeenvolging van gebeurtenissen, die mij, een Servische gevangene, daar gebracht had en me daar zou laten sterven.

Het klinkt misschien allemaal erg verward.

De tocht door de bossen met Trifko was zo'n tijdsplinter. Niets anders bestond of was van belang. En binnen dat heden waren we magisch gelukkig.

31

De logistiek van onze tocht had de precisie van een uurwerk. In het kantoor van de kapitein hadden we kennisgemaakt met een grenspostsergeant, een reus van een kerel met een gezicht als een

Montenegrijnse berghelling. 'Jullie gaan bij zijn post de grens over,' zei de kapitein, keek ons streng aan en wenste ons geluk.

De sergeant voerde ons in snelle mars door de zaterdagse drukte van de markt van Loznica, in ijltempo het stadje uit en de bossen in, Trifko en ik half lopend, half hollend, achter hem aan. 'Waarom gaan we naar het noorden?' vroegen we. 'Omdat daar mijn post is. Wat hebben jullie daar allemaal voor spullen onder je jas? Zal ik er iets van dragen? Doe ik graag.' We keken elkaar aan en wezen het aanbod met tegenzin af. Die handgranaten wogen meer dan drie pond per stuk en waren duivels moeilijk op hun plaats te houden.

Het moet minstens 25 kilometer zijn geweest, de afstand naar zijn post. We sliepen daar. De volgende ochtend bracht hij ons nog verder naar het noorden en toen in een roeiboot naar Isakovico, een eilandje in de Drina, Servisch grondgebied en onbewoond. Hij marcheerde (Trifko en ik waren het erover eens dat hij niet in staat was in normaal tempo te lopen) door de wilgenbossen die het eiland bedekten. We kwamen er aan de andere kant uit, en vonden daar een klein cafeetje. Onze sergeant gaf nadrukkelijke knipoogjes, genoot van onze verrassing, en wachtte tot we in lachen zouden uitbarsten. In dat café verkocht hij heimelijk brandewijn aan de boeren van Bosnië, die er niet tegenop zagen door de rivier te waden om een pittige, belastingvrije borrel te pakken. Hij deed dit niet uit eigen winstbejag, maar heimelijk-officieel, om een contactpunt met Bosniërs te hebben. Zo vertelde hij het ons tenminste.

We hingen daar die hele lange zondag rond. Er kwam niemand om de goedkope brandewijn. In de late middag kwam er een boer, een man van een jaar of vijftig of ouder, met een vriendelijk, verweerd gezicht. Hij zou onze 'passeur' zijn, zei de sergeant, zoals ze de mannen noemen die er hun werk van maken

langs allerlei omweggetjes militaire posten en patrouilles te ontlopen. De passeur kreeg een slok brandewijn, wij kregen een
glas zwarte koffie en we gingen toen met ons drieën op weg door
de ijzige rivier en de oever op.

Bosnië.

De passeur bleef staan, knoopte zijn broek open, en pieste
tegen de eerste de beste boom, terwijl hij ons aankeek. We glimlachten zo'n beetje, maar hij schudde ernstig zijn hoofd. 'Doe dit
ook,' zei hij, 'het brengt geluk, 't is een beproefde manier om uit
handen van de Oostenrijkers te blijven.' En dat was zo.

Deze vriendelijke oude man liep met nauwelijks een pauze aan
een stuk door, van tien uur die avond tot zeven uur de volgende ochtend, dwars door een onweersbui, rotsige heuvels op en
af, door bossen en beken en zand. Trifko en ik strompelden achter hem aan, in de toestand die ik al beschreven heb. Toen we
gingen zitten, tot geen beweging meer in staat, vertelde hij ons
opgewekt: 'Nog tien minuten.' En daar gingen we weer, en kwamen na precies tien minuten bij een hut waar een houthakker ons
koffie en geitenkaas gaf.

De volgende avond kwamen we in een dorp dat Priboj heette. Hier trommelde onze passeur een droefgeestig uitziende
man met een lange snor te voorschijn, die Veljiko heette en onderwijzer was. Hij stelde evenmin vragen en aanvaardde ons als
iets vanzelfsprekends; toen hij de toestand zag waarin we ver-
keerden, ging hij een zak halen en zei: 'Stop je spullen hierin.'
Omdat hij het allemaal scheen te weten of te raden, haalden we
eenvoudig onze wapens te voorschijn en deden wat hij gevraagd
had. De passeur was intussen verdwenen, maar in zijn plaats
dook een andere boer op, en nu droegen we allemaal om beurten onze last.

We liepen en liepen maar door, in een soort droom. De regen was opgehouden en een waterige maan scheen vals tussen de wolken door. We liepen nu over akkerland en de aarde was zo glad als ijs. Het moet in het holst van de nacht zijn geweest toen we bij een andere hut kwamen. Veljiko, de onderwijzer, zei dat we daar veilig konden gaan slapen. Hij gaf de boer wat geld en zei hem streng zijn mond dicht te houden, anders zou er wat zwaaien. Wij voegden er een kroon aan toe, en een soortgelijke waarschuwing over 'wraak van Belgrado' als hij dat niet deed. Dit was natuurlijk voor zijn eigen bescherming; zijn verdediging dat hij gedwongen was ons te helpen, redde later zijn leven.

De eigenaar van de hut was een oude boer die Mitar heette. Hij schonk ons glazen pruimenbrandewijn in, waarna Trifko en ik op een over de vloer uitgespreide deken gingen liggen en als een blok in slaap vielen. Nog voor het dag was, schudde Mitar ons wakker en zette ons en onze spullen op zijn door een paard getrokken wagen, en daar gingen we, klak-klak, naar Tuzla. Het was de hoogste luxe om te zitten, benen uitgestrekt, en gereden te worden, naar de langs glijdende bomen te kijken, en omhoog naar de hemel, zonder een spier te bewegen.

Anderhalve kilometer voor Tuzla stapten we af. Mitar reed verder om de zak bij een andere contactman af te geven, die we later zouden ontmoeten. Ik wilde er eerst nog mijn boeken uit halen, maar hij zei dat ik ze er net zo goed bij de rest in kon laten zitten. De zon was op, en Trifko en ik wasten onze bemodderde kleren in de beek die langs de weg liep. We schudden en wrongen elk kledingstuk zo goed mogelijk uit, trokken alles weer aan en sprongen op en neer om warm en droog te worden. 'We zien er nog steeds uit als schooiers,' zei Trifko, terwijl hij me inspecteerde, 'die broek van jou is helemaal gescheurd, je kont steekt eruit.' De zijne ook.

In de stad gingen we het eerste het beste warenhuis binnen dat we zagen en kochten elk een werkbroek en een zakkammetje, en gooiden onze oude broeken weg. We liepen Tuzla binnen en niemand staarde ons aan.

32

Ons rendez-vous in Tuzla was de plaatselijke Servische leeszaal, een door de kerk gesteunde instelling waar bloedeloze Servische publicaties ter lezing lagen, in zware houten houders om te garanderen dat niemand de verdomde dingen zou stelen. Hier zat een schrale, elegant geklede heer, de contactman die Mitar ons beschreven had, een van de vooraanstaande burgers van Tuzla, bankier, lid van de raad van commissarissen van de Servische Bank, eigenaar van de grootste bioscoop in de stad.

Toch was hij een vijand van het Rijk, dat zo nodig leger en marine zou hebben ingeschakeld om zijn rijkdom en bezit te beschermen. We kenden toen alleen maar zijn voornaam, Misko.

We gingen tegenover hem zitten, pakten elk een tijdschrift op om ons een houding te geven, en ik vroeg hem: 'Heeft iemand u onze spullen gebracht, meneer?'

'Ja,' zei hij, 'alles is nu in een kist verpakt.'

'Zou u ze op een dag naar Sarajevo kunnen brengen?' Hij aarzelde.

'Mijn vriend en ik stonden hier vroeger onder politietoezicht,' voegde ik eraan toe, 'en dat is misschien nog zo.'

'Gaat u wel eens naar Sarajevo?' vroeg Trifko.

'Jawel,' antwoordde hij, maar zei verder niets meer.

'Het zijn voornamelijk boeken,' zei Trifko dwaas.

'Misschien is dit de beste manier,' opperde ik, 'als u bereid zou zijn het risico te nemen de kist een paar dagen bij u te houden, zal ik of een vriend komen om de spullen te halen.'

'Hoe weet ik zeker dat hij een vriend is?' vroeg Misko.

'Hij zal u een wachtwoord geven,' zei Trifko. 'Ik weet het al, hij zal u een Stefanija-sigaret aanbieden.'

Daar moest Misko om glimlachen. 'Goed,' mompelde hij, en ging haastig weg. Maar hij bleek een bijzonder dapper man te zijn.

Trifko en ik wachtten nog een paar minuten en renden toen, voor zover onze pijnlijke voeten dat toelieten, naar ons vroegere stamcafé in Tuzla. Daar zat hij aan het raam, opgedoft als een kat – onze Cabri. 'Jezus, jullie zien er verschrikkelijk uit!' was het eerste wat hij zei. 'Jij... jij ziet er prachtig uit,' riep Trifko. We waren krankzinnig blij elkaar te zien. Elk van ons zei dat we van nu af aan, wat er ook gebeurde, bij elkaar zouden blijven.

'Ze zeggen dat de politie alle toegangswegen naar Sarajevo controleert, en het spoorwegstation ook,' zei Cabri.

'Dat doen ze altijd.'

'Maar nu veel systematischer. En je kan er donder op zeggen dat het erger wordt naarmate dat Bezoek nadert.'

'We gaan vandaag meteen verder,' zei ik. 'Ik weet dat er een middagtrein is.'

'En onze spullen?' vroeg hij.

'Die zijn voorlopig veilig, hier in Tuzla. Het was een hele sjouw; je weet niet wat je gemist hebt.'

Cabri's gezicht betrok. 'Als ik jullie zo zie, kan ik me dat voorstellen,' zei hij. 'En ik vraag me af hoe ik het goed kan maken. Ik sta nu bij jullie in de schuld.'

'Nee,' riepen Trifko en ik tegelijk. 'Helemaal niet,' zei ik. 'Jij hebt iets prachtigs gemist.'

Hij keek ons verbaasd aan en we probeerden hem uit te leggen, elkaar in de reden vallend, in afgebroken zinnetjes, dat we nooit zo gelukkig waren geweest als toen we met die wapens door de modder van Bosnië's grensland sjouwden. Hij begreep het niet of wilde ons niet geloven; hij dacht dat we alleen maar probeerden hem op te beuren.

Die middag namen we de trein naar Sarajevo.

33

Bosna Serai, de burcht van Bosnië, zo heette Sarajevo in de tijd van de Turken. Die faam wilden we herstellen.

Het is vreemd hoe de Turkse dagen ondanks al hun gruwelen nu minder egaal zwart lijken dan de dagen onder Oostenrijk. Nu en dan hadden de Turken een zekere grootsheid getoond, had onbekwaamheid hun hebzucht gestild. De Oostenrijkse bezetting zou nooit iets anders zijn dan een nachtmerrie: moderne wreedheid is erger dan primitieve wreedheid. Het is minder afstompend om door krijgslieden te worden onderdrukt dan door sadistische kruideniers en ambtenaren die ver van huis de vrije teugel krijgen.

Ik heb wel eens gehoord dat de eerste herinnering die je uit je jeugd bijblijft een belangrijke aanwijzing voor je karakter is. Ik weet niet wat de mijne betekent en ik ben er zelfs niet zeker van of die wel reëel is en geen gedroomde herinnering aan een afbeelding in een boek. Maar in die herinnering zie ik mezelf als klein kind langs Sarajevo's rivier lopen, de Miljacka, aan de hand van mijn moeder.

Die rivier kronkelde vroeger door de stad, met in de bochten vlakke, zandige oevers waar kinderen speelden. Boomgaarden en decoratieve tuinen omzoomden de rivier, de een na de ander

– want de Turken hadden de lusthoven van Perzië naar de Balkanlanden gebracht (zoals de Arabieren ze naar Spanje gebracht hadden). Later werd de rivier door de Oostenrijkers tussen stenen oevers gekanaliseerd, achter een muur – alsof niemand hem mocht zien. Ze bouwden een kade waar de tuinen waren geweest en noemden die naar een van hun baronnen die Appel heette. Ze vervingen de smalle voetbrug door wat nu de Latijnse Brug heette. Sarajevo werd in de zomer van 1878 door het leger van de Habsburgers bezet, zestien jaar voordat ik geboren werd; ik heb mijn moeder nooit gevraagd of ze me ooit als klein kind mee nam naar Sarajevo.

Maar in die vroegste herinnering is er geen muur en ook geen kade. Mijn moeder en ik lopen over de voetbrug naar de andere oever van de Miljacka en wandelen langs het water, onder de vruchtbomen. Aan haar andere arm hangt een grote mand. De lucht is zoel en warm en de zon bespikkelt het gras onder het gebladerte.

Hoog op de berghelling doemt een dreigend, grauw brok steen op. Dat moet de Franz-Josef-kazerne zijn geweest, en die is er nog steeds. Maar we wenden ons ervan af. Mijn moeder doet mijn sandaaltjes uit en laat me door het gras en het zand dartelen.

Op een bepaald moment realiseer ik me plotseling dat ik alleen ben en ik verstar en draai me om.

Ze staat daar onder een boom in het zonlicht, en glimlacht naar me. Ik ren naar haar toe. Ik brand van liefde voor haar.

34

Toen Trifko, Cabri en ik in Sarajevo uit de trein stapten en over het perron liepen onder de met stoom gevulde glazen koepel, waardoor stemmen en het gesis van de locomotief weerkaatst werden, kwam er een andere tijdklok in werking. Ik herhaalde bij mezelf: 'Drieëntwintig, drieëntwintig.' Er waren, of ik had, nog maar 23 dagen. Trifko zag mijn lippen bewegen en vroeg: 'Wat?'

'Niets.' Politie was bezig bij de uitgang de bagage te controleren. We liepen langs hen zonder ze aan te kijken.

Er was nog daglicht en de hemel, zonder de belemmering van vuile treinraampjes, was van een ontstellend fel citroengroen. Geschreeuw klonk op van mannen die in de militaire manege aan de overkant van de straat aan het oefenen waren. *Im Arbeitstempo Trab! Im Galopp Marsch!* We konden ze niet zien, maar de veren op de helm van een van de ruiters staken boven de muur uit, op en neer dansend alsof er daar een vogel fladderde, zei Trifko. 'Meer alsof iemand aan de andere kant ronddraaft met een afgehouwen hoofd op een staak,' antwoordde Cabri. We bleven staan. 'Het is zijn cavalerie-escorte dat zich al voorbereidt.'

'Oh, wie weet.'

'Ik ga door naar Pale,' zei Trifko. 'Ik kan het best bij mijn ouders logeren. Ze zullen niet al te verrast zijn, ze vertrouwen me altijd.' We vroegen hem hoe hij daar wilde komen, want het is ver het land in. Er ging een lokaaltreintje van het station Mariendvor. 'Ik ben morgen of overmorgen terug,' zei hij. Handen schudden.

'En jij?' vroeg Cabri. 'En jij?' vroeg ik terug. Hij zou ook naar zijn ouders gaan. 'Ik krijg geen enkele moeilijkheid met mijn vader,' zei hij. 'Ik zal hem vertellen dat ik ben teruggekomen voor een betere baan in een drukkerij hier. Hij zal me verder niets vragen.'

Wat mij betrof, ik ging terug naar mijn vroegere pension, waar ik gewoond had toen ik in Sarajevo op school ging en waar de zoon van de hospita mijn vriend was geworden, ofschoon hij vier jaar ouder was dan ik. Ik had er lang over nagedacht. Het was de enige gelegenheid waar ik zou worden binnengelaten zonder me eerst bij de politie te hoeven melden, en het was de logische keus. Iedereen zou verwachten dat ik daar weer naartoe zou gaan. Maar het zou een risico kunnen meebrengen voor mijn vriend, Danilo.

Het was natuurlijk een ernstige fout dat ik daarheen terugging. We waren geen politieke samenzweerders; we waren acteurs in een zinnespel. Zo voelden we het tenminste.

Danilo was niet thuis. Zijn moeder verwelkomde me zonder enige omhaal. Ze nam aan dat mijn school me weer had toegelaten. Er waren maar weinig huurders en ze gaf me mijn oude kamer. De huur was veertien kronen per maand. Ik betaalde er tien en beloofde de rest de volgende week te zullen voldoen.

Ik zat aan mijn vertrouwde raam uit te kijken op de Oprkanjstraat, alsof er niets gebeurd was. Ik moest een golf van somberheid wegdrukken toen ik eraan dacht hoe ik een half jaar tevoren uit die kamer was weggegaan, niet verwachtend er ooit weer terug te komen. Dat ging voorbij. Ik zat daar niet meer als een leerling van de middelbare school.

Maar ik had op dat moment niet de moed de stad in te gaan en vrienden uit dat voorbije verleden te ontmoeten. Ik had de moed niet om Sophia weer te zien. Het was een zachte zomeravond en ik had het erg koud. Ik sloot het raam, trok mijn schoenen uit, en kroop met al mijn kleren aan onder de dekens.

35

Ik drentelde door de Turkse bazar en keek naar de lederwaren en de tapijten alsof ik een toerist uit Londen of Wenen was; ik ging aan een tafeltje zitten en bestelde zwarte koffie. Die ochtend was ik een vreemdeling in Sarajevo, een zeer eenzame reiziger. Ik had het boek van Andreyev bij me, maar zonder ze op te zoeken herinnerde ik me die woorden die Trifko me op een avond had voorgelezen, 'een nevel, ze zag alles door een nevel, zoals dat mensen gebeurt die worden meegesleept door een of andere alles absorberende, grote gedachte.' Ik voelde niets van zo'n nevel om me heen.

Integendeel, ik zag en hoorde alles met snijdende scherpte: de dakranden, de bergtoppen, de pruimenbomen, waarin nog een paar verdroogde bloesems hingen, tekenden zich zo scherp tegen de hemel af, de geluiden van het leven om me heen waren zo schallend helder, alsof dit alles plaatsvond in een uitgestrekte, droge Saharawoestijn. Was het dan geen grote gedachte die ons hier had gebracht? Ik hield mezelf voor dat ik zonder twijfel weer een stap omhoog was gegaan op dat denkbeeldige bordes.

Tegen twaalf uur liep ik naar Sophia's school en wachtte aan de overkant van de straat. Toen de school uitging, was zij een van de eersten die naar buiten kwamen en in één beweging zag ze me, draaide zich naar me om, en begon de straat over te steken. Ze bleef voor me staan en staarde me zonder verrassing of aarzeling aan.

Ik glimlachte vaag.

'Wat zie je bleek,' zei ze zacht.

'Oh...,' begon ik, en wist niet wat ik verder moest zeggen.

Ze trok met haar beide handen mijn hoofd omlaag en beroerde mijn voorhoofd met haar lippen. Toen nam ze mijn hand en liep vlug door, mij dwingend naast haar te blijven. Ik zag een traan langs haar wang rollen, zag hoe ze die met haar mouw wegveegde, en zei er niets over.

Ze vroeg nooit waarom ik was teruggekomen.

We liepen in noordelijke richting de helling op, gingen op een bank zitten en keken uit over de seringen en de verschoten rode daken en koepels en minaretten. We konden de rivier zien, en een rookpluim van een trein. Na een poosje zei ik: 'Je moet terug, straks kom je te laat op school.' Ze schudde haar hoofd en antwoordde: 'Het doet er niet toe.'

Ze speelde met de vingers van mijn hand, en zei toen: 'Lees me iets voor uit je boek.'

Ik sloeg het op verschillende plaatsen open, maar de woorden bleven allemaal in mijn keel steken. Ze nam het uit mijn handen en bladerde erin; ten slotte hield ze bij een pagina op en begon heel duidelijk te lezen.

'Wat denken die mensen wel? Dat er niets verschrikkelijkers is dan de dood? Ze hebben de Dood zelf verzonnen, ze zijn er zelf bang voor, en ze proberen er ons angst mee aan te jagen.

Wanneer duizenden één mens doden, betekent dit dat die ene gewonnen heeft.'

Haar stem vervaagde. 'Is dat waar?' vroeg ze.

'Ja, dat geloof ik wel.'

'Ben je daarom niet bang voor de dood?' Haar stem was licht.

'Hoe weet je dat ik dat niet ben?' vroeg ik, en keek haar glimlachend aan. Op dat moment, voor het eerst, zag ik haar weer. Ik zag haar zeegroene ogen en die zachte ronding van haar jurk, de zwarte kousen die haar benen verborgen, vijftienjarige meisjesbenen.

'Ik weet alleen,' zei ze, 'dat ik er ook niet bang voor ben. Maar je moet me antwoord geven op mijn vraag.'

Ik dacht erover na. 'Mijn ouders hadden negen kinderen,' antwoordde ik, 'dat wil zeggen, negen in totaal. Drie van ons zijn nog in leven. Een paar waren al gestorven voordat ik kwam, maar ik herinner me twee zusjes die doodgingen. Ze waren nog pas twee of drie jaar oud. De priester kwam, maar hij leek een beetje verstrooid. De dood van jonge kinderen op de bergboerderijen van Bosnië is geen grote gebeurtenis. Maar dat weet je allemaal.'

'Ja...' zei ze, en wachtte op meer.

'Dat is je antwoord,' zei ik. 'De vonk sloeg in...'

'De vonk?' met een hoge stem.

'Het is niet mijn bedoeling dat mijn woorden klinken als die van een Duitse dichter,' zei ik. 'Die gedachte viel me net in. Vonken slaan in de schoot van een vrouw in. In de schoot van mijn moeder. De meeste doven al voor er zelfs maar een klein vlammetje komt. Een kansspel, met zo overweldigend weinig kans op een, één, enkel, nooit gezien of herhaald leven.'

Ze kneep haar lippen samen en zuchtte.

Ik begon te lachen. 'Oh, Sophia,' zei ik. 'Vukosava Sophia... heb ik je teleurgesteld?'

'Ja.'

'Ik weet het. Je had een geïnspireerde verklaring verwacht over persoonlijk offer en de toekomst van het volk.'

'Ja.'

'Weet je niet dat die verklaringen alleen maar worden afgelegd door bejaarde staatslieden, die net zijn teruggekomen van een bezoek aan hun dokter die hun bloeddruk heeft opgenomen en hun adem heeft geroken, naar hun tong heeft gekeken en gezegd heeft van twintig havannasigaren tot vijf te minderen?'

Ze keek naar de bladzijde in het boek van Andreyev. 'Zijn dat de mensen "die de Dood hebben verzonnen"?' vroeg ze.

Ik wist niet wat ik daarop moest antwoorden. Het kwam me nu hoogst mysterieus voor dat een of andere heer in Wenen, die bezorgd nadacht over het ja of nee van zijn zesde sigaar en die zijn eigen pols voelde voordat hij ging slapen, zo gemakkelijk kon praten over oorlog en vrede, gevangenissen en het schavot.

'Misschien is het hun eetlust,' zei Sophia. 'Ik bedoel, dieren, die natuurlijk onschuldig zijn, eten gewoon wanneer ze honger hebben. Het is het enige wat ze weten. Een vogel eet een worm op en kan er niet over nadenken of die worm pijn lijdt. Het dier heeft honger en dat is alles. Misschien zijn die ouwe mannen die Bosnië opslokken te hongerig om aan iets anders te denken.'

'Sophia...?' vroeg ik na een poosje.

'Ja.'

'Wanneer word je zestien?'

'In september. Nog maar drie maanden.'

Nog maar drie maanden.

Ze hield het boek op om het me aan te reiken. Ik maakte van de beweging gebruik om haar met de palm van mijn hand aan te raken, haar borst heel lichtjes te strelen.

36

De krakende vloer van de overloop maakte me laat in de avond wakker. Ik keek om de hoek van mijn deur en zag Danilo op het punt zijn kamer in te gaan. Hij kwam bij mij binnen en ging in mijn vensterbank zitten, en ik kroop weer in bed. Maanlicht overspoelde door het open gordijn de kamer. Zo hadden we vroeger vaak nachtelijke gesprekken gevoerd, met het licht uit, want als we het aanknipten, zou zijn moeder op een geheimzinnige manier prompt wakker worden en komen klagen over de hoge elektriciteitsrekening.

Danilo, ex-onderwijzer, ex-allerlei-baantjes, 22 of 23 jaar oud, was in die tijd corrector bij een uitgeverij. Ik wist dat hij meer in zijn mars had dan de meeste schrijvers wier werk hij moest corrigeren, maar hij was te rusteloos en onorthodox om zelf te schrijven, behalve nu en dan iets voor onze illegale en halflegale publicaties. Ik had gedurende mijn jaren in dat pension erg veel van hem geleerd. Zelfs toen ik nog pas dertien was en hij zeventien, had hij nooit uit de hoogte tegen me gedaan.

'Dus je bent hier al voor Vidovdan,' waren zijn eerste woorden, nadat hij zich geïnstalleerd had en een sigaret had opgestoken. Hij vroeg het niet; hij constateerde het feit. Ik kon niets anders antwoorden dan 'Ja.'

'Sint-Vitusdag,' zei Danilo. (Dat betekent Vidovdan natuurlijk.) 'Echt iets voor ons Slaven om onze grote nationale herdenking op de dag van Sint-Vitus te hebben. Wat je noemt de volmaakte heilige voor ons.'

'De heilige van de gekken.'

'Ik weet alles van 'm af; ik corrigeer een essay over het onderwerp door een of andere verdomde professor, hij is niet alleen de patroon van de gekken maar ook van de epileptici, wijnbouwers, acteurs, soldaten (dat wil zeggen de infanterie, natuurlijk), doofstommen, herbergiers, mensen die door de bliksem getroffen of door slangen gebeten zijn, en wat nog meer – wacht – kinderen die in bed plassen en meisjes die hun kuisheid verdedigen. Hij wordt meestal afgebeeld met een kraai, en hij werd vermoord door ons eigen wonderkind keizer Diocletianus.'

Hij had moeite met zijn sigaret, gooide die uit het raam, en rolde een nieuwe.

In de stilte sloegen de klokken van een naburige kerk twee uur.

'Heb je wapens?' vroeg Danilo.

'Ja.'

Een nieuwe stilte. Ik realiseerde me dat hij niets meer zou vragen. 'Ze zijn nog niet hier,' vertelde ik hem. 'Ze zijn nog in Tuzla. Ik moet ze gaan halen, maar ik weet nog niet goed hoe.'

'Ik zal het doen.'

'Nee.'

'Ja.'

'Ik heb het recht niet iemand anders dat risico te laten lopen,' zei ik.

Hij haalde zijn schouders op. Dat kon ik niet zien, maar ik concludeerde het uit het geluid van zijn colbert dat langs het hout van het raamkozijn schuurde. 'Je hebt geen enkel recht om het zelf te riskeren. Als ze iemand anders pakken, kun jij het opnieuw proberen, langs een andere weg. Da's 't ABC van actie. Dat heb ik je geleerd,' besloot hij met een lachje.

'Sta je niet onder toezicht?'

'Niet meer. Daar ben ik nu al twee jaar vanaf. En ik corrigeer allerlei overheidsgedoas. Ze nemen aan dat ik m'n lesje nu wel geleerd heb. Bovendien weet ik hoe ik zoiets moet aanpakken.'

'Hoe dan?'

Hij nam een diepe haal aan zijn sigaret; ik zag het puntje opgloeien. Je kon merken dat het hem plezier deed om dit uit te leggen. 'Tuzla...' zei hij. 'Mooi. In dat geval stap je met je spul, wat je ook maar naar binnen wilt smokkelen, bij de Alipasabrug uit. Er is daar niks te doen bij die halte, nooit politie te zien. Van Alipasa neem je de lokaaltrein naar Elidza. Maar je rijdt niet door tot Elidza. Die trein heeft, om duistere redenen, een halte bij Mariendvor. Nooit een levende ziel daar. Ook geen controle. Je stapt bij Mariendvor uit en je pakt een tram om thuis te komen.' Hij grinnikte. 'De machtige rijken van de onderdrukkers hebben allemaal hun kleine vergeten Mariendvors. Hoewel ze die misschien op een dag ook gaan afsluiten. Dan hebben we 't gehad.'

'Op een dag. Tenzij wij eerst winnen.'

'Weet je, Gavre,' zei hij, 'ik geloof niet in wat jij aan het doen bent. Het is 't verkeerde tijdstip voor gewelddaden.'

Dat overrompelde me. 'Dan wil ik zéker niet dat jij naar Tuzla gaat. Dat zou dubbel krankzinnig zijn, zo'n risico te nemen voor iets waar je niet in gelooft.'

'Maar ik geloof in vriendschap,' zei Danilo. 'Daar gaat het per saldo om, nietwaar? Of, als je geen bezwaar tegen pathos hebt, broederschap.'

'Ik moet ook zorgen dat je een pak krijgt,' ging Danilo na een ogenblik stilte verder, terwijl hij mijn werkbroek van een stoel pakte en bij het raam hield voor een nauwkeurige inspectie. 'Dit is niks. Een kostuum, een overhemd met een witte boord, en een das. Je moet eruitzien als een ambtenaar. Waar zijn je eigen kleren?'

'M'n pak hangt bij m'n broer thuis. Ik weet niet zeker of ik daar wel naartoe wil.'

'Niet doen. Ik tik wel iets op de kop dat je past. Maar nu moest ik maar liever naar bed gaan, jij zult ook nog wel een beetje willen slapen.'

'Ik wil je eerst een verhaal vertellen,' zei ik. 'Ik heb het vanmiddag gelezen, toen ik in de stadsbibliotheek zat. Het staat in de reisherinneringen van Humboldt. Hij is in Paramaribo... weet je waar dat ligt?'

'Niet precies. Zuid-Amerika?'

'Ja. Een Nederlandse kolonie. De burgemeester of iemand anders heeft hem uitgenodigd voor een bezoek aan het nieuwe ziekenhuis, waar ze erg trots op waren. Toen zag Humboldt in een wachtkamer twee negerslaven zitten, bomen van kerels, heel rustig, met een soldaat tussen hen in. Ze waren geboeid. "Waarom zitten die twee hier?" vroeg Humboldt.

"Voor een operatie," zei zijn begeleider hem. "Een operatie? Ze lijken me zo te zien gezond en sterk toe." "Het zijn gevluchte slaven, twee dagen geleden gepakt." "En?" "Nu wordt hun linkerbeen afgezet." Humboldt dacht dat de man een grapje maakte. "Het is de wet," werd hem heel ernstig verteld, "maar het gebeurt door een chirurg. We zijn geen barbaren." Humboldt vluchtte vol afgrijzen de kamer uit. Stel je voor, de dokter die binnenkomt en met een vriendelijk lachje vraagt: "Wie volgt?" Is dat geen afgrijselijk verhaal, afgrijselijker dan ieder verhaal over een bloedbad?'

'Waarom heb je 't me verteld?' vroeg Danilo.

'Ik wil niet in Bosnië zitten wachten, zoals die slaven.'

'De vergelijking gaat mank, Gavrilo,' zei hij me.

'Het is een parabel. Onze eeuw verminkt mensen.'

Nadat hij was weggegaan, liet ik het gordijn open en kon nu van mijn bed de maan zien. Ik probeerde te bedenken welke argumenten ik tegen Danilo had moeten gebruiken, maar ik voelde me wegglijden in een droom.

Ik weet dat dromen symbolisch zijn, niet letterlijk, maar die nacht en vaak daarna droomde ik gewoon dat de politie van Sarajevo me achterna zat. Het waren geen nachtmerries; ik amuseerde me; ze kregen me niet te pakken.

37

Drie dagen later stond, toen ik thuiskwam, de kist met wapens en boeken uit Tuzla onder mijn bed. Ik maakte de pistolen schoon, zoals Milan me dat had laten zien, en wikkelde de handgranaten met grote zorg in een deken. Ik keek een poosje zwijgend naar die fles met troebele vloeistof en het etiket 'Vergif': Pruisisch zuur, waterstofcyanide, HCN. Het was moeilijk te bevatten dat die drie eenvoudige elementen van de natuur, waterstof, koolstof, stikstof, samen zoiets als een chemische schorpioen zouden vormen, die je bloed in één beet verslindt. Het was beter er, als het even mogelijk was, niet aan te denken.

Trifko en Cabri kwamen bij me om hun spullen in ontvangst te nemen. Ik gaf hun elk een pistool en een handgranaat, en vergif. We waren het erover eens dat we niet te veel in elkaars gezelschap moesten worden gezien. We moesten andere studenten niet ontlopen: er was alle kans dat de politie de mensen op alle mogelijke manieren controleerde en observeerde, nu het bezoek naderbij kwam.

We waren in een heel andere gemoedstoestand dan bij onze blije hereniging in Tuzla, waar we hadden gezegd dat we voortaan bij elkaar zouden blijven – een stemming die overschaduwd werd door de fles vergif. 'Maar als 't er op aankomt, zijn we bij elkaar,' zei Cabri, 'of we elkaar zien of niet.'

Cabri ging werken, wat me een verbluffend vertoon van zelfdiscipline leek, tot ik een week later zijn voorbeeld volgde en het makkelijker vond dan ik gedacht had. Mijn baan bestond uit het kopiëren van de notulen van de Prosvjeta, een Servische welzijnsorganisatie. Van het geld dat ik verdiende betaalde ik mijn schulden. Wat Trifko betrof, die bleef de meeste dagen bij zijn ouders in Pale. Hij had daar ook zijn vriendinnetje, een erg leuk jong onderwijzeresje aan de lagere school in Pale. Ik weet niet wat hij haar vertelde.

De avonden in Sarajevo waren het moeilijkst; het bleef zo lang licht, met een weifelend gouden schijnsel dat tussen de huizen bleef hangen en me vervulde met droefgeestige buien van angst, een bijna ziekelijk ongeduld.

Ik ging dan meestal naar café Semiz, een plezierige normale activiteit voor het geval de politie me in het oog hield. Het was een etablissement waar ze alleen wijn serveerden en waar ik nooit eerder een voet gezet had. Nu wilde ik gezien worden met het soort mensen dat hier stamgast was. Ik kende een van hen, een student die Jevtic heette, en hij nam me met grote hartelijkheid in zijn kring op. Die jongens waren allemaal voor en tegen de juiste dingen, maar ze hingen gewoon maar wat rond; ze waren bohemiens, zeiden ze. Wat kon dat voor zin hebben, hun artistieke afwijzing van de boven ons gevestigde orde? De eigenaar van café Semiz verdiende wat geld, terwijl het Rijk zich er geen donder van aantrok. Er zijn maar twee kanten aan een barricade. Maar ik hield mijn mond.

De burgemeester, of wie dat soort dingen doet, liet in zijn feestprogramma zijn oog op de naam vallen van de straat waarin café Semiz stond. Een al lang dode Hongaarse generaal beet in het stof en moest plaatsmaken voor de satraap, en daar zaten we opeens in de Franz-Ferdinandstraat! Ik besloot er een goed voorteken in te zien. Waarom niet.

De studenten maakten er eindeloos grappen over. Twee jongens stonden erop iedereen voor de gelegenheid te trakteren en brachten alle mogelijke krankzinnige heildronken uit. Maar ze gingen maar door en door om te zien wie de meeste wijn binnen kon houden. Een van hen duwde almaar een glas tegen mijn lippen, terwijl hij me zei dat ik niet bang hoefde te zijn, tot ik zo razend werd dat ik opstond om hem te lijf te gaan. Hij deinsde achteruit en ik schaamde me. 'Doe niet zo lullig,' zei ik schaapachtig.

'En doe jij niet zo minachtend, Gavre,' antwoordde Jevtic voor hem. 'Iedereen moet op z'n tijd 'ns dronken zijn.'

'Dat vind ik best,' zei ik. 'Vraag me alleen niet jullie tedere belangstelling voor jullie eigen dierbare lichaamsfuncties te delen. We moeten het tegen serieuzere vijanden zien op te nemen dan OH-groepen.'

Dat wekte grote hilariteit aan onze tafel. 'OH-groepen?' herhaalden ze. Ik begon ook te lachen. 'Ik heb in Belgrado scheikunde gedaan,' zei ik, 'zoek 't maar op.' En ze bleven maar roepen: 'OH-groepen! Wie wil er nog een glaasje OH-groepen?'

Ik stond buiten. Er was die nacht maar één enkele ster zichtbaar in een inktzwarte hemel. Het was een raadsel voor me, want daar dreven grote wolken langs en toch, iedere keer als ik omhoogkeek, was die ene ster daar. Ik genoot van de smaak van wijn in mijn mond, een smaak die ik nooit eerder geproefd had, maar de wijn had geen uitwerking op me. Als dronken zijn, zoals Jevtic me vertelde, bevrijd zijn van jezelf is, werd ik dronken langs een andere weg. Via mijn strijd anti-het-privéleven.

Ik drentelde door Sophia's straat en toen ik langs haar huis kwam, schreeuwde ik tegen de wind in: 'Sophia!' zonder te blijven staan. In mijn kamer gooide ik het raam open. Ik had het nu niet koud meer, nooit meer. Ik liet de gordijnen wapperen en fladderen, ik bleef naar die ene ster kijken, liet ongevormde gedachten door mijn hoofd jagen. Ik haalde Sophia binnen mijn jeugdherinnering van de boomgaarden langs de rivier in Sarajevo. Ze lag in het gras, soms in haar schooljurk, soms naakt. Dan durfde ik niet naar haar buik te kijken, want ik was er niet zeker van hoe de buik van een meisje eruitziet en ik wilde het fantasiebeeld niet bederven. Ik dacht, laat ik die buik maar zien als een Y, een bloemrijke Y. Ik liet bladeren en schaduwen over haar huid glijden. Diep-in, verdrinkend.

De zwarte nachtwind zuchtend over de stad.

Insecten vlogen naar binnen, tegen mijn gezicht, motjes. Ik moest ze ontwijken, en ze konden hun weg terug naar buiten niet vinden. Ik pakte er een, die in een hoek wanhopig fladderde, bij de vleugeltjes om naar het raam te brengen, en toen leek het plotseling een prehistorisch griezelig ding dat ik met iets van angst losliet.

Danilo's stem. Er was een man bij hem gekomen, met een boodschap voor mij en 'mijn helpers'. 'Hij moet me door mijn Tuzla-expeditie op het spoor zijn gekomen,' zei Danilo. 'Ze lijken me niet erg voorzichtig toe, die mensen. Ik zei hem dat ik niets over je plannen wist en er geen idee van had wie je "helpers" konden zijn. Toen stond hij erop mij de boodschap aan jullie door te geven.'

De boodschap betrof een zogenaamde verandering van inzicht bij Milans vrienden in Belgrado, aangeduid als 'MC'. Ze hadden er nu spijt van dat ze ons voorzien hadden van wat de man wapens had genoemd, en ze verzochten ons op onze plannen terug te komen. Ze vonden dat dit niet het moment voor avonturisme was. Danilo was het daar natuurlijk toevallig mee eens, maar hij had de afgezant ernstig gevraagd: 'Waarom niet?' Omdat er geen politieke organisatie was die ervan zou profiteren, en vanwege het gevaar van vergelding tegen onschuldige mensen.

'Heb je geroepen: "Er zijn geen onschuldigen!"' vroeg ik Danilo.

Hij glimlachte. 'Heb je er wel eens aan gedacht dat jij en wij allemaal misschien alleen maar gebruikt worden?'

'Cabri zou hierop antwoorden: "Nou en?" en dat is het volmaakte antwoord. We zijn geen doetjes; niemand heeft ons ergens ingepraat. Het kan me niet schelen wat een of andere geschifte politicus van ons zou willen maken. Hun woorden en zelfs hun daden houden geen enkel verband met onze realiteit.'

'Goed,' zei hij. 'Dan is er nog een ergere mogelijkheid. Stel dat jij en ik en wij allemaal onze eigen mensen alleen maar van de wijs brengen? Alleen maar de wereld tot *last* zijn?'

'Daar vang je me ook niet mee. Geen grote schok. Ik overschat de slechtheid van de mens niet. Een slachtoffer hoeft vaak niet eens zijn beul tot last te zijn, of zichzelf. Ik voel mijn eigen knullige gerechtvaardigdheid soms als een last.'

'Maar je bent er toch gelukkig mee?'

'Oh, verdomme,' zei ik, 'ik wil hier niet over doordrammen. Als ik niet gelukkig ben, maakt het me gelukkig om ongelukkig te zijn. Weet je, er is niets wat meer bevredigt dat het geluk van anderen. Het wordt niet bitter, je kunt erin blijven geloven.'

'Jullie denken in beslissende daden en beslissende data,' antwoordde Danilo, 'maar de beslissende data in de geschiedenis blijven nog lang daarna geheim.' Hij gooide mijn deur open, want hij heeft de gewoonte na een dergelijke verklaring de kamer uit te wandelen; ik sprong op en greep hem bij zijn mouw.

'Niet altijd!' riep ik.

'Oh ja, dat vergat ik bijna,' zei Danilo vanaf de overloop. 'Ik zou de overgebleven wapens best kunnen gebruiken.'

'Maar...,' begon ik.

'Misschien heb je me overtuigd.' Deze keer verdween hij voordat ik verder nog iets kon zeggen.

38

Ilidza is een kleine badplaats, een halfuurtje ten zuiden van ons, hoger in de bergen, met fosfaatbronnen die heilzaam zijn voor, weet ik veel, een overladen maag. Hier, zo deelden de kranten ons mee, zou het aartshertogelijke hoofdkwartier worden gevestigd voor de militaire manoeuvres en het bezoek aan Sarajevo.

Het leek ons goed daar eens te gaan rondkijken. Ik ging er naartoe met Trifko, die zijn vriendinnetje meenam om het natuurlijker en onschuldiger te doen lijken, terwijl Cabri een andere dag op verkenning zou gaan, met zijn moeder op sleeptouw.

Trifko en het meisje haalden me van het station af. Ze heette Leposava, en ze zag er nog net zo blij en gelukkig uit als ik me van de laatste keer herinnerde, een jaar geleden. We gingen op weg naar het Bosna Hotel. Ze bleef iets achter toen we langs een paar marktkraampjes liepen, en Trifko vroeg me met gedempte stem: 'Heb je dat gehoord, van de scholen?'

'Nee, wat dan?'

'Alle scholen gaan dit jaar vroeg dicht, en leerlingen die niet in Sarajevo wonen zullen de stad meteen moeten verlaten.' Leposava haalde ons in voordat ik iets kon antwoorden. We zullen ons op onze adressen in Sarajevo moeten laten inschrijven, dacht ik.

Het Bosna Hotel was een chaos van timmerlieden, schilders en metselaars, met overal ladders en kalk. Mannen sjouwden rond met stoelen en vloerkleden, en door de hele vestibule klonk gehamer. Ik liep naar de receptie (ik had het kostuum met witte boord aan dat Danilo me gegeven had) en vroeg: 'Waar kunnen we theedrinken?' 'Op het terras in de tuin,' zei de receptionist; verder was het hele gebouw tijdelijk gesloten. 'Het hele hotel wordt gerestaureerd,' voegde hij eraan toe.

'Gerestaureerd? Voor het bezoek van Zijne Hoogheid?' vroeg ik.

'Voor het bezoek van Zijne Keizerlijke en Koninklijke Hoogheid. Het hele hotel is gerequireerd. Ik zal u iets laten zien.'

Hij kwam vanachter zijn balie vandaan en ging ons voor, door de vestibule, naar een ruimte die de schrijfkamer moest zijn geweest. Ze droegen net een laatste schrijftafel weg. Een groep arbeiders op ladders was bezig de wanden te bedekken met goudbrokaat waarop zwarte Oostenrijkse tweekoppige adelaars en crucifixen elkaar afwisselden. De in wit en groen uit-gevoerde wanden waren versierd geweest met landelijke tafe-relen waarin herderinnetjes elkaar kroonden in aanwezigheid van groepjes naakte baby's met bloemenkransen, en het was een vreemd gezicht om dat alles nu geleidelijk onder het goudbro-kaat en zwarte linnen te zien verdwijnen. Twee mannen waren bezig met touwen en katrollen een vergulde Christusfiguur te-gen de zwarte wand op te hijsen.

'Veertigduizend goudkronen,' zei de receptionist met vol-doening. 'Dat gaat het allemaal kosten.'

'Tjeetje,' zuchtte Leposava.

'Alleen maar deze kapel, let wel,' zei hij ons.

'Maar waarom?' vroeg Trifko. 'Waarom is dit nodig?' des-ondanks met een stem vol ontzag.

'Hunne Hoogheden willen altijd een mis in alle besloten-heid,' vertelde de receptionist.

'Hunne Hoogheden?'

'De hertogin zal hier ook zijn.'

'Nog meer slecht nieuws,' mompelde Trifko in mijn oor.

'Heren, jongedame,' zei de receptionist, en leidde ons, een andere deur openend, door een gang en naar buiten een tuin in.

'Wat is dit hier?' vroeg Trifko.

'U wilde toch theedrinken,' zei de receptionist. 'Dat pad af, alstublieft,' en hij verdween met een kleine buiging.

Trifko en Leposava begonnen te lachen. 'We gaan hier geen theedrinken,' zei ze, 'ik zie al die dames met grote hoeden op al naar me staren, en bovendien zal 't een fortuin kosten.'

'Compleet met strijkkwartet,' zei Trifko.

'Oh, laten we 't doen,' vroeg ik hem.

'Waarom?'

'Ik weet niet.'

Er viel niets te verkennen in de theetuin, die ongetwijfeld zou worden gesloten zodra de satraap gearriveerd was. Eerlijk gezegd probeerde ik op dat moment helemaal niet aan hem te denken. Ik wilde alleen maar in die zonnige tuin thee zitten drinken, naast de dames met de grote hoeden op en het strijkkwartet; ik wilde dat een keer hebben gedaan. Al was het alleen maar om het te verfoeien.

Maar er waren geen dames en geen strijkers. We waren met ons drieën de enige gasten, en we werden naar een tafeltje geleid bij een balustrade boven een vijver met twee zwanen. Ze brachten ons thee, en Leposava roerde erin. Het gezang van de vogels in de bomen om ons heen overstemde het hamerlawaai uit het hotel. Een bij viel in de melk, maar werd door Trifko gered. De lucht was zoel en geurde naar het gras en de bloemen.

Trifko's meisje fluisterde iets tegen hem.

De heldere klank van een theekopje dat op het schoteltje werd gezet.

Ik voelde me bevangen door een lijfelijke pijn, pijn om de wereld die zo mooi was of leek, zo groot, en zo overvloeiend van myriaden mogelijkheden. Deze Bosnische tuin, en daarachter de geluidloze bergen, pampa's, rivieren, opflitsende lichtjes in veraf gelegen steden aan zee.

Zouden we werkelijk de moed hebben alles de rug toe te keren?

Stel dat alles werd afgelast; stel dat die verdomde aartshertog in Wenen bleef, of dat we gewoon maar tegen elkaar zouden zeggen: 'Ach wat, wat kan 't verdommen!' Het zou zijn alsof er opeens een betonnen muur openging of in glas veranderde, een zonnig panorama van onbegrensde weidsheid plotseling aan onze voeten.

Leposava stond op en ging de zwanen een biscuitje voeren.

Ik draaide me naar Trifko om. 'Over die schoolsluiting. We moeten ons inschrijven op adressen in Sarajevo, zo gauw mogelijk.'

'Ja, daar heb ik ook al aan gedacht,' antwoordde Trifko. 'Jij en Cabri zitten goed. Voor mij wordt 't een probleem.'

Hij schudde me zachtjes bij de schouder. 'Kijk niet zo bezorgd,' zei hij. 'Ik versier wel iets.'

Ik kneep mijn lippen op elkaar en knikte.

39

Terug in Sarajevo ging ik niet naar huis, maar liep door naar de Kosovobegraafplaats.

Ik ging op de steen van Zerajics anonieme graf zitten. Zoals gewoonlijk waren de bloemen verdwenen: iedere dag werden ze daar door bezoekers neergelegd en iedere dag haalde de terreinknecht, in opdracht van de politie, ze weer weg. Een boeiend Rijk, dat zo op details lette.

Ik stond op om ergens een paar bloemen vandaan te halen, zoals ik dat altijd met Sophia deed, maar daarna ging ik weer zitten.

Ik was me er volkomen van bewust dat dit speciale plekje in geen enkel opzicht anders was of dichter bij Zerajic dan iedere andere plek op de wereld, dat sterven verdwijnen betekent, dat er geen 'resten' zijn. De gedachte dat zijn vrienden naar deze plek zouden komen, mocht Zerajic wellicht hebben geholpen zo lang hij nog in leven was, maar of ze het werkelijk deden, zodra hij eenmaal dood was, maakte geen enkel aards verschil.

Hoe moest ik mezelf uitleggen wat ik hier deed?

Ik vermoedde dat het weer iets te maken had met dat gedoe

van onze eed in het Kosutnjakpark; ik deed alles wat ik kon om weer in die stemming te komen. Ik dacht dat ik alle hulp nodig zou hebben die ik maar kon krijgen, en deze achtergrond was een hulp.

De Kosovobegraafplaats, genoemd naar ons noodlottig slagveld van Kosovo, het Merelveld. Sint-Vitusdag. Turken. Oostenrijkers. 28 juni. Op een grillige, fatale manier paste het allemaal in elkaar.

Maar hoe gemakkelijk moest het voor Milos Obilic, onze volksheld van Kosovo, zijn geweest om de boosaardige Turkse sultan te doden, en hoe moeilijk voor Zerajic vijfhonderd jaar later om op generaal Varesanin te vuren. Als ieder schoolkind was Zerajic ad infinitum verteld over die middeleeuwse heldendaden, en als ieder schoolkind was hij er, geïndividualiseerd, tegen in het harnas gejaagd.

Ik had het gevoel dat ik hier een belangrijke draad van waarheid te pakken kreeg.

De wind blies een zwerm dode bladeren in mijn schoot. Ik keek om me heen. Geen levende ziel. Het begon donker te worden; de enige lamp bij het toegangshek van het kerkhof brandde al. Voetstappen op het grint van een of andere vertrekkende late bezoeker – wie kwam hier op dit uur, op een doordeweekse dag? Ik legde mijn hand vlak naast me op de ruwe steen, en stelde me voor dat ik met Zerajic praatte.

Zoiets als dit: schoolonderwijs, zijn soort en mijn soort, werd geacht neer te komen op alles leren over de gedachten van Caesar of Newton of Pascal, je bewust te worden van je eigen unieke aard en intellectuele adeldom, enzovoort enzovoort. Maar de mannen die deze gedachten hadden gekoesterd, waren heersers van de wereld geweest. Zelfs degenen die, zoals dat altijd in onze schoolboeken stond, 'van nederige afkomst' waren. Ook zij hadden de machtsmiddelen van de wereld aanvaard. Althans voldoende om in leven te blijven. En daarmee hadden ze, net als wij, verachting, argwaan of hoon leren koesteren voor gemeenschappelijke gevoelens en gemeenschappelijke actie. Het gemeenschappelijke op zich zelf was vulgair gaan betekenen, vulgair betekende niet langer van het volk, maar: vulgair. Het individu, in een volkomen tegenstrijdigheid, was alles.

Maar noch Zerajic, noch ik was heerser van de wereld, of wilde dat zijn.

We wilden niemands, zelfs niet onze eigen blindelingse volgeling zijn. Maar we wilden ook niet, ofschoon het ons ingehamerd was dat we dit zouden moeten willen, boven een heleboel anderen uitsteken.

We waren geen politieke Jonge Werthers, smartelijk betrokken in privéheldhaftigheden.

De enige manier om een 20e-eeuwse Milos Obilic te worden was je van dat alles te ontdoen, van de gemeenschap uit te handelen, omdat anders het gevecht niets anders zou zijn dan een eeuwigdurende wisseling van generaals zonder dat er ooit een eind aan komt.

Te ongekunsteld, misschien. Onze leraren gapen. Voor mij ging het op. Het was voor Zerajic opgegaan. We wisten wat het betekende.

Laat die theetuin in Ilidza barsten.

Het was nu volkomen donker. De wind ritselde door de bomen, langs de paden van het kerkhof, alsof mensen zich zachtjes in alle richtingen weg haastten.

Ondanks mijn nuchter redeneren, bleef ik daar zitten met tranen in mijn ogen, tranen voor Zerajic, die een stuk karton, met de foto erop van een jongen die een rode vlag omhooghield, ter hoogte van zijn hart bij zich had gedragen toen hij op de Keizersbrug zelfmoord pleegde. Onze politie had zich in het hoofd gehaald dat het een geheim teken was en had reproducties ervan naar collega's in alle hoofdsteden van Europa gestuurd. Maar het was alleen maar het omslag van Kropotkins boek over de Franse Revolutie dat Zerajic afgescheurd en in zijn borstzak gestopt had. Hij stierf terwijl generaal Varesanin, die ongedeerd was, op hem neerkeek.

Ik mompelde een soort gebed, dat Zerajic zich in zijn laatste minuut niet had gerealiseerd dat zijn schoten doel hadden gemist.

Ik keek naar de lamp bij het hek, een vaag schijnsel, en schudde mijn hoofd en knipperde met mijn ogen.

Ik stond op en liep door de nu stille straten van de stad. Langs de gesloten militaire bakkerij, langs de Turkse klokkentoren en de Begovamoskee. Hier scheen zacht licht door de zuilen van de vensteropeningen, en er klonk gemompel van stemmen. Het was vrijdagavond, vrijdag 12 juni. Ik begon de dagen af te tellen, en ik realiseerde me met een schok dat de 28e een zondag zou zijn. Ik wist niet waarom dit me zo catastrofaal voorkwam, maar na die ontdekking ging ik meteen naar Cabri's huis. Ik had geluk; ik kwam hem op de hoek van de straat tegen. Hij pakte me bij de arm en loodste me mee, terug. 'Beter dat we m'n vader niet tegen het lijf lopen,' zei hij.

'Luister, 28 juni is een zondag.'

Hij bleef onder een straatlantaarn staan en keek me verbaasd aan. 'Ja, dat is zo. Nou, en?'

God zegene je met je nou-ens, dacht ik. Je bent een schoolboekheld uit de 14e eeuw.

40

Notulen van de Prosvjeta Servische Welzijns Organisatie ten bate van het Onderwijs, bijeen op woensdag 17 juni 1914, te Sarajevo. Prosvjeta notulen. Door mij gekopieerd. G.P. Gavrilo Princip. Tijdelijk hulpsecretaris. Nog elf dagen. Elf. E. De penningmeester leest zijn raming van de begroting voor. De begroting van de Prosvjeta Servische etcetera, etcetera, organisatie in Sarajevo voor het schooljaar 1914-1915. 1915. Mystiek cijfer. Mij voor altijd onbekend. Begroting voor het schooljaar 1914-1915... 5800 kronen. Aantal gegadigden voor studiebeurzen 117. Benodigd voor deze 117 Servische onderwijsgegadigden 34.300 kronen. Gemiddeld per gegadigde gedurende het schooljaar 1914-1915 benodigd 293 kronen. Met dit gemiddelde als basis, praat de penningmeester door. Hij neemt het als basis. Hij komt tot de conclusie dat van de 177 gegadigden er hoogstens 19 kans maken. De heer Bogdanovic vraagt of er deze zomer geen nieuwe fondsen kunnen worden aangeboord. De secretaris verklaart dat 5800 kronen een optimistische schatting is. De ervaring heeft geleerd, etcetera, etcetera. Onze zakenwereld staat onder druk van fiscus en semi-officiële liefdadigheid. Het is bekend dat de autoriteiten onze inspanningen niet toejuichen, ofschoon ze officieel natuurlijk vóór regionale onderwijsactiviteiten zijn als er maar – de Voorzitter (interrumperend), heren, ik stel voor dat we onze autoriteiten aan hun officiële uitlatingen houden (gelach). Secretaris (vervolgt), als dat soort onderwijs alleen maar loyaal is aan... etcetera. Etcetera. Loyaal etcetera. Het jaar 1915. Het jaar 1915 begon op een vriesochtend. Op de Bjelasnicaberg kwam de zon vuurrood op boven het wit van de sneeuw, licht bevroren. Een klein dier, haas? ree? rent over de witte vlakte. Erg lange schaduw. De poten zakken een of tweemaal door de bevroren korst. Het zij zo. Gedachtenoverdracht. Ziel? Je kan beter een haas zijn dan niets zijn, niet bestaan. Bloedrode, koraalrode zon, zwarte roerloze dennenwouden. Alleen iemand uit het oosten kan de zon beschrijven en recht doen. De Oriënt. 117 gegadigden zullen 5800 kronen moeten verdelen. Elk een worstje. Een stukje krijt. Debout les damnés de la terre. De Voorzitter geeft uitleg. Ik, Gavre Princip, en de 116 andere gegadigden. Felix Austria. Maledicta Austria. Maledictum? Is Oostenrijk vrouwelijk? Als de wereld in spiegelbeeld was gehouden, als Istanbul op de plaats van Berlijn lag, de Turken boven ons waren, zouden de Slaven dan als Teutonen zijn geweest, zouden de boeren uit het Beierse gebergte hun Servische meesters vervloeken? Is dat even de moeite waard om over na te denken. De secretaris deelt mee dat de notulen van het begrotingsoverzicht zijn goedgekeurd onder voorbehoud dat alle pogingen in het werk zullen worden gesteld om onze fondsen voor het belangrijke komende schooljaar 1914-1915 uit te breiden. 1915.

Het is warm in deze kamer. Vliegen.

41

Mijn werk voor Prosvjeta was geen volledige dagtaak. Ik had uren de tijd om in de bibliotheek te zitten of door de stad te dolen. Aangezien ik er zeker van was dat ik de 28e zou sterven, leek het me vreemd toe dat ik nog tijd aan studie besteedde. Maar dat deed ik, ofschoon het vreemde ervan zich deed gelden. Om de haverklap, op middagen dat ik het erg te kwaad had, zeker om de vijf of tien minuten, maakte de gedachte eraan dat mijn hart als krankzinnig begon te roffelen: waarom namen en jaartallen in een brein griffen dat binnen enkele dagen dood zal zijn? Maar ik ging steeds weer aan het werk. De meeste boeken die ik wilde lezen of herlezen, waren natuurlijk niet in de stadsbibliotheek aanwezig. Sommige had ik zelf, had ik meegenomen naar Belgrado en weer teruggesjouwd; sommige leende ik. Een bezoeker uit Belgrado, die we nooit te zien kregen, liet een pakket boeken achter in het café van onze schooldagen, geadresseerd aan 'de vrienden van de Hoekbar'. Er was een briefje bij: 'Gegroet – ziehier een paar kronieken van grote daden.' 'Grote daden.' Die boeken moesten van Djula zijn gekomen. Een van de boeken was Kropotkins *Geschiedenis* van *de Franse Revolutie*, met de jongen en diens vlag op het omslag. Ik scheurde dat eraf en stopte het, een beetje beverig, in mijn borstzak. Ook ik zou die afbeelding bij me dragen, net als Zerajic.

Terwijl de dagen verstreken, werd ik niet nerveuzer, maar juist kalmer. En als ik daarbij stilsta, is dat (hoop ik) niet als een Jonge Werther tegen wil en dank. Het is om hen gerust te stellen die na ons zullen komen.

Ik was bijna te kalm, want ik maakte het Sophia moeilijk. Ze dacht dat ik een rol speelde en ik moest haar geruststellen dat dit niet zo was. Ik voelde me in haar aanwezigheid zelf niet op mijn gemak. Ze sleurde me in zeven verschillende richtingen. Ik hield mezelf voor dat ik haar niet al te vaak moest zien, dat ik moest voorkomen dat er later verdenking op haar zou vallen. Maar dat was niet de enige reden. Naderhand, toen alles anders was dan we verwacht hadden, had ik er dodelijk spijt van niet iedere minuut, iedere gedachte, ieder woord in verband met haar te hebben aangepakt.

Trifko kwam naar de stad om zich bij de politie te melden als inwoner van Sarajevo – hij had er geen moeite mee – en hij en Cabri en ik kwamen in de bibliotheek bij elkaar. We vonden het daar minder riskant dan in welk heimelijk rendez-vous ook. Nu de scholen op het punt van sluiten stonden en de examens vrijwel achter de rug waren, was het er stil, maar niet al te stil.

Ik vertelde mijn vrienden nu over die vermeende boodschapper uit Belgrado. We waren het erover eens dat het met hem geen zuivere koffie was geweest, en er werd niet veel meer over hem gezegd. Er moest een vicieuze cirkel worden doorbroken, en hoe konden de mensen op politiek bewustzijn blijven wachten als er niets was om hen wakker te schudden? Deze eenvoudige gedachte zou naderhand een rol in ons gedrag spelen. Op dat moment, bij onze samenkomst in de donkere en stoffige bibliotheek, wisten we niet dat er een naderhand zou zijn.

We zaten aan een van de grote tafels in de hoek van de leeszaal, bij de uitgang, waar niet voldoende licht was om goed bij te lezen en waar zich alleen maar oude mannen installeerden om achter kranten weg te doezelen. Het groene viltdek van de tafel was versleten; ik voel nog de gerafelde randen tussen mijn vingers. Er kwam een warme windvlaag binnen door de ramen die van boven openstonden. We hadden allemaal bij wijze van camouflage boeken voor ons, en we begonnen ze door te bladeren, in plaats van ons op de inhoud te concentreren. We lieten ons bij die ontmoeting nogal meeslepen, we werden zelfs luchthartig. En wat mij betrof, ik bleef daarna in die stemming, en zij ook, geloof ik.

'In het Kosutnjakpark,' voelde ik me genoodzaakt te berde te brengen, 'kwamen we overeen dat we niet formeel gebonden zouden zijn. Misschien is nu het ogenblik gekomen om te vragen of een van ons van gedachten veranderd is.'

'Moet je dit horen,' las Trifko hardop. "'Bender Abbas, een havenstad in Perzië, dankt haar naam aan de Sjah Abbas, die met de Engelsen in 1622 de Portugezen uit Ormiz verdreef, die haven verwoestte en de handel concentreerde op Bender Abbas. Een poos lang bloeide de nieuwe stad, maar momenteel is het een vervallen oord. Met een bevolking van slechts achthonderd zielen."'

'Toe nou, Trifko, aandacht alsjeblieft voor de dingen waar we mee bezig zijn.'

'Zouden jullie het niet fijn vinden om in een vervallen Perzisch havenstadje te wonen, met maar achthonderd inwoners?'

'Ik wel.' Ik zag de verlaten kade loodrecht onder de zon van gloeiend metaal, een stuk strand waar het naar rottende vis rook, een hond die in de schaduw van een kapotte roeiboot lag te hijgen, een bar met kralengordijn, pastelkleurige likeuren en een onverklaarbare fles whisky uit Engeland, nooit geopend. Buiten een roestig tuintafeltje dat ooit wit was geweest met dito stoel, nooit gebruikt, te heet om aan te raken. De eigenaar van de bar een gestrande Duitser, nee, ze zouden in Bender Abbas geen ongelovige dulden, hij zou een Turk zijn die alle verdorvenheden van de wereld gezien en geprobeerd had en die, op de een of andere manier, een schoonheid van een dochter verwekt had, die nooit buiten mocht komen, nu naakt op een mat in haar kamer boven de bar lag, nee, geen dochter, een zoon, een magere kerel met schichtige ogen die graag de gloeiende as van zijn pijp uitklopte op het schurftige hoofd van het bedelkind. Een put, met brak water, een weg vol gaten, driehonderd jaar geleden geplaveid, die landinwaarts voerde, nergens heen. Achthonderd mensen zo ver van de wereld dat het ongelooflijk was dat je daar geboren kon zijn, daar kon leven en sterven, onnaspeurbaar, onaantastbaar...

'Ik ben ook naar Ilidza geweest,' deelde Cabri mee.
'En?'

'En niks. Het Bosna Hotel en de baden zijn nu allemaal voor het publiek gesloten. M'n moeder vond het prachtig. Stel je voor ze was daar nog nooit geweest. Ze zei almaar: "Moet je dit zien, moet je dat zien, het is allemaal zo degelijk, hier kun je rijk worden, als je maar hard genoeg werkt. Heb je op een dag misschien nog eens je eigen drukkerij..."'

Trifko sloeg de reisgids met een klap dicht. 'Nee, natuurlijk zijn we niet van gedachten veranderd!' zei hij. 'Laten we koffie gaan drinken.'

'Met ons drieën?'

'Tuurlijk. Laat ze barsten.'

In de stad, onder een drukkende hemel, zag je hier en daar al zwart-gele keizerlijke vlaggen. De zonnestralen, tussen zwarte wolken af en aan flitsend, gaven het geel een dreigende glinstering.

42

's Nachts trok er een onweersbui over Sarajevo. Toen ik wakker werd, kon ik de donder nog in het gebergte horen rollen, maar de Oprankjstraat, schoon gewassen, lag in het vroege zonlicht onder een verblindende hemel. Een bakker liep langs met een mand vol brood op zijn hoofd. Toen, een ongewoon gezicht in dit stadsdeel, een boer die een ezel voort leidde. Een straatventer met een hele lading manden en mandjes, maar zonder zijn waren luidkeels aan te prijzen, alsof hij het nog te vroeg vond om de mensen wakker te maken. Ik keek uit mijn raam in beide richtingen langs de huizenwand; het was alsof je de warmte kon voelen van de rijen erachter beschutte slapers.

Die ochtend ging ik overal naartoe, ik liep rond en klemde de stad aan mijn hart, alle bewoners, alle mensen. Het was zomer. Het gebladerte van de bomen was, leek het wel, van de ene dag op de andere zwaar en donkergroen geworden. Alleen oude, heel oude vrouwen waren die dag in het zwart, alle anderen waren fleurig gekleed. Het water in de Miljacka stond laag, en de witte kiezels in de bedding glinsterden dicht bij de oppervlakte. Een kolossaal gedrang van mensen, een bijna pijnlijk scherpe mengeling van geluk en rusteloosheid, het gebruikelijke stadsbeeld op een warme zomerdag.

Bij het politiebureau en de krantengebouwen waren mededelingen over het bezoek aangeplakt. De voorbijgangers besteedden er geen aandacht aan, maar onder een politiebekendmaking dat het verboden was bloemen naar de stoet te gooien, had iemand gekrabbeld: 'Wat jammer.'

Dat was buiten het redactiebureau van de *Norod*, de enige fatsoenlijke krant in Sarajevo, die nooit een woord over het bezoek bracht, behalve een bericht over de uitgaafpost van 40.000 kronen voor die privékapel. De inwoners van onze stad werd verzocht zich langs de route te scharen, maar hoe die route precies zou zijn werd nog niet verteld. Je kon het echter gemakkelijk raden, want langs de hele kade waren mannen bezig de straat te vegen, de bomen te snoeien en vlaggen op te hangen. Bij het stadhuis was de gammele schutting, die zo lang ik me kon herinneren in vreedzaam verval was geweest, door een nieuwe vervangen, beschilderd met datzelfde agressieve Oostenrijkse geel.

Niets van dit alles wond me op. Ik kende Zerajics woorden over het bezoek van Franz-Josef nu uit mijn hoofd: 'Iedereen buigend, diep buigend... Een lastering van de historie,' en ik voelde triomf in me oplaaien.

Eén tegen duizend, zoals in het verhaal van Andreyev, en we hadden al gewonnen.

We hadden al gewonnen omdat we wisten dat Sarajevo deze keer niet zou buigen.

Pas nu voelde ik me gelukkig met ons plan, maar volledig, onbevangen gelukkig – en dit is geen overdrijving. We hadden het tij gekeerd. Bedenk maar eens hoe we ons op deze dag zouden hebben gevoeld zonder dat plan van ons, hoe bitter machteloos. Zelfs als het mislukte, zouden we hebben aangetoond dat een man, of een vrouw, het lot in eigen handen kan nemen. Wij en wij alleen kenden de toekomst; we waren net zo oppermachtig als een Turk die in zijn Levensboek heeft gelezen.

Laat ze hun vlaggen ophangen en hun mededelingen aanplakken tegen het werpen van bloemen, laat ze de op onze muren gekalkte woorden overschilderen. Laat de gemeenteraadsleden hun jacquetten te voorschijn halen en afborstelen, laat de winkeliers het portret van de satraap te midden van hun waren etaleren, en laat de burgemeester maar beginnen met de repetitie, voor de spiegel, van zijn eerloos toespraakje over Bosnië als het nieuwste juweel in de Heilige Keizerlijke Kroon.

Ze weten van niets, ze weten van niets!

43

Het zomerweer eindigde, heel onnatuurlijk, zonder overgang. De hemel werd wit alsof er een gordijn was dichtgetrokken, en een koude herfstregen begon op de stad neer te klateren. De regen kwam verticaal omlaag en met zulk een kracht dat je je ogen niet open kon houden als je ernaar omhoogkeek.

Hemel noch aarde kent rust. Of soortgelijke woorden. We hadden op school *Julius Caesar* gelezen. In een opgeblazen Duitse vertaling, en halverwege sprongen we opeens naar een ander stuk over (omdat de leraar moest hebben ingezien dat Shakespeare's Rome ons aan ons Rijk zou kunnen doen denken); maar ik herinnerde me dat denkbeeld, hoe als er een ommekeer op komst is in de aangelegenheden van een mens, de natuur ook van de wijs raakt. Deze onnatuurlijke regen. Als een komeet. Of een plotselinge zwerm gieren. Een magisch en bemoedigend onderling verband.

Je zou kunnen antwoorden dat het de natuur waarschijnlijk geen donder kon schelen en dat het beste wat haar zou kunnen gebeuren was dat we elkaar tot op de laatste man afmaakten. Maar wie zou het zeggen? Kon het leven van sommige mensen niet in sympathie en harmonie met de natuur zelf zijn, terwijl anderen er schadelijk voor waren, monsters in de oude betekenis van het woord, onheilbrengers?

Het was hachelijk voor me in persoonlijke termen aan de satraap te denken. Maar was hij niet, zelfs als particulier, een vernietiger van volkeren, een verdelger van dieren, net zo gek als Sint-Julius de Gastvrije, en kon dit zijn dood geen betekenis geven binnen de logica en harmonie van de aarde? In tegenstelling tot Sint-Julius was hij niet van plan zich vrij te kopen door melaatsen over een woeste rivier te peddelen. Hij was geen veerman; hij was een waardig kleinzoon van koning Bomba van de Beide Siciliën, die vanuit zijn eigen citadel zijn eigen stad tot bloedig puin bombardeerde om het vulgus in het gareel te houden. Zijn vader was die broer van de keizer geweest die, geloof ik, in de Jordaan verdronk toen hij op weg was naar Jeruzalem, waar zijn biechtvader van de Sociëteit van Jezus hem naartoe had gestuurd.

Onbegrijpelijk was het dat die onheilspellende erfgenamen van krankzinnige prinsen, van die Bourbonse Habsburgse spoken uit de geschiedenisboekjes, nog in leven waren, in Wenen, waar een perverse tijdstroming ze gebruikte om andere rassen uit te zuigen. In hun middeleeuwse centrum van Europa, vanuit de steden van hun Heilige Roomse Rijk, de keisteenstraten nog glibberig van het bloed van ketters, heksen en joden, heersten die Duitse roofridders nog altijd, waren hun nachtmerrieduistere burchten nog niet aan toeristen en Engelssprekende gidsen over-gegeven.

Het was vermetel, maar voor studenten, zoons van hun el-lendigste onderdanen, binnen de natuurlijke orde om hun het hoofd te bieden, de hand op te heffen tegen de afstammeling van honderd aartshertogen en aartshertoginnen.

Maar aan de andere kant zou je ook kunnen zeggen dat die prinsen Weense bankrekeningen hadden en hun leengoederen met winst hadden verkocht, dat het een compliment was om ze roofridders te noemen, aangezien ze eigenlijk alleen kapitalis-ten Amerikaanse stijl waren, net zoals die Hogerhuisleden die met al hun titels uitgesteld zitting hebben in de raad van com-missarissen van louche Engelse ondernemingen.

Ik prefereerde de eerste versie. Ik wist dat Cabri dat ook zou doen. We wilden onze hand verheffen tegen het Heilige Room-se Rijk, niet tegen een aartshertogelijke financier. Misschien zou de effectenbeurs het Huis Habsburg vervangen. Als het aan ons lag niet. Laat ons aannemen dat deze trieste novemberregen in juni een voorteken is dat de val van een machtig tirannenge-slacht voorspelt. Die eer gunde ik de regen graag. En ons.

Ik liep een weggetje in dat ze in Sarajevo een sokak noemen, en stapte met genoegen door de watermassa's die aan beide kan-ten van de heuvel stroomden. Water van de vooruitstekende balkons van de huizen droop in mijn nek. Bovenaan het weggetje kwam ik op een drassig terrein, aan het uiteinde waarvan, in een mist van water, een rij nieuwe infanteriebarakken stond. Ze moesten ijzeren daken hebben, want de erop hagelende regen klonk als geweervuur.

Als jongen was het mijn geheime wens, mijn enige, geweest om dichter te worden. De poëzie die ik schreef had ik nooit aan iemand durven laten zien.

Dit was hetzelfde als dichter zijn. Of meer nog, misschien. We stapten het wereldtoneel op.

44

Het was een lange en onthutsende reis voor de morganatische vrouw van de satraap, hertogin Sophie. Morganatisch, want ofschoon ze in Stuttgart geboren was als gravin Clotek van Chotkowa und Wognin, had het strenge hofprotocol haar net zo ongeschikt verklaard om haar bloed met dat van aartshertogen te vermengen als wanneer ze de vrouw was geweest van een van die winkeliers in Stuttgart die haar altijd zo eerbiedig knipmessend bedienden. Zonder dat, zou ze nu niet op reis zijn geweest: er zou weinig reden voor haar zijn geweest om een bezoek aan de grensprovincies van het Rijk te brengen. Nu hadden die het aantrekkelijke dat er niemand in de buurt zou zijn die voorrang boven haar zou hebben. Voor deze keer zouden de recepties en diners protocollair zijn zoals ze nooit in Wenen waren: zonder vernedering.

In Wenen stapte de hertogin in de Boedapestexpres. Van Boedapest ging ze onmiddellijk door naar het zuiden. De trein, die aanvankelijk de Donau volgde, zwenkte weg, verliet de Hongaarse hoogvlakte, en begon te klimmen. Er was een langdurig, onverklaard oponthoud in Stuhlweissenburg, en een paar uur later een treinwisseling bij Fünfkirchen. Vandaar ging het, ofschoon bepaald niet in een rechte lijn, rechtstreeks naar Sarajevo. Een andere trein bracht haar van Sarajevo naar Ilidza. Van Fünfkirchen af had het geregend.

Het was een vermoeiende reis, vooral omdat ze nooit zeker wist of de dienstverlening eenvoudig niet beter was dan ze was, of dat de spoorwegautoriteiten haar op haar plaats zetten. De grote afstanden op zich bevielen haar wel, want ze was enorm trots op dit Rijk en de uitgestrektheid ervan; ze geloofde onvoorwaardelijk in het geldende systeem, dat haar zo resoluut had afgewezen. Wat haar op deze reis onthutste was de verbijsterende verandering in landschap, de verontduitsing naarmate ze verder zuidelijk kwam. De Duitse namen van de halteplaatsen konden, evenmin als de Duitse conversatie van haar kamenier, de realiteit buiten haar coupéramen verhullen.

Deze hertogin was geen erg scherpzinnige vrouw. Misschien kwam het door het feit dat ze alleen op reis was naar een stad waar ze nog nooit geweest was, dat ze nerveus en overgevoelig was. Ze had het gevoel alsof de treinen haar almaar dieper in een vreemd, vijandig land brachten dat geen enkel verband hield met de barokke slaapkamer in het Belvèderepaleis dat ze nog pas de vorige dag verlaten had. De reis had op haar atlas zo knus geleken, helemaal door gebied dat dezelfde vertrouwde zachtroze kleur had; de gezichten, de stemmen, de bergen daarbuiten waren zo anders.

'We zijn net pioniers, ontdekkingsreizigers in de rimboe,' had ze zenuwachtig tegen haar bediende gezegd, die, haar niet begrijpend, geantwoord had: 'Inderdaad, Hoogheid.'

Eenmaal in Ilidza realiseerde ze zich hoe hard het regende. Er waren kruiers met paraplu's, maar het plaveisel was modderig en overal spatte en spette water op. Er kwam een man naar haar toe die haar iets vroeg in een vreemde taal, die ze niet eens kon thuisbrengen, en in haar verlegenheid draaide ze hem haar rug toe en vroeg toen scherp aan haar kamenier: 'Is er hier geen Duitssprekend personeel?' Wat een ellendig stadje, dacht ze, terwijl haar rijtuig door de verlaten straten van Ilidza rolde.

De koetsen zwenkten een poort in en kwamen tot stilstand bij de tuiningang van het Bosna Hotel. De directeur stond bovenaan het bordes, in een poging droog te blijven. Hij maakte een buiging voor haar en keek spijtig naar de waterspatten op haar nieuwe schoenen. Een man met een sjerp om zijn middel, die naast hem stond, bleek niet de burgemeester van het plaatsje, maar slechts zijn plaatsvervanger te zijn. Wat een onbeschaamdheid, dacht ze bij zichzelf, zo'n armoedig stadje had op zijn minst de burgemeester kunnen sturen. Ik zal me hierover bij Franz beklagen. Nee, dat doe ik niet, hij heeft al genoeg aan zijn hoofd, de arme man.

Die laatste gedachte toverde een vriendelijk lachje op haar gezicht, dat, zoals de plaatsvervangend burgemeester veronderstelde, op hem gericht was. Ze is niet half zo krengerig als ze zeggen, dacht hij.

De directeur ging haar voor, een brede trap op, waar een vage anijsachtige etensgeur hing. De voor haar en haar echtgenoot in gereedheid gebrachte appartementen lagen op de tweede verdieping, uitziend op de tuinen en een kleine vijver met twee zwanen. Hij verontschuldigde zich voor het slechte weer. Op heldere dagen, lichtte hij haar in, kon ze hier vandaan zelfs het Treskavica- en het Bjelasnicagebergte zien. Ze gaf geen antwoord en wendde zich van de ramen af. De aartshertog zou pas de volgende dag arriveren, en de hoteldirecteur informeerde hoe laat ze wenste te dineren. 'Om acht uur, hierboven,' zei ze hem.

Ze doolde de kamers door die inderhaast zo subliem in biedermeierstijl waren ingericht dat je zou denken in Stuttgart of Wenen te zijn. Doelloos pakte ze de porseleinen snuisterijen op, de herderinnetjes en zilveren eitjes, en bestudeerde de portretten van lang vergeten kolonels en generaals. Thuis zou het allemaal vertrouwd zijn geweest; in deze vreemde omgeving bracht juist die vertrouwdheid haar van de wijs.

De hertogin dronk haar thee, haar rug naar het raam gekeerd. Het was pas drie uur. Ze liet doorgeven dat ze haar diner al om zes uur geserveerd wilde hebben, in plaats van om acht uur. Ze ging naar beneden, de tuin in, alleen.

Een vreselijke dag, vreselijk, vreselijk, mompelde ze. De grond sopte onder haar voeten en de wind rukte aan haar paraplu. Ze kwam bij de vijver waar de zwanen, onverstoord door de regen, roerloos in een onzichtbare verte staarden; ze liep langs een rij olmen en kwam bij een soort pleintje.

Een gordijn van regen en mist verhulde het panorama, maar ze meende boven de horizon een donkere grillige lijn te kunnen onderscheiden, de bergen van Bosnië en Montenegro. Hoogvliegende vogels, ganzen, dacht ze, slaakten rauwe en klaaglijke kreten en worstelden zich voort tegen de wind in. Gaan ze nu al naar het zuiden?

Wat vreemd, de zomer is nog maar net begonnen. Ze huiverde.

45

De satraap, Franz-Ferdinand, vertrok vroeg in de avond uit Wenen. Terwijl hij naar het Zuid-Station reed, dook de zon net achter de huizen weg. Het begon koel te worden en onder de bomen en overwelfde poorten dreef de eerste schemering naar binnen. In winkels en cafés gingen de elektrische lichten aan. De straten waren stampvol.

Hij voelde een vage jaloezie opkomen, was jaloers op al die mensen die nergens naartoe hoefden, die hun koffie of borrel konden drinken en naar huis zouden gaan, in de omhelzing van een vertrouwde omgeving.

Het was niet zo dat hij zich bevreesd voelde. Hij was zich natuurlijk bewust van het feit dat de bewoners van Bosnië en Herzegovina onwillige onderdanen van het Rijk waren, maar wat dat betrof zag hij geen enkel verschil met de verhouding tussen heerser en onderdaan overal elders, eerder op wet en discipline gebaseerd dan op overtuiging. Als er gevaar dreigde, was het niet iets waar je rekening mee kon houden. Een hondsdolle vos of eekhoorn zou een jager kunnen bijten en doden. Die dingen waren in Gods hand.

Wat hem juist nu zenuwachtig en prikkelbaar maakte, terwijl zijn bediende bezig was zijn haarborstels en scheermessen in te pakken, was een andere en belangrijke aangelegenheid: de ziekte van de keizer, Franz-Josef, 84 en verzwakt. Hij had bij geruchte gehoord dat de lijfartsen die ochtend bijzonder ernstig hadden gekeken. Hij was de opvolger; ieder ogenblik kon nu het bericht komen dat hem naar de troon riep. Het viel hem moeilijk te geloven dat na al die jaren van wachten het moment nabij was. Zijn plannen waren uitgestippeld en hij wist wie zijn vijanden waren, wie zijn vrienden.

Misschien, peinsde hij, was het de Voorzienigheid dat hij nu net weg zou zijn terwijl de keizer op sterven lag. Het zou op die manier minder troebel zijn. Hij zou op 30 juni in Wenen terugkomen, niet voor een bezoek aan het ziekbed van zijn keizerlijke oom, maar als de nieuwe keizer.

Hij haalde een metalen zakspiegeltje te voorschijn en bestudeerde bedachtzaam zijn gezicht. Plotseling bloosde hij. Zonder enige reden waren hem woorden in de gedachten gekomen die hij eens, lang geleden, had opgevangen. 'De jongen is achterlijk,' had een van zijn tantes over hem gezegd. 'Nee, alleen maar traag van begrip,' had een andere tante geantwoord.

Bij het station stroomde een drom reizigers het plein op, en opnieuw voelde hij die steek van jaloezie bij het zien van al die mensen die bijna thuis waren.

Maar Sophie wacht op me in Ilidza, dacht hij.

De avond begon te vallen. Twee mannen draafden langs het trottoir om de reusachtige ornamentele gaslantaarns aan te steken. De auto reed langs de hoofdingang van het station en stopte om de hoek. Zijn secretaris verscheen en ging hem voor door een zijdeur naar het perron van de Triëstexpres. Zijn reisplan zou hem via Triëst naar Ilidza brengen en omvatte een oversteek van de Adriatische Zee per torpedobootjager naar de haven Metkovic in Herzegovina. Hij keek meer naar dat deel van het programma uit dan naar de legermanoeuvres. Hij had erop toegezien dat zijn admiraalsuniform voor de reis van 24 uur was ingepakt.

Het perron was praktisch verlaten, want het was nu over half negen en de trein was al drie minuten te laat: ze wachtten op hem. Sommige passagiers stonden bij hun coupéramen en keken naar buiten, maar niemand scheen zich te realiseren wie hij was. In de goedverlichte trein was één wagon vrijwel donker, en bij die wagon bleef zijn secretaris staan. De satraap fronste; zijn eigen privésalonrijtuig was onverlicht. Er kwam een conducteur aanrennen. 'Duizendmaal excuus, Hoogheid,' zei hij, 'we hebben moeilijkheden met de elektriciteit van het rijtuig van Uwe Hoogheid.'

'Leuk,' antwoordde de aartshertog, en stapte in.

De gang was stikdonker, maar toen zijn knecht de deur van

zijn saloncoupé opende, zag hij dat er een half dozijn kaarsen brandde. Ze flakkerden in de luchtstroming en gaven een onzeker licht.

'Ze komen zo dadelijk meer kaarsen brengen, Hoogheid,' vertelde de conducteur hem. 'Maar het spreekt vanzelf, als Uwe Hoogheid een gewone eersteklascoupé zou prefereren...' Hij trok zijn schouders op en wendde zich van de man af. 'Het lijkt hier wel een grafkelder,' zei hij met een lachje tegen zijn secretaris. Hij ging zitten. 'Nou ja, zo doen we de dingen in Oostenrijk. Goedenavond.'

De secretaris stapte uit en wachtte buiten op het perron op het vertrek. De trein kwam in beweging en hij maakte een buiging naar de aartshertog en wandelde weg. Het was 20.34 uur. De trein meerderde vaart en reed nu langs de achtertuinen van een lange rij onopvallende huizen. Er was een spoorwegovergang waar een man met een lantaarn stond te zwaaien terwijl er een paard-en-wagen stond te wachten, en daarna weer een rij huizen. De aartshertog kon in de keukens kijken, zag gezinnen rond hun tafels zitten; ze gebruikten in dat stadsdeel nog olielampen. In de donkere tuinen hing wasgoed als seinvlaggen roerloos aan van boom tot boom gespannen lijnen.

Terwijl hij zijn lijfknecht met een gebaar beduidde de gordijnen te sluiten, keek hij voor het laatst naar Wenen.

46

Ik ging naar het Semiz, de laatste avond. Jevtic zou daar zijn, maar hij was er niet. Ik dronk wat wijn en praatte niet. Om elf uur wandelde ik naar huis. Het regende niet meer, hoge wolken joegen langs een maanlichte hemel.

Onder het uitkleden gaapte ik. Dat gaf me een voldaan gevoel.

Alles was gedaan, schulden waren betaald, en ik had mijn ouders geschreven, Sophia, mijn broer. Nietszeggende briefjes, niets specifieks of belangrijks dat hun alleen maar moeite met de politie zou kunnen bezorgen. Ik had ze na de zaterdagse lichting gepost en ze zouden dus niet voor maandag weggaan.

Ik lag in mijn bed. Ik had mijn raam en gordijnen opengelaten en staarde naar het lichtpatroon op het plafond.

Ik hoefde niet te proberen kalm te zijn; ik wás het. Ik stelde mezelf op de proef door me ontmoedigende dingen in te denken. Er gebeurde niets, ik hield er halverwege mee op. Het was allemaal al zo vaak overdacht.

Ik keek mijn kamer rond en was blij dat ik niets bezat. Danilo zou zich wel over mijn boeken ontfermen, en dat was alles wat er was. Er zit een luchtje aan bezittingen zodra hun eigenaar er niet meer is. Niet aan de bezittingen van de boeren, aan grond of een huis dat je beheert. Maar aan die massa dingen die mensen om zich heen verzamelen. Trifko had een rijke tante gehad met een heel huis vol dingen die niemand mocht aanraken. Na haar dood, vertelde hij me, was het pijnlijk die voorwerpen te sorteren, die allemaal 'Ik!' 'Ik!' riepen voor een ik die verdwenen was; altijd boven aanraking verheven waren geweest en nu weggehaald werden door de uitdrager. Een lagere vorm van menselijk leven, van zelfvoldoening, alleen maar natuurlijk als het instinctief en onschuldig is, zoals een heremietkreeft in een schelp die alles opvreet wat hij te pakken kan krijgen. Een onschuldige vogel die wormen verorbert. Ik had dat van Sophia.

Dingen zou je niet op aarde moeten achterlaten. Exegi monumentum – hoe was het ook weer? Er kwam even iets van ergernis in me op, want dat was een geliefkoosd citaat van me, die regel van Horatius over zijn gedichten als een duurzamer monument dan – ik wist het niet meer, en dat was het dan, ik zou het niet weten. Er zou geen kans meer zijn om het op te zoeken.

Deed er niet toe. Dat was ook zelfbevrediging. Niets kon de harmonie verstoren waarin ik me voelde, met alles, mannen, vrouwen en kinderen, honden en katten, en alle andere levende wezens, mijn broers en zusters. Het klinkt misschien als Franciscus van Assisi. Ik wist heel goed dat mijn stil universum van het Grahovodal er nog altijd was, altijd stil. Maar dat had gewoon niets meer met mijn leven of dood te maken.

Ik legde mijn handen op mijn lichaam en betastte mijn huid van mijn borst tot mijn benen. Ik begon mijn penis te strelen, met de vooropgezette gedachte dit lichaam, dat ik half als vijand behandeld had, te plezieren. Er kwam geen erectie. Er was geen enkele spanning, alleen een prettige warmte van contact.

De klokken van de kathedraal sloegen middernacht. Het was zondag. Ze waren ongewoon luid; misschien doordat de wind uit die richting kwam. Toen wachtte ik op de Servische orthodoxe kerk, altijd een minuut later, een donkerder, rollend geluid. Een lange stilte, en toen kwam de schorre klokketoren van de Begovamoskee – die echter niet twaalf sloeg, maar drie. Drie uur in de mysterieuze Turkse tijd die uit het oosten naar Sarajevo gebracht was. Al die verschillende godzoekers in één Servische stad, die allemaal gehoord wilden worden. Alleen de joden van Sarajevo zwegen. Waarom had de synagoge geen klokken om het uur van Jeruzalem te slaan? Ik zou het nooit weten.

De mensen, voor zover geen priesters, dominees en molla's, waren in de nacht ook stemloos.

Ik droomde. Ik hoorde iemand heel duidelijk zeggen: 'De droom van onherroepelijkheid.' Misschien was ik het die het zei. Die woorden leken zo diepzinnig dat ik probeerde wakker te worden, om ze op te schrijven. Maar ik kon niet wakker worden. Ik zag een reeks beelden waarin allerlei dingen precies omgekeerd waren: een brandend huis, het vuur ging uit en het huis was weer gaaf; een dode vrouw die van een baar stapte, de eromheen staande kaarsen uitblies, en in leven was; stukken steen die omhoogvlogen en op een plank als een pot bij elkaar kwamen, een pot die ik als kind in Grahovo gebroken had. Maar die stem, mijn stem, herhaalde: 'De onherroepelijkheid van een daad.'

Toen hoorde ik de klokken van Sarajevo weer slaan, en ik droomde dat ik de klepel van zo'n klok was, dat ik er in hing en met grote kracht tegen het metaal beukte. Het was geen echte droom, want ik wilde dat dromen, ik had het verzonnen. Toen ik er genoeg van had, kon ik er echter niet mee ophouden. Ik hing toen aan mijn voeten, en mijn hoofd bonkte tegen het brons, zonder pijn, maar met een schallende resonantie waarin al mijn gedachten wegspoelden.

47

Ik sloot zachtjes de deur achter me en bleef in de Oprkanjstraat staan. Het was nog geen acht uur, zondagochtend, en erg stil. Je kon voelen dat het een warme dag zou worden.

Toen ik de deur losliet, ging er een rilling door mij heen. Hier stond ik, op straat, op de dag, klaar. Toen hield ik mijn adem in.

Er was niemand te zien, maar ik zorgde er desondanks voor nonchalant op weg te gaan als een man die een eindje gaat wandelen zonder speciale bestemming. In het midden van de verlaten straat controleerde ik mijn uitrusting verscheidene malen achterelkaar. Rechterhand in mijn rechterzak om de Browning te voelen, de veiligheidspal om te wippen en weer terug te halen en me door de gladde viziergroef te laten geruststellen dat er een patroon in de kamer zit. Dezelfde hand links onder mijn jasje, om de kop te betasten van de in mijn broekriem gestoken handgranaat. Linkerhand in mijn linker colbertzak, om een medicijnflesje vast te pakken waar de kurk half uitsteekt: HCN. Browning, granaat, vergif. Browning, granaat, vergif.

Het zou wanhopig klinken als je het in een krantenbericht las. Toch was het eenvoudig. We hadden het klaargespeeld. Ik was weer een stap hoger op het brede marmeren bordes dat ik voor het eerst in Belgrado voor ogen had gezien. De op een na hoogste tree.

Ik ontmoette Trifko en Cabri in de konditorei in de Cumurijastraat. We wisten waar elk van ons zich zou posteren. Alles was gezegd. Maar we wilden elkaar nog een laatste keer zien.

Ik ging aan hun tafeltje zitten en trok een gezicht tegen het taartje met slagroom dat Trifko zat te eten. 'Da's z'n derde,' zei Cabri. We lachten. Herma, de kelnerin, zei tegen me: 'Jij ziet er ook al zo keurig uit. Gaan jullie soms met je drieën naar een bruiloft?'

Er kwam een jongen naar ons toe, en Cabri zei dat dit zijn goede vriend Tomo was. 'Ik ga zo weg,' zei hij tegen hem.

'Waar naartoe?'

'Ik ga m'n foto laten maken.'

'Meen je dat nou? Op zondag?'

'Dacht je dat ik m'n plannen niet vooraf maak?' vroeg Cabri hem. 'Joseph Schrei is 's zondags open.'

'Mag ik met je mee?' vroeg de jongen.

Cabri stond op. 'Ja, natuurlijk,' zei hij... 'We laten er een van ons samen maken.'

Ik stond ook op en wachtte in de deuropening tot hij betaald had. 'Meen je dit nou echt?' vroeg ik.

Cabri glimlachte. Hij hield de deur open en ik volgde hem naar buiten. Hij boog zijn hoofd tot vlak bij het mijne en voegde eraan toe, maar met een luchtige, kalme stem: 'Ik wil graag dat er iets van me blijft.'

Ik keek hem na terwijl hij met Tomo de straat inliep, en volgde langzaam. Bij de hoek realiseerde ik me dat ik geen afscheid van Trifko had genomen. Ach wat. Misschien maar beter.

Het enige gedeelte van de route dat vaststond was de Appelkade langs de rivier.

De satraap, die om kwart voor tien per speciale trein uit Ilidza aan zou komen, zou eerst de nieuwe garnizoenskazerne bij het station inspecteren en dan naar het stadhuis worden gereden voor zijn gemeentelijk welkom. Het stadhuis staat bij wijze van spreken aan de oever van de Miljacka en de stoet zou over de volle lengte langs de kade rijden. Daarna zou hij weer teruggaan langs de Appelkade, en vermoedelijk door de Franz-Josefstraat, om het nieuwe staatsmuseum op Cemaluza te openen. Vandaar zou hij naar de lunch en receptie gaan, aangeboden door de gouverneur van Bosnië, generaal Oskar Potiorek, door hem persoonlijk benoemd, een uitermate dom generaal en zeer energiek voorvechter van verduitsing. Potiorek had zijn residentie in een groot park ten zuiden van de rivier tussen de Latijnse en de Keizersbrug. Tenzij men door een doolhof van achterstraatjes zou willen kronkelen, moest de stoet nogmaals de kade volgen.

Na mijn vertrek uit de konditorei nam ik een omweg, om de Franz-Josefstraat te vermijden, die naar dat nieuwe museum voert. Ik liep helemaal om en kwam aan de overkant van de Universiteitsbrug op de Appelkade, op de hoek bij de Oostenrijks-Hongaarse Bank. Ik stapte de vestibule in en bleef in de boogingang van wit en bruin marmer staan onder een zwart bas-

reliëf van de keizer. Het was, na de warme zon, daarbinnen ijskoud. De Appelkade lag voor me, nog steeds in beide richtingen praktisch verlaten. Misschien kwam het door al die zwart-
gele vlaggen, misschien zag ik het die ochtend nu eenmaal zo,
maar de kade was anders, niet vijandig, maar vreemd, onbekend. Ik moest denken aan de avenue langs het meer van Luzern,
waarvan ik in het station een grote foto gezien had. Het lijkt
hier hoegenaamd niet op Luzern, dacht ik. Hoe komt 't toch
dat die vergelijking zich zo hardnekkig aan me opdringt?

Er stonden hier en daar een paar mensen in de schaduw van
de boompjes en gebouwen alsof ze al wachtten tot de stoet voorbij zou trekken. Het waren echter allemaal mannen, allemaal
in zwart zondags pak, en ik kwam tot de conclusie dat het rechercheurs waren. Ik vroeg me af of het verdacht was om in de
vestibule van die bank te blijven rondhangen tot er meer voorbijgangers en toeschouwers zouden zijn. Wegdrentelen, weer
de straat op, zou misschien een nog vreemdere indruk maken.

Toen zag ik een jongeman die ik kende over de Universiteitsbrug komen. Ik had met hem in de derde klas gezeten, en hij
zag er toen altijd net zo kwiek uit als nu. Hij heette Maxim en was
de zoon van rechter Francis Svara, officier van justitie bij het tribunaal van Sarajevo. Hij ging rechtsaf de kade op, en ik liep al in
de pas naast hem voordat hij me gezien had. Ik groette hem bijzonder enthousiast en hij keek verbaasd, want hij was het soort
jongen geweest dat we ontweken. Zijn goede manieren, of de
fleurige zonneschijn en het zachte weer triomfeerden, en hij
glimlachte terug en zei: 'Je wilt me toch zeker niet zeggen dat je
hier zo vroeg bent om de troonopvolger te verwelkomen.'

'Jij wel?'

'Oh, ik... m'n vader neemt me later mee naar de receptie bij
de gouverneur. Da's natuurlijk een officiële aangelegenheid,'

voegde hij eraan toe, met zo te horen iets verontschuldigends in zijn stem. 'Ik ben nu op weg naar de mis van negen uur.'

Ik wist niets anders te zeggen dan 'Aha.' Ik liep naast hem door, alsof we boezemvrienden waren, en ik zag een van die mannen in de schaduw aanstalten maken om zijn hoed voor Maxim af te nemen om zich prompt te bedenken en over onze hoofden te staren. Maxim was een ideaal escorte.

'Ik ga deze herfst naar de universiteit van Zagreb,' vertelde hij me. 'En daarna misschien, misschien zelfs naar Boedapest.'

Ik wilde een luchtig antwoord geven, maar tot mijn ontsteltenis kon ik gewoon de woorden niet over mijn lippen krijgen. Ik opende mijn mond, deed die weer dicht, en keek hem maar weer glimlachend aan.

We waren nu twee of drie van die groepjes rechercheurs gepasseerd. 'Wat zijn jouw plannen?' vroeg Maxim. Hij was echt vriendelijk.

Ik haalde mijn schouders op en glimlachte maar weer eens.

Toen we bij de Latijnse brug kwamen, zei Maxim, die ongetwijfeld moet hebben gedacht dat ik niet goed bij mijn hoofd was: 'Nou, ik moet deze kant op, tot kijk, Gavrilo,' en haastte zich weg.

Ik bleef alleen op het trottoir staan, voor de etalage van Schillers delicatessenzaak. Ik ging naar binnen, en begon met mijn handen in mijn zakken de wijnetiketten te bestuderen.

48

Ik was altijd al geïntrigeerd geweest door die driehoekige chocoladetabletten die bij Schiller in de etalage lagen, uit Zwitserland, met een afbeelding van alpenbloemen op de verpakking – die gelijkzijdige vorm leek een speciaal raffinement te hebben.

Nu, na alles zo lang ik maar kon te hebben bestudeerd, kocht ik er ten slotte een, en ontdekte dat het net een kam was, driehoekjes chocola op vingerafstand van elkaar. Het was half lucht. Dat is dure chocola.

Het was nu drukker op de Appelkade. Er stonden een paar mensen langs de kade in de zon, die al aardig hoog was, maar langs de huizen stond een rij toeschouwers, echte, niet alleen maar rechercheurs. En verder waren er de normale voorbijgangers. Ik voelde me beschermd door hun aantal, en door de halfopengescheurde wikkel van het chocoladetablet in mijn hand. Het zag er goed uit. Ik hoorde een politieman een vrouw die met een boeket langs liep vragen waar die bloemen voor dienden. Ze staarde hem aan. De politie moet geobsedeerd zijn geweest door het verbod om bloemen te gooien. Ze hebben altijd de neiging zich aan zoiets uitzonderlijks vast te klampen. Tot ons voordeel.

En tot dusver geen troepen. Bij het bezoek van Franz-Josef hadden ze langs zijn hele route gestaan. Nogal geringschattend voor Franz-Ferdinand, tenzij hij geacht werd zoveel populairder te zijn dat er voor zijn veiligheid niet behoefde te worden gevreesd. Maar hij had net twee dagen manoeuvres bijgewoond. Misschien kwamen zijn bewakers gelijk met hem in de stad. Zelfs als dat zo was zou het een minder doeltreffende beveiliging zijn dan wanneer ze de route vooraf hadden afgezet.

Ik keek naar die zondagswandelaars die op bezoek of ter kerke gingen of gekomen waren om onze toekomstige heerser in levenden lijve te zien, dat hoekige gezicht, ons zo goed bekend van de nooit eindigende reeks foto's, dat platte achterhoofd, de zware opstaande snorpunten, vreemd genoeg zonder enige gelijkenis met de man die al zo lang zijn Keizerlijke Oom was.

Ik voelde me een vreemdeling onder hen, een toerist. Nee, geen toerist, een pelgrim.

Ik ontdekte iets van verachting in mijn binnenste, verachting voor deze mannen en vrouwen in hun bezig zijn met hun dagelijkse alledaagsheid. Zonder enig besef van het moment.

Ik ving flarden van gesprekken op, akelige regen, mooi weer, vanavond rosbief, kinderen thuis met een kou. Aan de manier waarop ze gekleed waren, kon je zien wie zich met het Rijk verzoend had, en dat waren er veel; ze vierden Vidovdan in Engelse streepjespakken naar de laatste Weense mode, met puntschoenen en Panamahoeden met regenbooglint. Ik bevond me in een eigen wereld waar geen van deze mensen deel aan had. De verachting die een schilder voelt voor hen die blind zijn voor schoonheid. Of een minnaar voor een echtgenoot.

Maar ik was niet alleen in een eigen wereld. Cabri stond ergens verderop langs die kade. Trifko. En er waren anderen.

Geen gevoel van verachting.

Mijn ogen zouden geopend worden.

Ik vroeg een man hoe laat het was.

'Even voor tienen,' zei hij, en op dat moment begon het geschut van de forten op de heuvels die Sarajevo omringden, te vuren. Vierentwintig saluutschoten weerkaatsten over de stad die door deze kanonnen beheerst werd.

49

De satraap was onderweg.

Een van die in zwart pak gestoken rechercheurs stapte uit zijn boomschaduw naar voren, nam zijn hoed af en schreeuwde: 'Hoera!' Zijn buren keken hem verbaasd aan. Ik liep naar de stoeprand en keek de kade langs.

Flarden militaire muziek klonken in de stilte na de saluutschoten uit de verte op. Een reusachtige zwerm kraaien, door het kanongebulder opgeschrikt, bleef almaar boven de rivier rondvliegen, een zwarte zwierende cirkel, verblindend tegen het blauw van de hemel.

Toen hoorde ik de explosie, ver weg, geschreeuw, en mensen begonnen in westelijke richting naar de Universiteitsbrug te hollen. Ik rende naar de overkant, en een auto vol politiemannen stoof achter me langs, me bijna rakend, vreemd genoeg in oostelijke richting, weg van de explosie. Ik holde er langs naar de kade toe. Ik kon in de verte een auto zien met een groot keizerlijk vaandel op het linkerspatbord, en de wagen stond stil.

Het was Cabri's handgranaat geweest, en die had succes gehad. Ik wist het. Politiemannen die langs het trottoir hadden gestaan, renden de weg over en hielden ons tegen. Het enige wat ik kon zien, waren de ruggen van dringende drommen mensen. Toen kwam er een opening in de kring, en ik zag Cabri. Zijn gezicht was bebloed en hij werd voortgesleept door vier of vijf mannen, in uniform en in zwart rechercheurspak. Hij was minstens vijftien meter bij me vandaan.

Ik duwde en drong om dichter bij hem te komen, mijn rechterhand in mijn zak en de veiligheidspal om.

Het was nu mijn taak hem dood te schieten, en dan mezelf.

Toen ik binnen ongeveer vijf meter afstand was gekomen, ving ik Cabri's blik op. Hij kon mijn hand, nog in mijn zak, niet zien, maar hij begreep de uitdrukking op mijn gezicht.

Ik stond op het punt te doen wat hij in mijn plaats gedaan zou hebben.

Hij keek mij strak aan en schudde langzaam zijn hoofd. Zijn granaat had gefaald.

Een geluid van startende automotoren. We werden haastig naar de huizenkant geduwd, en toen reed de stoet met grote snelheid langs me. Ik telde vier of vijf auto's, op een na allemaal open. Ik zag de satraap niet.

De politie met hun gevangene, Cabri, volgde in looppas. Alle mensen om me heen praatten tegelijk, maar er was geen overmatige opwinding. Ik zag een man naast me, die ik kende, een acteur geloof ik. 'Idioot, om zoiets te proberen,' zei hij tegen me. 'Ja.'

Ik was terug bij de winkel van Schiller. Twee kinderen stonden naar de etalage te staren. Ik gaf ze het chocoladetablet.

50

Mijn duidelijkste gedachte van dat ogenblik was dat ik moest piesen. Ik liep om naar het steegje achter de winkel. Niemand te zien. Ik ging achter een boom staan. Ik spuwde dwars door de straal heen; als kind geloofde ik altijd dat dit geluk bracht.

Chaos. Cabri in hun handen. Trifko nergens te zien. Zouden ze de plechtigheden afgelasten? Zouden ze dat wel aandurven, om het allemaal zo maar op te geven? Nee, dat durfden ze niet. Ze konden de satraap niet als een dief uit Sarajevo laten wegsluipen. Als ze dat deden, zou dit het begin zijn van een afbrokkeling van het Rijk. Ik moest erop rekenen dat ze dat niet zouden riskeren. Ons plan was nu, juist nu, het enige mogelijke verloop der gebeurtenis. We bewogen ons binnen de logica van de tijd. Het marmeren bordes.

Ik kwam weer bij de hoek. De Appelkade was bijna verlaten en zag er warm en stoffig uit.

Ook een beetje aandoenlijk. Een Servische dorpsstraat, dwangmatig getransformeerd tot een hoofdstadavenue van het Oostenrijkse rijk. Een vergissing die hen noodlottig zou worden.

Voor de ingang van Schiller, aan de Franz-Josefstraat, stond nog een groepje mensen bijeen en de politiemannen die langs de kade liepen, keken niet eens naar hen. Een dame zat in een stoel die uit de winkel buiten was gezet, en wuifde zich met een waaier koelte toe.

Kerkklokken sloegen half tien, het vastgestelde tijdstip voor de opening van het museum. Ik probeerde te denken langs welke andere route ze daarheen zouden kunnen gaan; ik probeerde me voor de geest te halen waar ik me later bij het gouverneurshuis verdekt zou kunnen opstellen. Plotseling stond Trifko naast me. Een golf van warmte sloeg door me heen. 'De hemel zei dank,' fluisterde ik, 'maak je geen zorgen, we doen 't. Het is Vidovdan.' Hij staarde me met wezenloze ogen aan.

Het was Trifko helemaal niet, het was een jongen die hoegenaamd niet op hem leek. Ik mompelde: 'Neem me niet kwalijk,' en slenterde weg.

Toen begon ik alle zin voor de realiteit te verliezen. Ik was half misselijk, half duizelig. Een reactie op het zien van Cabri, bebloed en in leven, in handen van de politie. Nee, dat was het niet.

Het was een voorgevoel, een ijzig besef van vertraging van de tijd. Ik wist niet wat het betekende. Ik probeerde te slikken en kon het niet.

Een auto kwam uit oostelijke richting, van het stadhuis, naar ons toe. De wagen remde, keerde en reed vlak langs ons, de Franz-Josefstraat in! Het was de wagen die me bijna had aangereden, met de politiemannen erin. Een andere auto volgde, open, met hoge militairen die ons negeerden, in druk gesprek met elkaar waren.

Stof dwarrelde door de straat. De kraaien, almaar rondzwierend, zouden nooit meer tot rust komen. Ik zag een politieman verstarren en salueren. Er kwam een derde auto aan.

De wagen reed snel, maar niet in een rechte lijn; zigzaggend, meende ik, ofschoon ik wist dat het niet waar kon zijn. De wagen reed dicht langs de rand van de kade. Een man en een kind die daar stonden, hieven hun armen op en zwaaiden. Ik zag de twee grote, ronde koplampen naar me kijken. De zon fonkelde op de koperen ringen rond het glas. De wagen was open; ik zag het gezicht van de chauffeur, onder een donkere pet, achter de rechtopstaande grote voorruit. Ook die was in een koperen omlijsting gevat, waar lichtvonken van afspatten.

Evenals de andere wagens hadden gedaan, remde ook deze af en zwenkte naar ons toe. De zwart-gele keizerlijke standaard wapperde boven de donkergroene motorkap. Ik herkende generaal Potiorek op het klapstoeltje, en achterin, verblindend wit tegen de lichtgrijze, ingevouwen kap en de felle lucht boven de rivier, een hoed, van de hertogin, en een warreling van groene veren, de middeleeuwse helm van de satraap.

Krankzinnig genoeg verloor ik tijd door naar die standaard te staren, me voor het eerst van mijn leven bewust van die rand van rode en zwarte driehoekjes, en van die tweekoppige adelaar die kijkt, kijkt – ik had de Browning in mijn hand, gericht, de auto was voorbijgereden, en tranen van woede en verdriet rolden langs mijn gezicht.

Op dat moment stopte de wagen.

Dit was zo mysterieus dat het verbeelding van me moest zijn. Hier gebeurde wat ik wilde doen, met al mijn wilskracht die auto tot stoppen dwingen, de tijd terugdraaien. Terug naar die verloren fractie van een seconde waarin alleen ik verlossing had kunnen brengen...

De auto begon achteruit te rijden, langs me heen. Een keizerlijke attentie, voor mij.

Een glazen koepel viel over die wagen en mij, al het andere

buitensluitend. De lucht veranderde in kristal. Niemand kon zich bewegen.

Ik zag de treeplank met de gereedschapskist in een leren riem, de chauffeur die achterom keek, van mij afgewend, over zijn linkerschouder. Op de loopplank aan de andere kant stond een Oostenrijkse officier, die ook omkeek. Generaal Potiorek, in een tweedimensionaal profiel. Rechts op de achterbank de vrouw, in een witte japon onder een witte hoed met veren, recht voor zich uitstarend. Naast haar een vlakte van gecapitonneerd leer, zwart en glanzend van door de verticale vooruit weerkaatst zonlicht, dat me biologeerde. Maar hoewel ik roerloos bleef staan, dwong ik mijn ogen van dat leervlak naar de man in de linkerhoek.

Hij droeg een blauw uniform. Hij zat rechtop en hij zag er dik uit, zijn uniform een gerimpelde cilinder zonder taille. De zon scheen door de groene pluimen van zijn helm.

Hij was een vreemde, ongenaakbaar. Onze discussies hadden niets met deze man te maken. Het zou onmogelijk zijn tot hem door te dringen; we hadden onszelf iets wijs gemaakt.

Toen hoorde ik geschreeuw en gegil.

En de satraap draaide zijn hoofd naar me toe, en ik keek in zijn ogen, lichtblauwe en uitpuilende ogen. Geen vissenogen, de ogen van een mens.

Ik wendde mijn hoofd af; ik moest wel. Ik haalde de trekker tweemaal over voordat een sabel het pistool uit mijn hand sloeg. Een andere sabelhouw trof me op de schouder, en mijn handgranaat viel uit mijn gordel op het trottoir, door mij gevolgd.

Ik zat op de stoeprand en ik had mijn gifflesje in mijn hand. Overal om mij heen waren militaire laarzen, maar een Servische stem riep in het Duits tegen hen: 'Wat moeten jullie hier? Ga weg!' Ik keek op en zag tegen de hemel een sabel boven me opgeheven, en de hand en arm van een man die het wapen afweerde voor mij. Mijn gezegend volk, ik houd van jullie. Ik trok de kurk met mijn tanden los en slikte de vloeistof naar binnen. Ik wachtte op duisternis en was gelukkig.

Maar de duisternis kwam niet. Ik was niet dood.

51

Ik was niet dood. Mannen sloegen me en sleurden me overeind en ik kon niet bewusteloos worden. Mijn mond brandde alsof ik loog had gedronken. Cabri, hem moest hetzelfde gebeurd zijn. Wat hadden ze ons gegeven? Het Vidovdan-offer, ons passie-spel, door een apotheker tenietgedaan. Ik huilde.

Ik werd over de Appelkade gesleurd. Geschreeuw, hollende voeten, automotoren. Uniformen overal om me heen, alleen maar Duitssprekende stemmen. Ik knipperde met mijn ogen en zag vlak bij me een man staan met een opgeheven wandelstok. Ik kon niet meer wegduiken en hij sloeg me ermee. Ik kon niets meer zien door het bloed dat in mijn ogen droop. Maar ik voel-de weinig pijn.

We gingen treden op. Een gele flits van opzij. Het was het stadhuis. Een deur, een bank, en toen kon ik weer zien. Een bo-de was bezig mijn gezicht schoon te vegen met een handdoek die hij in een kom met vloeistof doopte. Alcohol of carbol. Af-schuwelijke pijn.

Ze trokken me weer overeind en een andere deur door, en ik werd voor een verlaten bureau overeind gehouden.

Er kwam iemand binnen, een schim van zwart die van de deur naar het schrijfbureau bewoog. Ik zag kans mijn gezicht aan mijn mouw af te vegen, terwijl ze mijn armen vasthielden, om de carbol of alcohol uit mijn ogen te krijgen.

De zwarte schim zei dat hij de rechter van instructie was bij het districtsgerechtshof van Sarajevo. Hij vroeg mijn naam, leeftijd en nationaliteit.

Ik kon geen antwoord geven. Mijn mond was te gezwollen, tranen rolden langs mijn gezicht, en ik zou zijn gevallen als ze me niet hadden vastgehouden.

'Ik beschuldig je van een aanslag met voorbedachten rade op de troonopvolger,' zei mijn rechter. 'Noem je naam, leeftijd, nationaliteit en beweegredenen.'

De mannen schudden me heen en weer. 'Geef de rechter antwoord.'

Ik sloot mijn ogen.

Er begonnen in die kamer klokken te beieren. Het donkere geluid van kerkklokken weergalmde van wand tot wand, maakte de lucht in die kamer tot een draaikolk die me zonder steun overeind hield.

Ik opende mijn ogen. Het was een bleke, pafferige man, daar achter dat bureau. Een smalle, lange kamer, met twee ramen; de luiken waren gesloten geweest en iemand had ze maar half opengeduwd; een schoorsteenmantel met een klok erop, half twaalf; een mahoniehouten schrijfbureau, een inktpot; een kalender aan de muur, de keizer, een Chinese prent. Alles vibrerend, sidderend van de trilling van die klokken, alle klokken van Sarajevo.

Er kwam een man binnen, die met moeite tegen die door de ramen binnenkolkende zee van geluid optornde, naar de rechter liep en hem iets in het oor fluisterde. De rechter stond op, keek naar een papier, en toen naar mij.

'Sluit hem in,' zei hij, 'en blijf bij hem. Sla hem in de boeien.'

We bleven staan en wachtten. Een pijngolf van wachten.

'Jij...' zei hij, plotseling in het Duits, 'jij hebt de aartshertog Franz-Ferdinand vermoord.'

Ik zat op een krukje, met kettingen aan mijn polsen en enkels. Ik zat rechtop. Twee politiemannen zaten op een bank, onze knieën bijna tegen elkaar. Ze staarden me een poosje aan, en toen keken ze door het getraliede raampje naar buiten. Het was stil.

'Daar komt Pfeffer,' zei een van de twee tegen de ander.

Rechter Pfeffer kwam binnen. Ik ging staan. Hij stelde zijn vragen opnieuw, en ik vertelde hem wie ik was. Hij haalde een papier uit zijn binnenzak, en las voor: 'Ik stel je in staat van beschuldiging wegens moord, vandaag gepleegd door verraderlijk en van de kortste afstand met een Browningpistool op de troonopvolger en zijn vrouw, de hertogin van Hohenberg, te schieten met de bedoeling hen te doden, en door hen beiden te treffen, hetgeen kort daarna hun dood ten gevolge had; ik veroordeel je nu tot voorlopige hechtenis overeenkomstig de artikelen 184 en 189 van de strafwet van het Rijk.'

Hij draaide zich om. Ik zei: 'We hadden niet de bedoeling de hertogin van Hohenberg te doden. Ik heb niet op haar geschoten. Ik betreur haar dood.'

Hij was weg. De politiemannen gingen ook weg, en vergrendelden de deur.

52

De stilte werd dieper.

Ik dacht over zijn woorden na. Moord met voorbedachten rade. Verraderlijk. Ze schrompelden weg, die woorden. Het waren leugens, ofschoon het rechter Pfeffers waarheden waren. Niets zou hem ervan kunnen overtuigen dat hun waarheden onze leugens waren.

Waar ben je geboren. Een baby die uit een Bosnische bergboerderij geroofd en naar het Belvedère Paleis gebracht wordt, zal opgroeien als een Habsburger. Zij zijn het die meer dan hun deel nodig hebben, zij zijn het die de wereld in staat van beleg hebben gebracht.

Door ons ontstond geen terreur. We waren erin terechtgekomen.

De dood van zijn vrouw. Ik wachtte op een gevoel van afgrijzen. Het kwam niet. Ze was niet als vrouw naar Sarajevo gekomen, maar in een andere rol.

De deur ging met veel gerinkel open, en een van de politiemannen kwam weer binnen. Ik vroeg me af wat er zou gebeuren. Hij beduidde me met een gebaar op te staan, pakte mijn kruk weg, en verdween weer. Ik ging met een intens gevoel van kalmte op de grond zitten.

Mijn lichaam hinderde me niet. Ik had me nog nooit zo helder van geest gevoeld. Ik sprak een tribunaal toe.

Vraag ons nu niet om schaamte of medelijden.

We hebben getoond welke betekenis menselijk leven voor ons heeft door onszelf in ruil te offeren.

Zoals altijd waren we op die manier edelmoediger dan gij. We hadden onze ontsnapping kunnen beramen.

Want de man die in een auto met chauffeur langs die stoffige kade werd gereden, naar een voorbijganger met een strohoed op en een kind in een matrozenpakje wuifde, had daar niets te maken, als triest menselijk wezen in een gerimpeld uniform, als huisvader. Regerend van duizend kilometer afstand, beslissend over lot en leven van miljoenen, had hij een God moeten zijn. Zijn onderdanen hadden alle recht zijn onsterflijkheid op de proef te stellen.

Als Franz-Ferdinand van Oostenrijk-Este en de hertogin

van Hohenberg niet onsterflijk waren, ontvankelijk waren voor dood en deernis, dan waren hun rollen en daden een monsterachtige maskerade geweest.

Ik krabbelde overeind, wat nu moeilijk ging, en keek door het raampje omhoog. Ik zag een stukje hemel niet groter dan een hand, maar het was het blauw van onze hemel op een late zondagmiddag, als het licht van overal schijnt te komen, en maar blijft en blijft.

Het was werkelijk gebeurd. Ik theoretiseerde niet. Ons abstracte plan was uitgelopen op twee doden, langs de Europese kabels flitsende telegrammen, en wij tweeën achter tralies. Je kunt je zoiets niet van tevoren realiseren. Het zijn dan alleen maar woorden, als een priester die hemel en hel beschrijft.

Hoe moest je 't vatten, het concretiseren. In de bergdorpen zouden de Vidovdan-dansfeesten al begonnen zijn, er zouden carbidlantaarns branden in de tenten waar ze brandewijn en gebraden vlees verkopen. En dan zouden er gendarmes in zwart uniform verschijnen en de musici terzijde roepen. De dansers zouden stilstaan, verbaasd kijkend terwijl de musici hun instrumenten inpakten en zonder een woord vertrokken.

Want telegrammen zouden iedere politiepost hebben bereikt, oostelijk tot de Boekovina, zuidelijk tot Novi Bazar, en boodschappers zouden onmiddellijk uitzwermen. Het protocol van het Rijk kon op deze dag nergens binnen zijn grens muziek tolereren.

Een stilte, een luisteren.

De straten van Sarajevo bij deze zonsondergang, hier net buiten mijn raam.

Ik kon niet geloven dat ik, hoe hevig ik het ook wilde, die straten nooit meer zou zien, er nooit meer langs zou dolen. Het was moeilijker te bevatten dan dood zijn zou zijn geweest.

53

Ik had vergeten het omslag van het boek van Kropotkin in mijn zak te steken, die zondagochtend, de ochtend van deze zelfde dag, een ander tijdperk. Ik realiseerde het me pas toen het bijna donker was en ik besloot er nog een laatste blik op te werpen voordat ze me het zouden afpakken. Ik was razend op mezelf, maar mijn fout bracht me baat. Die hele nacht, telkens als ze me weer twee of drie vragen kwamen stellen en me afranselden, bleef ik denken aan die jongen met de rode vlag en het wapperende haar op die afbeelding. Hij heeft zijn mond half open, maar niet alsof hij iets schreeuwt, en hij kijkt eerder droevig dan woedend of enthousiast Maar zijn treurigheid heeft een kracht die je volledig overtuigt, en je weet dat dit goed is en dat andere gevoelens ongemotiveerd zouden zijn.

Ik probeerde diezelfde intense treurigheid in mezelf te koesteren. Het lukte niet helemaal, maar het hielp toch wel. Tot mijn eigen verrassing deed dat aftuigen door de politie me niet zoveel. Ik concentreerde me op de jongen op het boekomslag en op alles dat daarachter lag. Ik zag hem steeds duidelijker voor me. Ik herkende hem nu van een schilderij van de Parijse Commune waar ik een reproductie van heb gezien in een bibliotheekboek in Belgrado.

Waarom droefheid? Ik weet het niet precies. Er waren ogenblikken van bittere eenzaamheid, en andere momenten waarop vrienden naar me keken en op me rekenden. Dat waren de momenten dat ik onwillekeurig moest glimlachen, als de sergeant zijn la opentrok en er iets uithaalde wat eruitzag als puimsteen. Het was zilvernitraat, het spul dat jongens gebruiken om wratten weg te branden. Hij trok de pleisters weg die de bode op mijn gezicht geplakt had, en wreef de wonden ermee in.

Ik hang niet de martelaar uit. Ze deden veel ergere dingen met Trifko, zoals ik later hoorde, en in ieder geval denk ik hieraan terug door een dik scherm van gereserveerdheid. Je herinnert je niet hoe pijn voelt. Ik herinner me dat alles na het nitraat verward werd en ik niet meer samenhangend kon denken.

Later die nacht zetten ze me in een gesloten kar, met een soldaat die een geweer in zijn handen had, en we reden naar een infanteriekazerne in het gebergte. Daar namen ze me mijn das, schoenveters en meer af, sloten me in zwaardere ketenen dan eerst, en zetten me in een cel van hun militaire gevangenis. Ik was te dorstig om in slaap te kunnen komen, maar ik bleef in het duister op de brits liggen tot ik weer rustig werd. Ik had de top van mijn marmeren bordes bereikt. Wij waren het die lang geleden, in het Kalemegdanpark, besloten hadden dat we zouden sterven. Verstandig genoeg hadden we onszelf onkwetsbaar gemaakt. Ze konden niets doen.

54

De cel had een raam op ooghoogte. Het kwam uit op een groot, ommuurd binnenplein. Ik stond er al bij het eerste daglicht, maar er bewoog niets.

Ik hoorde een onregelmatig getik op de muur links van me, dat ophield en weer begon, maar ik schonk er geen aandacht aan.

Er kwamen nu voetstappen door de gang, en deuren gingen open en dicht. Voor het kijkgaatje in mijn deur verscheen een oog, waarna het luikje werd weggeschoven en het hoofd van een man erachter te voorschijn kwam. Hij was geen cipier maar een corveeër of zoiets, want onder zijn soldatenmuts had hij een ongeschoren gezicht, en op dat gezicht een grijns. Hij overhandigde me een blikken kroes en een snee brood, en voordat hij het luikje weer dichtschoof, wees hij met zijn linkerduim naar mijn muur en grijnsde nog breder.

Ik ging op mijn brits zitten en legde mijn oor tegen de muur. Het getik was opgehouden. Had hij me willen duidelijk maken dat Cabri in de cel naast me zat? Was het de Stepnyak-code? We wisten allemaal uit Stepnyaks boek hoe je het alfabet in een rechthoek van vijf bij vijf letters moest zetten, met weglating van de Q, en dan gaf je de verticale plaats van een letter aan met korte, scherpe tikken, en de horizontale plaats met zware. Een scherpe en een zware tik betekent dus een A.

Ik dronk de kroes haastig leeg. Ik moest de letters voor me zien om met deze code te kunnen werken. Ik tekende ze zo goed ik kon op de wand, met mijn vinger en het stof van de vloer. Toen gebruikte ik mijn kroes om het woord 'Cabri' te tikken.

Het antwoord kwam: 'Gavre.'

We zaten naast elkaar en we konden praten.

Blikken kroezen, kijkgaatjes in de deuren, boeien, getik op wanden – waar we al die jaren over hadden gelezen, de Russische revolutionairen, de gevangenen van de tsaar. Jaloers gelezen omdat hun doeleinden zo duidelijk waren en ze zo vol liefde voor elkaar waren. Nu was het voor Cabri en mij realiteit. Dat hadden we waarachtig niet voorzien toen we over Stepnyak praatten. Ik weet nog hoe Cabri zei dat hij er gek van zou worden om bij ieder nieuw woord een minuut te moeten wachten.

En hier waren we nu zelf deel van een continuïteit, aan het eind van een keten van honderden of duizenden, begonnen door Babeuf of Saint-Just of zo ver terug als je maar wilde.

Ik vroeg Cabri of ze hem erg veel pijn hadden gedaan.

Hij tikte: 'Met mij alles prima. Jou.'

'Mij ook.'

'Anderen.'

'Geen idee.'

Toen tikte hij : 'Hoera voor ons.'

55

De schuldeloosheid eindigde een uur later. Er klonk geschreeuw en gevloek van de binnenplaats. Ik zag hoe daar mannen werden binnengedreven. Zakenlieden, winkeliers, studenten, winkelbedienden, zo te zien allemaal Serviërs. Ze werden voortgeduwd door soldaten die op het bevel van een onzichtbare officier of onderofficier langs de muur draafden en tot stilstand kwamen toen ze de Serviërs hadden omsingeld. Toen draaiden ze zich naar hen om.

Het waren de grenssoldaten van het Rijk, de huurlingen en reservisten die net zolang gehard zijn tot ze iedere tegenstander onbewogen kunnen zien lijden en sterven, met wezenloze ogen, zonder enig ander gevoel dan de doffe behoedzaamheid die binnen een gewelddadige bureaucratie gewekt wordt. Daar stonden ze, met hun dunne snorretjes, als twee op de bovenlip geschilderde bloedzuigers, de veldgrijze kepi's met zwarte klep, grijze tunieken met borstzakken in hun dubbele curve als het tentdak van tataren, de patroontasjes midden op hun buik, en de geweren met opgestoken korte bajonet gericht op die binnen hun kring bijeengedreven mensen.

Er werden meer en meer gevangenen binnengebracht tot het er zeker tweehonderd moesten zijn. Sommigen probeerden op de grond te gaan zitten en werden prompt met geweerkolven weer overeind gepord.

Geleidelijk werd het doodstil. De zon was boven de kazerne

uitgekomen en bescheen de binnenplaats. De Serviërs en de soldaten keken elkaar aan.

De zon klom hoger; je kon zien hoe de lucht in de door de muur gevormde hoek van hitte begon te trillen.

Ik wendde me af en ging op mijn brits zitten. Een seconde later deed een bewaker de deur open, zei me op te staan, en klapte de brits tegen de wand omhoog. 'Doe dat voortaan meteen iedere ochtend,' zei hij. 'Je bent hier niet voor een rustkuur.'

Terug naar het raam. Een gegolf en gemompel alsof deze mannen een menselijk tarweveld in de wind waren.

Ik tikte: 'Represailles.'

Cabri antwoordde: 'Verdomde Zwaben.'

Commando's buiten. Er kwamen nieuwe soldaten, die de eerste groep aflosten. Dezelfde bajonetten, snorren en ogen.

Een deur in de muur van het binnenplein ging open. Een officier begon te schreeuwen. Ik kon de woorden niet horen, want achter de tralies van mijn raam zat vensterglas. Hij verdween weer.

Ik liep langzaam op en neer, de ketting meeslepend.

Een eindeloze zomerdag, onmogelijk te geloven dat het ooit avond zou worden.

Buiten vielen mannen in de hitte flauw. Er werden er een paar weggedragen. De soldaten lieten anderen liggen waar ze waren neergevallen. Een man vlak bij me pieste in zijn broek. Hij durfde zich niet te bewegen, er vormde zich een plasje aan zijn voeten. Zijn gezicht werd vuurrood.

De corveeër met de grijns kwam weer een snee brood brengen en een kroes met een soort koffie. Hij wees naar mijn raam en schudde, nog steeds grijnzend, zijn hoofd. Dat betekende dat die lui daarbuiten niets zouden krijgen. Ik weet zeker dat hij het niet sadistisch bedoelde; hij dacht dat ik mijn maal op die manier meer zou waarderen.

Ik bleef naar die mannen staan staren.

Er klonk hoorngeschal. Ik klapte mijn brits neer en ging weer liggen. Ik lag ineengedoken, klaar om op te springen zodra ik de deur hoorde. Maar het werd ten slotte donker en er was niemand gekomen.

Tegen het aanbreken van de dag schuifelde ik weer naar het raam. De Serviërs waren weg. De binnenplaats was verlaten, op een zwarte vilthoed na en een schoen, en hopen braaksel of stront.

Maar nauwelijks stond ik daar, of ik hoorde weer datzelfde geschreeuw en zag dezelfde soldaten weer in een kring de plaats opdraven. Ditmaal waren het boeren die bijeen werden gedreven, misschien twintig, dertig man. Ze gingen allemaal op de grond zitten en niemand belette hen dat. Een van hen raapte de vilthoed op en schoof het ding onder zijn hemd.

Ik klampte me aan de stenen rand van de vensterbank vast. Mijn vader. Mijn broer. Andere soldaten kwamen de binnenplaats op, met schoppen, houten balken en gereedschappen. Ze begonnen gaten te graven en de balken werden in L-vorm aan elkaar gehamerd, met een korte diagonale balk om de L te verstevigen. Ze maakten er drie, en toen lieten ze die stuk voor stuk in een gat zakken, en stampten de grond er omheen stevig vast.

Ze hadden drie galgen opgericht. Ik zag hoe de boer die de hoed had opgeraapt het ding weer te voorschijn trok en op de grond liet vallen.

Er werden een tafel en keukenstoelen aangedragen. Een officier kwam de binnenplaats op, een sigaret rokend, maar terwijl hij naar zijn gevangenen keek, gooide hij de sigaret neer en trapte hem uit. Een slecht teken. Officieren tonen voor levende boeren niet zoveel respect.

De zon stond nu hoog. Een van de boeren kreeg een teken op

te staan en naar die tafel te komen. Ik geloof niet dat er een woord gesproken werd. De soldaten schenen allemaal hun lippen stijf op elkaar te houden. De boeren schenen wat binnensmonds te mompelen of alleen maar met open mond te blijven staan. De handen van de boer werden achter op zijn rug bijeen gebonden. Hij fronste en knipperde naar de zon alsof dat alles was wat hem hinderde.

Een sergeant, geweer over zijn schouder gehangen, kwam in mijn gezichtsveld. Hij had een stuk touw en een handdoek bij zich, en hij bond het touw aan de hoeken van die handdoek vast, met trage, onhandige bewegingen. Toen bond hij het touw om het voorhoofd van de boer. Hij schoof het rond en het gezicht van de boer verdween achter de handdoek. Ik dacht dat zijn laatste blik in mijn richting was. Best mogelijk dat ik geschreeuwd heb. Of dat Cabri schreeuwde. Een van de soldaten hief zijn geweer op en loste plotseling een schot. Ik hoorde de kogel tegen de muur slaan.

Ik dook weg. Stilte.

Toen ik weer naar buiten keek, uit een hoekje van dat raam, was er niets veranderd, niemand keek onze kant op. Misschien was er helemaal niet geschoten.

De boer stond roerloos onder de middelste galg. De handdoek hing over zijn gezicht en verhulde hem van zijn haar tot bijna zijn middel. De handdoek hing recht omlaag, maakte dat hij al bijna niet meer op een mens leek, maar op iets anoniems, een marionet, of een Arabier in een kindermaskerade.

Toen begon die man, dat geblinddoekte iets, een kruis te slaan. Een pop, blindelings naar de vier hoeken van de handdoek wijzend.

Het katholieke rijk dat zichzelf vervloekte.

Twee soldaten legden een touw om zijn nek, het touw onder de handdoek van hand tot hand doorgevend.

Twee anderen dwongen hem op een stoel te klimmen.

56

Ik werd naar rechter Pfeffer gebracht. Hij zei dat hij het onderzoek geopend had. Hij zei dat Trifko en Danilo gearresteerd waren. We konden in ons eigen belang maar beter vrijuit spreken.

Ik zei dat de politie me afranselde.

Nee, zei hij. Onmogelijk. Onder de bescherming van de Oostenrijkse wet...

Ik kwam een stap naar voren, boog mijn hoofd naar hem toe en wees op de wonden op mijn voorhoofd. Ik kon voelen dat ze nog bloedden. 'Hier is het bewijs,' zei ik.

Rechter Pfeffer was doof en blind geworden. De gendarme trok me achteruit.

Ik vroeg me af wat de anderen zouden doen. We hadden hier geen plannen voor gemaakt. Er zou geen later zijn. En ik had er niet over nagedacht, zelfs niet over de satraap, of iets dergelijks. Ik dacht aan de boer met de recht voor zijn gezicht omlaaghangende handdoek en de houterige bewegingen waarmee hij zijn sterfelijke ziel in niemands gunst aanbeval.

Dat houterige kruisigingsgebaar had onze theorieën uit mijn gedachten gevaagd.

Wie was ik om naar de rechter van instructie van het districtsgerechtshof van Sarajevo te kijken terwijl ik niets anders zou moeten zien dan het door een vuile handdoek sijpelende grauwe daglicht. Waarom stond ik in een keurig gestoffeerde kamer, tegenover een schrijfbureau, een kalender, een portret van de keizer, in plaats van op de gloeiende keistenen van een binnenplaats. Waarom noteerde een griffier mijn woorden in plaats van ze in mijn mond te smoren. Ik had geprobeerd het almaar ronddraaiende ijzeren wiel tot staan te brengen. En toch was ik, in dat onverbiddelijke systeem, beter af dan die mannen op de binnenplaats. Het was beter je hand tegen de brahmanen op te heffen dan een paria te zijn.

Het moest zo zijn dat zij de personificaties van gewelddadigheid waren. Zodoende respecteerden ze zelfs tegengeweld meer dan ootmoed. Wie aanvaardt niet dat het zwaard aan het zwaard ten onder zal gaan. Als rechter Pfeffer me met verachting bekeek, was dat niet omdat ik de satraap vermoord had, maar om onze drijfveren. Hij zou rechter voor een andere satraap kunnen zijn, maar niet voor onze broederschap.

Zou het voor ons geen ijdelheid zijn om hun overweging te accepteren, onze rollen in dit ritueel te aanvaarden? Misschien verschilde ik zelfs nu niet zoveel van de studenten in het Semiz, wijndrinkend en over meisjes pratend in plaats van over moord. Stel dat onze toewijding alleen maar monsterlijke ijdelheid was geweest? Ik voelde het bloed uit mijn hoofd wegtrekken. Welk recht had ik om minder naamloos te zijn dan die boer die onder mijn celraam werd opgehangen, zo maar van een keukenstoel? Hij was al begraven. Zijn naam zou in geen enkele krant staan; zijn bestaan op aarde was al bijna vergeten.

De gendarme schudde me wakker. Rechter Pfeffer had gewacht op een antwoord op een vraag. Nu keek hij me aan en vroeg: 'Voel je je niet goed?'

Ik wilde niet van de Oostenrijkse wet profiteren.

Onze moord was geen erkenning van hen, geen omgekeerde hulde aan hen geweest.

'We kennen u niet,' zei ik, 'jullie zijn anonieme vijanden en wij zijn anonieme boeren. Het enige wat jullie voor ons nodig hebben zijn handdoeken en keukenstoelen.'

57

De muur. Tussen Cabri en mij was een dikte van 25 centimeter steen, onregelmatige aan elkaar gecementeerde blokken. Er waren poreuze plekken waarop een soort mos groeide, maar daaronder en overal elders was het gesteente zo hard als ijzer. Het voelde altijd vochtig aan, zelfs gedurende de korte periode in de middag dat de zon recht door mijn raam scheen en de cel zo heet maakte als een oven. Deze dikke, ijzerachtige, zwetende muur werd de schakel tussen Cabri en mij. We gaven elkaar door die muur de hand. We praatten erdoor. Er zijn geen menselijke absoluties. De korte en zware tikken op het gesteente werden gesprekken, en een woord per minuut werd de normale spreeksnelheid. Wat een passend tempo in een cel waar een ochtenduur een dag duurde en een dag geen avond had. Hoe anders werd de taal als elke letter zijn eigen tijd nodig had en zijn eigen plaats, als je je afvroeg of 'wij' als 'wij' gespeld zou moeten blijven of 'wijk' of 'wijs' zou moeten worden. Het was praten als een blindeman, bewust van iedere stap, verandering en vorm, maar zielsbewust om het geheel te omvatten. We waren nauw op elkaar afgestemd. Onze muur was een rivier waarop we woorden lieten drijven, letter voor letter, en wachtten tot de ander ze oppakte. We hadden een gelofte afgelegd dit niet te overleven. 1 juli: het was niet de bedoeling dat we die dag de zon zouden zien opgaan, geen van beiden. Dat is de reden waarom we goed met elkaar konden praten; we leefden samen in een bovennatuurlijk verlengde seconde tussen het slikken van de cyaankali uit onze flesjes en de dood.

'Pruisisch zuur had geen uitwerking,' had Cabri getikt. Hij was prachtig exact en precies; je kon merken dat hij typograaf was. Hij had alleen maar lood door geluid vervangen; taal moest voor hem al in de eerste plaats uit letters hebben bestaan.

'Nee.'

'Laten we daarom in plaats daarvan,' ging Cabri verder, 'over zelfmoord praten.'

Ik was er niet zeker van wat hij bedoelde, en ik antwoordde: 'Maar ik wil anoniem zijn als...' Ik wilde doorgaan met: 'Anoniem als de boeren met hun kop achter die handdoeken,' maar ik raakte in verwarring met mijn code en hield op. Cabri ging door: 'Wij zijn geen Russische revolutionairen. Bosnië is erg klein en niemand zal ons kennen of begrijpen. We moeten het allemaal uitleggen. Propaganda door de daad. We moeten alles vertellen.'

Ik gaf niet onmiddellijk antwoord. Cabri tikte: 'Wacht,' en er volgde een lange stilte. Hij kwam terug en tikte: 'Trifko zit aan de andere kant van me. Danilo naast hem.'

Met ons vieren, naast elkaar, door muren verbonden. Zouden ze dit met opzet hebben gedaan, zouden ze ervoor hebben gezorgd dat een of andere vertrouweling dit geklop tegen het gesteente afluisterde? De code was eenvoudig genoeg. Maar wat zouden ze erbij kunnen winnen? Ik had geen geheimen meer.

Ik tikte: 'We moeten het allemaal overwegen.'

Cabri: 'Wat?'

Wat? Een vaag en gecompliceerd dilemma, te verdomd gecompliceerd misschien. Dit is wat ik letter voor letter op de muur zou moeten tikken: 'Voor de slachtoffers van de Oostenrijkse represailles die anoniem sterven, kunnen wij alleen boeten door ook naamloos te blijven, door te blijven zwijgen. Door boeren te zijn en geen dappere, handige particulieren. Aan de andere kant...' Ach verrek, dacht ik. Aan de andere kant, inderdaad. Weer 15 letters, 74 tikken. Wie schiet er wat mee op. De muur wil zuiverheid en eenvoud.

Nu rook zelfs het dilemma naar verlustiging in privédramatiek. Achternichtje van ijdelheid. Je wordt niet zo maar bij keus naamloos; m'n vader zou niet weten wat me bezielde. Zoiets als in gevecht van een voorpost weglopen.

Ik: 'Akkoord. We moeten ons nader verklaren. Iets ervan zal tot de buitenwereld doordringen.'

Er kwam geen antwoord. Ik wist niet of Cabri wachtte tot ik verder zou gaan of dat hij bij de andere muur met Trifko in gesprek was. Ik tekende mijn alfabet over omdat het begon te vervagen, en wachtte. Uit de verte, van de infanteriekazerne, klonken opgewonden stemmen. Ik meende het geluid van paardenhoeven en karrenwielen te horen. Het was eigenlijk niet zo ver weg, maar er waren veel muren. We hadden zo vaak naar die kazerne daar hoog boven ons opgekeken. Ook toen moesten er zwijgende gevangenen in verborgen zijn geweest.

Cabri gaf een enkele harde tik tegen de muur.

Ik seinde: 'Maar anderzijds weet ik niet wat ik aan moet met de represailledoden. Onze schuld. Er was hun niets gevraagd.'

Cabri: 'Als we voluit spreken zullen we de onschuldigen beschermen. De anderen vinden dat ook.'

Ik antwoordde alleen maar: 'Nee.' Ik geloofde het niet. De Oostenrijkers probeerden geen misdaad te straffen; het was hun heimelijk tegen Bosnië gevoerde oorlog die wij in de openbaarheid hadden gedwongen. Als het vergif gewerkt had, zouden die mensen toch zijn opgehangen.

Of toch niet? Het duizelde me. Ik wist het niet meer.

Ik ging met gesloten ogen op de grond zitten. Cabri was aan het tikken, maar ik had het begin gemist en kon hem niet volgen. Hij ging een hele poos door en toen hij ophield, tikte ik: 'Herhaal.' Ik glimlachte, ik kon me zijn nijdige gezicht voorstellen. Hij antwoordde in telegramstijl: 'Geen schuld. Onderlinge oorlog. Enige zonde is opoffering anderen terwijl niet zelf.'

Ik was uitgeput. Ik tikte: 'Ja.'

'Wat ga je de rechter zeggen?' vroeg Cabri.

'Dat ik een Servische held ben.'

We kregen 's avonds geen brood en koffie meer, maar etensblikjes met soep. Die avond vond in een boodschap op de bodem van mijn blikje gekrast. Het bericht was ondertekend door Trifko en luidde: 'Vrienden, vergeef me dat ik niet geschoten heb. Geen kans. Voor latere ontsnappingspoging. Aan grens gearresteerd.' Ik dacht daar over na. Ik schreef eronder: 'Ja! Aan Danilo: mijn vreselijke fout: ik gaf m'n adres. G.'

Zodra ik mijn blikje door het luik had teruggegeven, had ik spijt van dat antwoord. Maar de volgende avond kreeg ik hetzelfde blikje terug met de boodschappen onveranderd. Deze keer kraste ik alles door.

Laat in de avond tikte ik op de muur: 'Geen geklets meer over schuld of vergiffenis of fouten. We blijven elkaar trouw. Meer dan dat kunnen we niet doen.'

'Zo zij het.'

58

De zomer van dat jaar werd een aaneenschakeling van stralend zonnige dagen. De binnenplaats van de gevangenis, nu steeds verlaten, zag zwart van het stof. De lucht danste in het zware zonlicht tussen de muren. Het stonk in mijn cel.

We voelden ons niet ellendig. We hadden een gevoel van saamhorigheid en vastberadenheid. We voelden een toenemende spanning onder de 'anderen'. We praatten daar uren over, nu vooral gedurende de nacht, als we niet konden slapen en het gemakkelijker was de tikken tegen de stenen wand te horen. Broeide er iets in Bosnië onder onze mensen? Iedere dag werd een van ons van zijn kettingen losgemaakt en voor de rechter van instructie geleid. Op weg naar zijn kamer in de infanteriekazerne zag ik nooit iemand, maar wel in de gangen meer en meer kisten, zadels, patroongordels en zelfs onbewaakt achtergelaten geweren. Ik voelde me niet zo van de wereld buitengesloten als ik verwacht had. De wereld was nu hier, waar wij waren.

De corveeër reikte nu en dan een stuk krantenpapier uit waar je je mee kon afvegen (we hadden elk een emmer in onze cel bij wijze van toilet) en op een dag gaf hij me de voorpagina van de *Neue Freie Presse*, een Weense krant. Ik ben er zeker van dat hij het opzettelijk deed. Plotseling had ik bijna twee pagina's nieuws, nog geen week geleden gedrukt. Bijna, want onderaan de voorpagina was een strook in beslag genomen door een zogenaamd 'feuilleton', een sentimenteel verhaal over een renaissance-edelman die Gardeno heette – alleen in de gevangenis zou je dit tot het eind toe uitlezen. En aan de andere kant van de strook, op pagina twee, stonden advertenties voor vakantieverblijven aan de Noordzee en in de bergen, voor tuinconcerten, chauffeursparaplu's, en voor de tweemaal per week rijdende exprestrein Sint-Petersburg-Wenen-Cannes, aan de Middellandse Zee. Dinsdags en zaterdags uitsluitend eerste klas. Ik las die advertenties het eerst, iedere lettergreep. Ik bestudeerde de dienstregeling van de exprestrein alsof ik op het punt stond op reis te gaan. Ik durfde haast niet aan de nieuwsberichten te beginnen.

De meeste waren echter van hetzelfde niveau als de exprestrein en de chauffeursparaplu's. Prins Konrad, wie dat ook mocht zijn, prinses Gisela von Bogun en hun gevolg waren van Schloss Hohenschwangau in Hotel Seestitz in Plansee aangekomen en hadden op het terras thee gedronken. Een inbraak in de juwelierszaak van Ludwig Klaus in Wenen had tweeduizend kronen opgebracht. Er waren in Wenen drie gevallen van hondsdolheid, en twee kelners, allebei 26 jaar oud, waren bijna verdronken bij het zwemmen in de Donau. Rabbi dr. Funk was in een bocht van het achterbalkon van een Weense tram geslingerd en had lichte snijwonden aan zijn onderlip opgelopen. De jaarlijkse veemarkt in Hongaars Hradec zou gehouden worden op 20 en 21 juli. In Triëst werd Santoskoffie 'van goed gemiddelde' verkocht voor 56 kronen – er stond niet bij voor welke hoeveelheid. Koffie-experts zouden dat wel weten. Een Amerikaanse dollar was die dag 4.95 3/4 kronen waard. Eugenie, de weduwe van Napoleon III, had in de Tuilerieën een waarschuwing van een Parijse politieman gekregen omdat ze daar een bloem geplukt had, een vergeet-mij-nietje dat ze in haar gebedenboek legde. Ze had beloofd het nooit meer te doen, en de verslaggever liet blijken zich diep van de tragedie en ironie van dit alles bewust te zijn. Er waren examenuitslagen, en er was iemand in de adelstand verheven. In een politiek artikel vond ik opeens, begraven tussen ingewikkelde zinnen over de theorie van internationaal recht, de woorden 'het moordcomplot van Belgrado'. Dat waren wij. En het artikel ging verder met de vraag: 'Wie betaalde dit? Bommen zijn duur. De technici die ze maken krijgen hoge salarissen.' Daar eindigde het, om te worden voortgezet op een binnenpagina die ik nooit te zien zou

krijgen. Toen een ander bericht: de krant had de Servische legatie in Wenen opgebeld. Een *Diener* (knecht? bediende?) had
de telefoon opgenomen en de verslaggever verteld dat er 's mid-
dags niemand van de staf op kantoor kwam. Wat de *Neue Freie
Presse* niet had weerhouden te vragen waarom de legatie de Servische vlag gehesen had, tot ergernis van de burgers van Wenen. Nou, dat wist hij niet, had de bediende gezegd. Er was een
zwart lint aan bevestigd, maar de krant meldde dat je dit van de
straat af niet kon zien.

In die zee van vakantieadvertenties en theedrinkende prinsen
gingen die berichtjes over het complot en het vlaggeninciden-
tje vrijwel verloren. Op het eerste gezicht. Hoe meer ik naar die
krant keek, hoe onheilspellender het licht dat juist die twee berichtjes op al dat vreedzame gebabbel schenen te werpen. Maar
misschien kwam het eenvoudig doordat het niet de bedoeling
was dat je die krant zo langzaam en zorgvuldig las en in een militaire gevangenis in Sarajevo uitpluisde, in plaats van op een
Weens caféterras.

Rechter Pfeffer: 'Noem de naam van de organisatie in Belgrado die jullie hiertoe heeft aangezet. Noem hun leiders.'

Ik had hem zien ijsberen en wist nu dat hij klein was, kleiner
dan ik, dik, en gauw buiten adem. Hij had een dik kussen op
zijn bureaustoel, waardoor hij niet groter leek, maar meer op
een kind dat met de volwassenen aan de eettafel zat. Iedere keer
als ik hem weer zag, leek hij bleker, alsof hij tussen de onder-
vragingen door ook opgesloten zat.

'Geef de rechter antwoord.' Dit van een gendarme.

De rechter keek hem geërgerd aan. Hij had geen hulp van
minderen nodig.

'Wie heeft jullie hiertoe aangezet?'

'Dat heb ik al ettelijke malen gezegd. Niemand.'

Rechter Pfeffer: 'Verwacht je nu werkelijk van ons dat we geloven dat een paar Bosnische schooljongens een moordaanslag op de Troonopvolger zouden wagen zonder daartoe te zijn aangezet?'

'Nee... ik geef toe dat dit niet helemaal het waarheidsgetrouwe antwoord is. Ik werd hiertoe aangezet. Door u.'

'Door mij?'

'Door het Rijk, edelachtbare.'

Rechter Pfeffer hief langzaam zijn hoofd op tot hij naar het plafond keek. Het was zijn manier om te kennen te geven dat ik moest worden weggebracht.

Ik dacht aan Milan met zijn Servische kiezelsteen tegen het slaapkamerraam van de keizer. Heersers en buitenlandse agitatoren gaan altijd samen. Hoe kon Franjo Josip anders zijn eigen geklets geloven over zichzelf als Vader van zijn naties.

'Wacht even,' zei Pfeffer.

We draaiden ons allemaal om en keken hem aan. Een gendarme liet mijn arm los om zich even te krabben. 'Als dit jullie eigen plan was, Princip, dan zijn jullie misdadigers die uit de weg moeten worden geruimd; maar als je ons ervan overtuigt dat meedogenloze avonturiers in Belgrado jullie hierin hebben gehaald, moeten we jullie beschouwen als niets meer dan misleide jonge jongens. Denk daar goed over na.'

Ik dacht aan Franjo Josip. Hoe had hij het nieuws ontvangen? Zou zo'n oude man niet onvermijdelijk iets van triomf hebben gevoeld omdat hij zijn neef overleefde die zich er zo zichtbaar op had voorbereid hem op te volgen zodra hij eenmaal dood was?

Meer nog, kon die bezeten man de verleiding hebben weerstaan in dit alles de hand van God te zien? Was het niet de Almachtige zelf die als een kosmische protocolfunctionaris dit nederige werktuig, de zoon van een Bosnische boer, had gebruikt om de satraap en diens Stuttgartse gravin te elimineren, daarmee de zuiverheid van het Habsburgse geslacht garanderend, zonder enig gehannes met het principe van gewettigdheid? Wie anders dan God zou zijn probleem zo feilloos hebben kunnen oplossen?

'Heb je 't overwogen?' vroeg de rechter.

'Bent u er zeker van, edelachtbare, dat de keizer uw gevoelens in deze zaak deelt?'

'Is dat alles wat je me te zeggen hebt?'

Ik vroeg: 'Mag ik bezoek hebben?'

'Nee.'

'Kan ik één brief schrijven?'

Hij schudde zijn hoofd, en ze brachten me zijn kamer uit.

59

Ik was in het holst van de nacht, nog voor er iets van een naderende dageraad te zien was, in slaap gevallen, toen ik luide, doffe dreunen op mijn muur hoorde. God weet waarmee Cabri op die muur bonsde; met zijn hoofd misschien. Als het nodig was zou hij dat doen, daar was ik zeker van. Korte en lange dreunen, telkens en telkens weer herhaald tot het eindelijk tot me doordrong wat hij seinde.

OORLOG

Het was al urenlang licht toen eindelijk de broodkar kwam. De corveeër was alleen; er was geen bewakersoog dat me door het kijkgaatje beloerde. Zijn grijns was er als altijd en hij gaf me twee sneden brood in plaats van een. Hij liet het luikje open.

'Ik weet 't,' fluisterde ik.

'Belgrado wordt gebombardeerd,' zei hij, zonder ook maar

de moeite te nemen zijn stem te dempen. ''t Rijk heeft Servië de oorlog verklaard en ze noemden jou als reden. Wat zeg je me daarvan?'

Zijn grijns werd breder. Ik staarde hem aan.

'Zit er niet over in, jongen,' ging hij verder. 'Ze hebben erom gevraagd. Gisteren nog zei de korporaal tegen me: "Servië heeft het opgegeven. Ze hebben al onze eisen ingewilligd." Nou ja, daaruit blijkt dat ze hun oorlog hoe dan ook wilden, of niet soms? Laat ze maar, wacht maar af.'

Belgrado gebombardeerd. Die Oostenrijkse kanonneerboot die ik had zien langsvaren met die stalen geschutskoepel, en het oude fort Kalemegedan, met het Turkse koperen kanon waar altijd kinderen op zaten.

'Zit er niet over in, jongen,' zei de corveeër weer. 'Er staat ze een verrassing te wachten, onze heren en meesters.' Hij moest iemand hebben gehoord. Hij zei: 'Eet dat brood gauw op,' en klapte het luikje dicht.

Er was nogal wat opwinding geweest in Belgrado toen we zeiden dat we een opstand in Bosnië zouden ontketenen. Ik denk niet dat iemand van ons dat werkelijk diep in zijn hart had geloofd; maar dat was, om met Cabri te spreken, een overweging van 'Nou en?' Je kon alleen maar hopen.

Op onze wandeling naar Bosnië hadden Trifko en ik allebei het gevoel gehad alsof we die vonk van de opstand in de holte van onze handen meedroegen naar Sarajevo. Maar ook dat was als een droom, waarin je weet dat je droomt. Je zou niet eens jezelf hebben durven toegeven dat het iets meer dan dat zou kunnen zijn.

Nu was het tegenovergestelde gebeurd.

De heersers zouden, als altijd, elk schot in duizendvoud beantwoorden.

Edelachtbare, de wanhopige gewelddadigheid van het volk wordt duizendvoudig door u beantwoord.

Een rechter leest zijn post. Een journalist uit Wenen, als er een zou zijn, tekent een hond en een kat op zijn blocnote. Gewelddadigheid van het volk? Heb je het over jezelf, beklaagde, over het afschieten van dat pistool? Ja, edelachtbare, neem me niet kwalijk dat ik niet bescheidener en beschroomder ben. Neem me niet kwalijk dat ik woorden heb gebruikt die je in slecht gestencilde pamfletten vindt. Neem me niet kwalijk dat ik u verveel. Ik zou u dolgraag willen vertellen over onze heimelijke wekelijkse ontmoetingen in nachtclubs in Belgrado, waar bundels bankbiljetten van eigenaar wisselden.

Dan zou u het tevreden gevoel kunnen hebben dat iedereen eigenlijk hetzelfde is.

60

De keizer treurde niet om zijn neef. Oorlogen worden niet meer emotioneel begonnen. De Duitsers rukken naar het oosten op en wensen alle Polen dood. De Oostenrijkers rukken naar het zuiden op en wensen ons dood. Ik wist dat allemaal. Misschien hadden we de trots van ons, de slachtoffers, gered, door niet af te wachten, maar de eerste klap uit te delen.

Ik kalmeerde.

Voor het eerst begon ik fervent aan ontsnappen te denken. Het was nu verschrikkelijk om zo opgesloten te zitten, nu het zinvol leek dat het vergif ons niet gedood had.

Ik tikte op de muur: 'We zouden daarbuiten moeten zijn, en niet in een cel.'

Cabri antwoordde: 'Maar wij losten de eerste schoten.' En na een poosje: 'En gooiden de eerste handgranaat.'

Dat was niet het antwoord dat ik had willen horen.

Een nieuwe, ijzige angst. Eindelijk speelde ik het klaar te seinen: 'Misschien hebben we Oostenrijk geholpen. Een vraagteken vol wrede ironie.'

Er kwam geen antwoord, zelfs niet nadat ik tegen de muur geschopt had. Cabri moet aan de andere kant van zijn cel bezig zijn geweest. Hij kwam bij me terug met: 'Nee. We zeggen allemaal nee. Houd toch op met dat getwijfel aan jezelf. De wereld weet alles. Rusland. We zijn niet langer alleen.'

We deden er daarna die hele verdere dag het zwijgen toe. Ik was als versuft. Ik redeneerde zelfs nauwelijks. Ik zat maar op de vloer en keek naar de bewegingen van de schaduwen over de stenen. Ik probeerde er oorlogstaferelen in te zien, maar ik kende alleen maar beelden van de Balkanoorlogen, van chargerende cavalerie, van mannen die met geweren langs bergpaden klauterden. Dit was anders. Het Rijk had machines, mitrailleurs, vrachtwagens, motoren. Daarnaast de machtige kanonnen van de bondgenoot Duitsland, die volgens geruchten over kilometers afstand vuurden en steden voorbij de horizon konden verwoesten.

De laatste schaduwstreep vervaagde in grauwheid. De zon ging onder.

Ik probeerde me die kanonnen voor te stellen tijdens hun transport over de Donau en de Sava. Het was moeilijk je er een beeld van te vormen tenzij je je honderden mannen met touwen voorstelde, zoals op een tekening in ons geschiedenisboek op school van slaven bezig met de bouw van de piramiden. Misschien zouden ze merken dat die mannen in 1914 geen slaven meer waren; misschien zouden ze weigeren die kanonnen in positie te trekken om de mannen en vrouwen aan de overkant van die rivieren te vernietigen.

Ik stond op een donker plein omringd door fakkellicht. Ik spoorde hen aan die touwen uit hun handen te laten vallen en de lopen van die kanonnen op de kastelen van hun officieren te richten. Ik zag hun gezichten naar me opgeheven, verwonderd, besluiteloos.

Er was op het plein niets te horen behalve het gezucht van de wind en het zachte gesis van fakkels.

61

Oorlog. Alles was politiek en algemeen en volslagen onpersoonlijk. Onbegrijpelijk.

Het was op een maandag of dinsdag geweest dat de corveeër me over het bombardement van Belgrado verteld had. De ochtend daarna was de cipier er weer bij en we hoorden geen nader nieuws. Maar toen het zondag was, maakte een kapelaan een ronde langs de cellen. Dat was nog niet eerder gebeurd.

Ik hoorde iemand Cabri's cel binnengaan en er een ogenblik later weer uitkomen. Toen maakten ze mijn deur open en daar zag ik de geestelijke. Ik was van plan hem beter te ontvangen dan Cabri gedaan had.

Hij zag er niet erg priesterlijk uit, een gewone man, Serviër zelfs, dacht ik.

We begroetten elkaar, en hij vertelde me dat ik nu voor het Rijk moest bidden, om voor mijn daad te boeten.

Ik vroeg, waarom? Was het Rijk in gevaar?

Een schichtige blik. 'Het heeft Gods hulp nodig, zoals altijd.'

'Ik zou zo denken dat Oostenrijk en Duitsland samen Servië

best kunnen verslaan zonder goddelijke hulp nodig te hebben.'
Ik probeerde te glimlachen toen ik dat zei, maar ik was te laat.
Ik had het verprutst. Hij stond al bij de deur en klopte op het
luikje om eruit te worden gelaten.

'Er huist een opstandige geest in jou,' zei hij, 'die voor jongens
in jouw positie fataal zal zijn.' Zijn stem klonk streng, maar zijn
manier van doen had iets zenuwachtigs.

Ik bleef glimlachen. 'Waarom voor het Rijk bidden? Doet
Rusland aan de oorlog mee?'

Hij draaide me zijn rug toe, ongeduldig wachtend tot de bewaker de deur voor hem zou openen. Zonder om te kijken, zei
hij: Ja. Het Oostenrijkse en het Duitse Rijk zijn nu in oorlog met
Rusland. En met Frankrijk en met Engeland. Bid om vergiffenis.'

Het ijzer op ijzer van de dichtvallende deur, *beng* – door mijn
hersenen en door mijn lichaam.

Vergiffenis! Ik heb geen vergiffenis nodig. We zijn al weggevaagd, al vergeten. Niemand herinnert zich Sarajevo. Aandoenlijk gepeins over het recht op geweld. Hele rijken zijn met elkaar
in oorlog.

Ik vroeg rechter Pfeffer: 'Edelachtbare, waarom laat u ons
niet doodschieten, zodat u van alles af bent?'

Ik probeerde niet doldriest of stoer te zijn. Dat was een op-
recht gemeende vraag. Ik had niet verwacht weer naar die kamer
te worden gebracht.

Wat konden ze nog meer van ons willen? Was het de moeite waard om over een enkel pistoolschot te discussiëren als een
miljoen mannen op elkaar begonnen te schieten? Hadden ze 't
nu niet te druk met andere dingen?

De rechter bladerde door zijn papieren en hief toen zijn hoofd
op en keek me aan op een manier die ik nog niet eerder gezien
had. Een dodelijke blik. Ik verstarde.

'Maak je daar geen zorgen over, Princip,' zei hij. 'Wees ervan verzekerd dat je zal sterven op de manier en op het moment die overeenkomen met de behoeften en de wetten van dit Rijk.'

Dat zou ik bestrijden; ik zou hem vragen hoe hij wist dat die wetten en behoeften niet tegenstrijdig waren, wat een rechter van instructie precies geacht werd te onderzoeken. Maar ik deed mijn mond niet open.

Ik had hem een keer zien glimlachen. Ik had me wijsgemaakt dat hij ons een beetje was gaan begrijpen en ons als medemensen ging beschouwen. Ik had over het hoofd gezien dat ze je altijd beduvelen.

62

Een maandagochtend. De corveeër met de grijns was al sinds lang verdwenen. Het brood werd nu rondgedeeld door een stille oude man. Hij mompelde iets tegen me, maar ik verstond hem niet.

De gendarmes kwamen en brachten me naar de kamer van rechter Pfeffer. Toen de deur openging, zag ik eerst de stoel van de rechter, onbezet, en vervolgens de rug van een jongen die daar stond met een gendarme naast zich. Trifko.

We vielen elkaar in de armen. De gendarmes schenen het niet erg te vinden en zeiden niets. Toen werd Cabri binnengebracht, en daarna Danilo. Een kamer vol politie, met ons vieren in het midden.

Niemand wist goed wat hij moest zeggen. We glimlachten alleen maar en schudden elkaar telkens weer de hand en klopten elkaar op de schouders.

'Jullie zien er allemaal heel goed uit,' zei Cabri.

'Jij ook. Je bent niet veranderd.'

Toen viel er een stilte. Gisteren hadden hij en ik er uren over gedaan om uit te tikken wat we nu in een paar minuten hadden kunnen zeggen.

'Stilte,' riep een gendarme onnodig. Rechter Pfeffer kwam binnen en ging aan zijn bureau zitten. Hij werd gevolgd door zijn griffier.

'Ik wil jullie nu,' begon Pfeffer, 'een officiële tenlastelegging voorlezen van het districtsgerechtshof van Sarajevo wegens moord met voorbedachten rade, samenzwering tot moord en hoogverraad, tegen de beschuldigden, Gavrilo Princip, Nedeljiko Cabrinovic...' We luisterden niet. We keken elkaar alleen maar aan, sommigen van ons in tranen.

Ik was zo blij dat ik dacht: dit is zoiets onverwachts wat me nu gebeurt. Ik zweer dat ik me nu een geluksvogel zal noemen, ongeacht wat me hierna nog mag gebeuren.

Handen en gezichten van vrienden in plaats van steen. Wezens die wisten wat ik wist, die samen met mij deel hadden aan een algemeen plan, een soort geloof in of op zijn minst hoop op een verborgen edelmoedigheid in de wereld. Pfeffer en ik waren geen medeschepselen. Ik zou liever door stenen muren praten dan naar Pfeffer kijken. Hij en zijn mensen waren – oh, laten hij en zijn mensen barsten. Barst jullie! Danilo, Trifko, Cabri – hoe kan ik dit korte ogenblik voldoende gebruiken om mijn liefde en trouw te tonen en mijn geluk omdat jullie zijn zoals jullie zijn?

Danilo fluisterde: 'Ik heb dit net van mijn buurman gehoord die soldaat is. Oostenrijk heeft Belgrado ontruimd. Het Servische leger' – hij wachtte even en keek van de een naar de ander – 'het Servische leger is de Sava en de Drina overgetrokken.'

'Jezus!' riep Cabri, en Trifko sprong op om over de hoofden van de gendarmes heen uit het raam te kijken, alsof hij verwachtte dat leger over de weg te zien marcheren. Ik sloeg mijn armen om Danilo en we omhelsden elkaar met al onze kracht. Geen Duitse monsterkanonnen. Onze mensen over onze rivieren.

'Jullie gedragen je als kleine jongens,' zei rechter Pfeffer, op een onverklaarbare manier dit alles accepterend. 'Jullie zouden er beter aan hebben gedaan naar de tenlastelegging te luisteren.'

Niemand reageerde en dat scheen hem van de wijs te brengen. Hij keek weinig op zijn gemak naar de gendarmes, zich vermoedelijk een beetje dwaas voelend. Ik had met hem te doen en zei: 'We weten wat er in staat, meneer, maar we hebben elkaar zo lang niet gezien.'

Hij haalde zijn schouders op. 'Jullie hebben volgens de wet het recht tegen de tenlastelegging protest aan te tekenen,' mompelde hij, 'maar ik raad je niet aan...'

'Ik wil dat doen,' zei Cabri onmiddellijk tegen hem.

'Waarom?'

'De oorlog gaat door – wie weet wat er straks gebeurt,' antwoordde Cabri met een lachje.

Toen kreeg Pfeffer weer dat dreigende uiterlijk dat ik ook de vorige keer van hem gezien had. 'Dacht je soms dat je zult worden vrijgesproken?' vroeg hij. 'Voordat de oorlog voorbij is, zullen we een dozijn Cabrinovics hebben opgehangen.'

Dit was de laatste keer dat ik me door hem liet bedotten. Ik draaide hem mijn rug toe; ik wilde mijn vrienden zien. Ik keek hem nooit meer aan.

En Cabri antwoordde heel koel: 'Des te erger voor de beulen van het Rijk.'

Er kwamen twee andere burgers binnen die naar rechter Pfeffer toeliepen en fluisterend met hem begonnen te praten. De gendarmes gaapten en peuterden in hun tanden. Het was beslist een ongewone situatie.

'Luister, jullie allemaal, laten we bij het proces niet onderdanig doen,' zei ik. 'Geloof me alsjeblieft, dat heeft geen enkele zin. Ze hebben hun besluit genomen. We moeten vrijuit spreken.'

Cabri knikte; Trifko wilde iets zeggen, maar Pfeffer keek opzij en beval: 'Breng ze naar hun cel terug.' En tegen de griffier: 'Geef ze elk een afschrift van de tenlastelegging.'

Danilo zei hardop: 'Ja, de Sava en de Drina.'

Zodra ik terug was, begon Cabri op de muur te tikken: 'Lees die tenlastelegging. Staat vol God. Ze zouden ons vrij moeten laten en God moeten opsluiten.' Ik ging op de vloer zitten en las: 'Het was de wil van de Almachtige dat op 28 juni van dit jaar... de Almachtige redde zijne Keizerlijke en Koninklijke Hoogheid Franz-Ferdinand door de bom in zijn automobiel niet te laten ontploffen... De Almachtige dwong de kogel zijne Keizerlijke en Koninklijke Hoogheid Franz-Ferdinand te treffen...' en zo ging het maar door. 'Stom,' antwoordde ik, maar Cabri was werkelijk door het dolle heen en ging een hele poos door met steeds maar weer te tikken: 'Arresteer God. Arresteer God. Laat ons vrij.'

Het leverde ons het bewijs dat ze ons afluisterden. Een uur later kwam er een bewaker om alle tenlasteleggingen weer op te halen.

De volgende dag brachten ze ons andere – dezelfde verklaring, maar ditmaal zonder God.

63

Het was al na de avondsoep toen de deur van mijn cel ontsloten werd en ik daar een man zag staan, rond gezicht, vrij jong, grijs pak, vilthoed in zijn hand.

'Ik ben Feldbauer,' zei hij. 'Ik ben advocaat en als verdediger aangewezen voor jou en drie van de anderen.'

'Drie van de anderen? We waren maar met ons vieren,' antwoordde ik, terwijl ik opstond.

Feldbauer glimlachte flauwtjes. 'Er zijn tot dusver 25 arrestaties verricht.'

'Ik zal me er bij jouw verdediging,' ging hij onmiddellijk verder, 'op baseren dat je niet wist wat je deed, dat je een verwarde jongeman bent en slachtoffer van Servische propaganda.'

Ik vermande me. Ik zei: 'Ik wil niet dat u uw verdediging daarop baseert. Het is niet waar. Ik wil bij het proces mijn daad verklaren.'

'Ik ben niet gekomen om je te vragen wat je wilt,' antwoordde hij. 'Ik zie je wel weer bij de berechting.' Hij klopte om eruit te worden gelaten.

Ik ging weer op de vloer zitten. Dag, Feldbauer.

De cipier opende de deur voor hem en keek met een zekere nieuwsgierigheid naar ons.

'Wat ik nog zeggen wou,' zei Feldbauer, 'zie jezelf niet al te gauw als een Servische martelaar. Je bent minderjarig. Krachtens de wetten van het Rijk kun je niet de doodstraf krijgen.' Hij keek de bewaker aan en herhaalde: 'Nee, ze kunnen 'm niet ophangen.'

De cipier trok zijn schouders op. 'Socialisten,' zei hij. 'We krijgen ze wel op een andere manier.'

Geen doodstraf als je minderjarig bent. Dat had ik niet geweten. Het zou ook nooit van belang zijn geweest. We zouden zelf over ons lot beslissen, hadden we gedacht.

Maar wat griezelig om nu zo in deze machine verstrikt te zijn dat ze me niet meer konden ophangen, terwijl het leven van iedere Serviër buiten deze gevangenis afhankelijk was van geluk of de gril van de dichtstbijzijnde Oostenrijkse of Hongaarse officier. Wie zou melding maken van een boer die door een Oostenrijks infanteriepeloton aan zijn pruimenboom is opgehangen? Europa – dat wil zeggen minstens een tiental buitenlandse correspondenten – moest zich van ons hierbinnen bewust zijn, van ons vieren, dan wel van ons vijfentwintigen, zoals het niet de moeite nam zich bewust te zijn van onze miljoenen ginds in de steden en dorpen en bergen.

Kon het zijn dat wij vieren – nee, niet vier. Danilo was meerderjarig, hij was 23 – kon het zijn dat ze ons in ieder geval in leven wilden houden, om ons te gebruiken om valse bekentenissen te publiceren en ons af te schilderen als pionnen in een internationaal complot? Had Pfeffer dat bedoeld? Maar we waren nog steeds in Bosnië. Onze vrienden waren buiten die muren en in de straten van Sarajevo. Zo goed zouden ze ons niet het zwijgen kunnen opleggen zonder ons te doden.

Ik viel in slaap, ofschoon het nog niet helemaal donker was. Ik droomde deze keer eens niet, en toen ik wakker werd, in het pikkedonker, duurde het even voor ik me realiseerde waar ik was. Zelfs wie ik was.

Toen lag ik daar zo eenzaam, zo naakt voor de wereld, als ik niet meer geweest was sinds de dagen toen ik mijn werkelijke denkbeelden en vrienden ontdekt had. Ik kon me niet op oorlog of wat ook concentreren, alleen op mezelf. Half angstig, half verdoofd. Ik vroeg me af of het kon zijn dat ik het toch allemaal zou overleven, in leven zou blijven terwijl Djula, of de eigenaar van de Hoekbar, of die jongen die geloofde in realistische methoden en 'van-dag-tot-dag werken' zou vechten en omkomen? Wilde ik dat? Was het beter je hele verdere leven in de gevangenis te zitten? Ik probeerde me in volle ernst werkelijk voor te stellen dat de deur openging en er mannen de cel binnenkwamen om me mee te nemen naar mijn executie. Eerst maakte dat me bang, verlamde het me. Toen kroop ik weer uit dat schelpje van mijn eigen ik, haalde me het Servische leger voor de geest bezig over de rivieren Bosnië binnen te trekken, en putte daar moed uit. Maar daarna dacht ik hoe verschrikkelijk het was om te sterven alvorens te weten wat er zal gebeuren. Wat betekent moed en opoffering? Zoveel van jezelf buiten jezelf zetten dat je in vrede kunt sterven? Ik wikkelde me in mijn deken en dacht: ik ben gered. En schaamde me. Er ging geen deur open. Er kwam niemand om me op te hangen.

Als je het werkelijk wilt, kun je altijd de hand aan jezelf slaan. Ik wist dat ik het zou kunnen.

Er kwam niemand om me te vertellen dat ik die plicht nog altijd had.

Ik wist het niet.

64

We zaten met over elkaar geslagen armen, zoals ze ons dat bevolen hadden, op de voorste bank van een kamer in de militaire gevangenis. Ze hadden mij in het midden gezet; we waren met ons vijven. De vijfde was Veljiko, de onderwijzer uit het dorp Priboj die ons tijdens de magische wandeling geholpen had. Ik herkende hem niet direct.

Het was een klap dat hij hier was.

Dat gold ook voor de aanwezigheid van Misko, de heer uit de leeszaal in Tuzla die de wapens voor me bewaard had, en die achter ons zat, en van de boeren die bij die wandeling onze gids waren geweest, en van studenten uit Sarajevo en mannen die ik niet kende. Zoals Feldbauer al gezegd had: we waren in totaal met ons vijfentwintigen.

We kregen geen kans in de rechtszaal te praten, of zelfs maar te fluisteren. Ik bestudeerde de gezichten van die twee mannen, de onderwijzer en die merkwaardige bankier, die door ons hierin waren gesleurd. Ze hadden een bitter offer gebracht, anders dan het onze, want ze geloofden niet in rebellie. Toch verklaarden ze eenvoudig waarom ze geholpen hadden en niets meer. Toen ze mijn blik opvingen, knikten ze allebei geruststellend.

Zij, en Danilo, waren de enige volwassenen die ter dood konden worden veroordeeld, en ze wisten dat dit zou gebeuren. De gidsen zouden worden gered door Trifko's en mijn bewering dat ze onder bedreiging hadden gehandeld.

Geen van deze mensen had hier moeten zijn en het was monsterachtig dat ze er waren. Ons complot was niet verder doordacht geweest dan tot aan het falende flesje vergif, en de mensen die ons onderweg hadden geholpen waren niet voorbereid geweest op Oostenrijks vastberadenheid om alles uit te pluizen wat maar als op Belgrado wijzend bewijs kon worden uitgelegd, en ze hadden gehandeld alsof dit nog steeds het onschuldige jaar 1389 van Kosovo was.

De kamer was niet wat je je van een rechtszaal zou voorstellen. Het was ook geen echte rechtszaal, maar de officiersmess van de gevangenis of iets dergelijks. Het was een vrij klein vertrek, met rijen banken, gestreept behang, aan het plafond hangende olielampen, een groot raam achterin en een achter de rechterstafel. De kamer had een lambrisering van bruin hout, bijna zwart geworden, ingelijste foto's aan de wanden, en zelfs een boekenrek met boeken en geïllustreerde tijdschriften die niet waren weggehaald. We zaten daar tien dagen lang en soms dacht ik dat dit decor het opeens zou winnen en de presiderende rechter ertoe zou brengen zijn dossier dicht te slaan en te zeggen: 'Laten we praten over waar het hier werkelijk om gaat.'

Er waren drie rechters (geen Pfeffer), een openbare aanklager (de vader van Maxim, die me langs al die rechercheurs geloodst had), verdedigers, griffiers. Achterin het zaaltje zaten nog wat burgers, journalisten dacht ik, en een pater-jezuïet. Geen vrienden, natuurlijk, geen publiek. Aan weerszijden van de rij banken stonden zes soldaten met geweer en bajonet.

Die rechters en advocaten waren niet allemaal Oostenrijkers; de presiderende rechter had een Italiaanse naam, die ik een keer hoorde, maar prompt weer vergat; er werd Duits en Servisch gesproken, met velerlei accent. Maar iedereen zei wat je verwacht had dat ze zouden zeggen; ze waren allemaal onderdeel van de staat en hun woorden en daden waren net zo afgemeten en voorspelbaar als de bewegingen in een klassiek ballet. En dat was het ook, een ballet, een keizerlijke ceremonie. We waren de enige dissonanten, of probeerden dat te zijn.

Wij en één unieke advocaat. Hij verdedigde de onderwijzer, en hij probeerde eerst een passage uit de *Geschiedenis van de Slavische volken* voor te lezen, waar ze hem geen toestemming voor gaven, en toen verklaarde hij dat, aangezien Bosnië niet op legale wijze deel van het Rijk was geworden, Bosniërs nu niet van hoogverraad konden worden beschuldigd. Een ontstelde stilte in de zaal. Hij kreeg een waarschuwing, en werd later zelf in staat van beschuldiging gesteld. De andere advocaten gedroegen zich keurig. Een maakte zelfs excuus voor zijn aanwezigheid en citeerde Cicero, dat verdediging van een verrader hem tot medeplichtige zou maken.

Dus verdedigden we onszelf. Niet allemaal op dezelfde manier, ofschoon dit, zoals te verwachten was, geen enkel verschil in straf uitmaakte. Het was niet met die hoop dat Danilo zei dat hij niet in gewelddadigheid geloofde. Hij zei dit omdat het waar was. Wat mij betrof, ik probeerde kracht te vinden door me in een soort bewuste verachting te hullen. Het was moeilijk grof te doen tegen mannen die beschaafd leken. Maar we praatten niet tegen onze rechters, of tegen die Oostenrijkse journalisten; niet voor hen voerden we 's nachts lange discussies via onze muren over wat we zouden zeggen. We richtten ons tot Sarajevo.

Ze lieten ons praten, omdat Sarajevo ons niet kon horen. Maar er waren griffiers in die kamer die ieder woord neerschreven dat er gezegd werd. En het is voor het Rijk moeilijk zo niet onmogelijk enig officieel stuk papier te vernietigen.

Laat ze die woorden maar achter slot en grendel wegsluiten in de stoffigste kluis van Wenen; zo lang ze niet vernietigd zijn, zullen ze op een dag te voorschijn komen. Want op een dag zal het Rijk vallen.

De zomer was afgelopen; er waren nog wel dagen die zonnig begonnen, maar de strook lucht die ik boven de hoofden van de rechters kon zien, bleef bleek. 's Morgens begon het daglicht zo grauw en aarzelend dat ik de gezichten van de soldaten die naar mijn cel kwamen om me te halen nauwelijks kon onderscheiden. We schuifelden door donkere gangen en als we de rechtszaal werden binnengebracht, stak een soldaat de olielampen aan. Dan was het daar net als in mijn oude schoollokaal in Sarajevo op een ochtend in oktober of november.

Ik zat in een schoolbank, met een paar klasgenoten van de lagere school nog naast me.

Er was sindsdien niet veel tijd verstreken.

De olielamp vlak boven ons wierp lange schaduwen over onze gezichten, die nu erg bleek waren en bedekt met stoppels of een baard. Ze hadden ons haar geknipt, maar we mochten ons niet scheren.

We droegen onze eigen kleren, zonder das. Trifko was de enige van ons vieren die er op een of andere manier netjes uitzag en niet als een arme zwerver.

65

Rebellie is niet de omverwerping van normen in menselijke aangelegenheden. Rebellie vertegenwoordigt normen. Het is de staat die nooit normen kent.

Na een poosje zou de soldaat de olielampen weer uitblazen. Dan zouden de gezichten van de rechters in de schaduw moeilijk te zien zijn, en het licht van de grijze of bleekblauwe hemel achter hen zou op ons vallen en ons te kijk zetten als de haveloze troep die we waren.

Spottend werd ons gevraagd wie ons aangewezen had om namens het volk te spreken. Cabri zei dat gezamenlijk lijden ons daartoe had aangewezen. Ik zei dat ik misschien kon spreken namens mijn zes dode broertjes en zusjes, begraven in Grahovo. De ene menselijke dode was van evenveel belang als elke andere. Waarom was er geen proces geweest in verband met de dood van die kinderen? Cabri zei dat we niet in termen van leiderschap dachten, maar van liefde voor onze medemensen.

'Je praat over liefde voor je medemens, en je moordt?'

'Het is een paradox die we hebben geprobeerd op te lossen door gif in te nemen.'

'Waarom denk je dat we op aarde zijn?' werd hem gevraagd.

'Niet om individueel geluk na te jagen. Ook niet om de staat te dienen. Maar om nieuwe mannen en vrouwen te worden in een nieuw anarchisme.'

De aanklager vroeg: 'Dus je geeft toe dat je anarchist bent?'

'Ja. Maar u weet niet wat het woord betekent.'

'Nou, licht ons dan in. Het schijnt te betekenen dat je alle vrijheid hebt om bommen te gooien en pistolen af te schieten.'

'Geen vrijheid. Plicht. Het is onze plicht onze tirannen te doden.'

'En jullie beslissen wie die tirannen zijn?'

'Nee, het volk. Lees Locke.'

'Aha, Locke – en heeft meneer Locke ooit iemand doodgeschoten?'

Ik herinner me een andere keer, toen de presiderend rechter Trifko onderbrak toen deze het over onderdrukking had. Hij vroeg hem dan maar eens uit te leggen waarom duizenden loyale Slaven zich vrijwillig voor het front hadden gemeld, en waarom de zakenmensen van Sarajevo tienduizend goudkronen bijeen hadden gebracht voor een monument ter nagedachtenis van de troonopvolger. Trifko antwoordde dat zakenlieden in alle landen één pot nat waren, dat geld niet stinkt, geen schaamte kent en niet kan huilen. Cabri glimlachte terwijl hij luisterde; ik vermoedde dat die woorden van hem afkomstig moeten zijn geweest. 'Wat die Slavische soldaten in uw leger aangaat,' ging Trifko verder, 'als ze er inderdaad zijn, kunnen ze niets anders zijn dan een herinloze massa.' De aanklager sprong op en zei dat hij voor die verraderlijke uitlating een nieuwe en afzonderlijke beschuldiging tegen Trifko zou uitbrengen.

Lange, grauwe uren. Zeeën van gemechaniseerde woorden.

De orde zoals die op aarde bestond, was Gods wil. Ik vroeg of ik dan Gods wil mocht zien in een automobiel die achteruit reed tot vlak voor mijn pistool.

Een echo van verontwaardigd gemompel. Het joeg me geen angst aan.

De presiderend rechter, kalm: 'De chauffeur had zich in de

route vergist.' 'Princip,' hakkelde hij er nu achteraan, alsof hij voor het eerst mijn naam hoorde. Hij keek in zijn papieren. 'Ik zie dat je verklaard hebt atheïst te zijn?'

Ik zei ja.

Hoe kon ik dan over liefde voor de mensheid praten? Leefde ik dan niet in een materialistische wereld, waarin alle impulsen economisch, of misschien chemisch waren? Verwierp ik niet de verheven impulsen van de christelijke en (om zich heen kijkend) andere godsdiensten?

Ik wierp een blik op Cabri naast me. We hadden hier gedurende de nacht over gepraat. Het was als een goed voorbereide vraag bij een examen. Ik dacht aan mijn winter in Grahovo, en toen, ten slotte, aan mijn vader. Ik was blij, omdat ik precies wist wat ik ging zeggen. 'Als ik in uw God geloofde, zou ik niet tot wanhoopsdaden zijn gebracht door in uw wereld te zijn. Want dan had ik geweten dat de dag zal komen waarop ons allen goed en recht zal worden gedaan.

Maar ik geloof dat we blindelings in een zwijgend universum ronddolen. En daarom hebben we nu de liefde van onze medemensen nodig, en menselijke gerechtigheid op aarde.'

De rechter gaf geen antwoord en hij bladerde door de dossiers. Het was buiten erg donker geworden, en ik hield mijn ogen meer op de zwarte wolken gevestigd dan op hem. Er was geen geluid, behalve van een hoestende man achterin. Ik ben een minuscuul stipje in een zwijgende cirkelvormige uitgestrektheid.

De rechter zei: 'Ik verzoek alle beschuldigden die spijt van hun daden hebben, te gaan staan.'

Hij vroeg me waarom ik niet opstond.

Ik zei dat ik gedaan had wat ik had willen doen. Afgezien van de dood van de hertogin van Hohenberg. Misschien was zij, door in Sarajevo te zijn, slachtoffer geworden van dezelfde leugen als wij allemaal. Voordat ik uitgesproken was, waren mijn vrienden ook weer gaan zitten.

66

Vijf dagen van stilte. We wachtten en praatten. De uren dreven voorbij, omdat we ze probeerden vast te houden. We voelden nu dat we niet zo veel tijd meer hadden. Soms werd ik in paniek in het donker wakker, en tikte haastig op mijn muur: 'Cabri. Slaap je,' of zoiets. Hij deed hetzelfde.

Toen kwamen de soldaten ons weer halen. Ditmaal stelden ze ons in de gang in een dubbele rij op, en de cipier die onze ketenen afnam, deed ons andere om die ons in paren aaneenklonken. Ik had Trifko. We maakten er geen grapjes over. We schuifelden de gang door en weer de rechtszaal in. De banken waren weg. Het was weer zo'n donkere ochtend, maar de lampen werden niet aangestoken.

We stonden daar een hele tijd voordat eindelijk de rechters binnenkwamen. Ze gingen zitten. De presiderend rechter zette een zwarte baret op. Hij opende een leren map en las met een zachte, onbewogen stem voor dat hij Danilo, Veljiko, de onderwijzer en de bankier uit Tuzla veroordeelde tot de dood door ophanging. Ze gaven geen kik. Deze mannen hadden niet de bedoeling gehad te sterven. Ze hadden het niet eens een goed plan gevonden.

Wat ons drieën betrof, Cabri, Trifko en ik, die de bedoeling hadden gehad de satraap en onszelf te doden, wij kregen nu officieel te horen dat we te jong waren om te worden opgehangen.

'Ik veroordeel elk van jullie,' las de rechter voor, 'tot twintig jaar eenzame opsluiting, geketend. En jij, Gavrilo Princip, zal iedere maand één dag, en elke 28e juni, zonder eten of drinken in een verduisterde cel doorbrengen.'

Toen las hij de lagere gevangenisstraffen voor sommigen van de anderen op. En hij sprak de boeren vrij. Hij had ons verhaal over hen geloofd.

Heel kort daarna waren we in onze cellen terug. Mijn brood en koffie vond ik nog op de vloer zoals ik ze daar had achtergelaten toen de soldaten binnenkwamen. De koffie was nog lauw.

67

Week na week verstreek. Er veranderde niets. Het regende en regende – het binnenplein leek een moeras. Ik stond urenlang bij mijn raam; ik had een handigheidje ontdekt om mijn ketting op een naar voren stekende steen te laten rusten. Je zag maar zelden een soldaat of corveeër langskomen, ineengedoken vlak bij de muur en met zijn jas over zijn hoofd.

Ik zat op mijn brits (ze vielen me niet meer lastig met bevelen om het ding tegen de muur op te klappen), bezig aan een gesprek met Cabri, toen mijn celdeur ontsloten werd. Er kwamen twee soldaten binnen die me naar een wachtlokaal brachten, geketend en wel. Ze zeiden me daar op een bank te gaan zitten en te wachten. Het was er warm, er stond een kachel te loeien. Een minuut later werden Trifko en Cabri binnengebracht. 'Het is zo ver,' zeiden we.

Het was een komen en gaan van mannen die zich even wilden warmen of drogen, of nieuw hout voor de kachel aandroegen. Stuk voor stuk keken ze ons belangstellend aan. We zaten stil naast elkaar en slurpten als het ware de warmte op.

Het werd donker. Er kwam een sergeant binnen die tegen

onze twee soldaten, inmiddels bezig een kaartje te leggen, zei: 'Breng ze naar hun cel terug.'

'Wat is er aan de hand?' vroegen we.

'Maak je daar maar niet druk over, jullie hebben alle tijd van de wereld,' zei hij met een soort hinnikend lachje.

We stonden gehoorzaam op. 'Morgen,' zei hij.

In de gang vroegen we onze twee begeleiders of zij wisten waar we naartoe zouden worden gebracht, maar ze gaven geen antwoord. Ik was terug bij mijn raampje en staarde naar de lucht boven Sarajevo. Zachtgetint, de lichten van de onzichtbare stad weerkaatsend. Een miljoenste deeltje van dat roodachtige schijn-sel kwam van de lamp achter Sophia's raam. Een gedachte van een Franse romanheld, houd op. De laatste avond. De laatste nacht. Onze laatste nacht in Sarajevo. Ik had het gevoel dat ik nu bijna van mijn cel hield.

De volgende ochtend slokte ik mijn brood en koffie naar bin-nen en maakte gehaast gebruik van de toiletemmer. Maar er kwam niemand. De dag ging voorbij. We tikten slechts een paar enkele woorden uit: 'Verdomme', 'Hoera', 'Bosnië'. Mijn bloed bonsde in mijn slapen. Het binnenplein lag er donker en verla-ten bij.

De deur werd geopend en dezelfde soldaten brachten ons, alle drie tegelijk deze keer, naar dat wachtlokaal.

We gingen weer zitten. 'Ze gaan dit nu iedere dag doen,' zei Cabri, 'om ons een kans te geven lekker warm te worden.'

Er kwamen vier mannen binnen, soldaten of gendarmes, in zwarte uniformen die ik nooit eerder gezien had. Een van hen was sergeant. Hij salueerde voor onze wachtlokaalsergeant en zei in het Duits: 'Sergeant Gunter. Gevangenenescorte.' Hij ver-waardigde ons met geen blik.

'Mooi,' zei onze sergeant, 'mag ik uw documenten zien?'

Ze wisselden papieren uit. Beide sergeants ondertekenden ze met een stompje potlood.

'Gevangenen,' zei Gunter nu in slecht Servisch, tegen niemand in het bijzonder, 'opstaan.'

'Waar gaan we naartoe?' vroegen we.

Hij keek ons aan. 'Een heel eind weg.' Het klonk me eerder nerveus dan streng toe.

'Hoe moet 't met onze spullen?' vroeg Trifko de sergeant van de wacht.

'Die heb je niet nodig. Ze worden wel voor jullie bewaard.'

We stonden op. Gunter en zijn drie manschappen stelden zich rond ons op. 'Wacht even!' riep onze sergeant. 'M'n kettingen. Je kan m'n kettingen niet meenemen.'

Gunter wreef over zijn kin. 'We hebben er geen bij ons,' antwoordde hij. 'Breng ons dan maar weer naar onze cel terug,' zei Cabri hardop.

'Ik kan een ontvangstbewijsje voor die kettingen tekenen,' opperde Gunter. De sergeant van de wacht aarzelde en antwoordde toen: 'Nou ja, mij best.' Hij gaf Gunter de sleutel.

Met de achterkant bijna pal tegen de deur stond er een gesloten legerwagen met twee paarden voor ons klaar, het soort kar dat ze gebruiken voor brood, of voor vervoer van gewonden. We klommen met de drie soldaten achterin, waarna de flap van het dekzeil gesloten werd. Er hing een lamp aan het plafond die een somber licht op ons allen wierp.

We ratelden de helling af en maakten verscheidene bochten. 'We gaan een brug over,' zei ik, 'ik wil wedden dat we op Skenderija zijn.' 'Nee, dat zijn we niet,' antwoordde Cabri. 'Ja, toch wel.'

Een van de soldaten lichtte, zonder een woord, de flap op. Sarajevo. Bosna Serai.

Een modderige straat. Ik wist niet welke. Huizen, verlichte ramen. Bij een verlaten kruispunt hing een elektrische lamp zwaaiend aan een snoer. Het regende niet meer, maar je kon overal water horen druppen.

Weer een bocht. Beter plaveisel, meer lichten. We passeerden een meisje dat onder een paraplu over het trottoir liep. Ik zag haar aan het einde van een dag thuiskomen, een warme vestibule, de natte stof van haar mantel tegen mijn huid terwijl ik haar kuste. 'Tot ziens,' zei ik geluidloos. Een met bomen omzoomde straat nu; de wielen rolden zacht over het tapijt van dode bladeren.

De soldaat keek naar ons, zuchtte, en liet de flap weer vallen.

Toen de wagen tot stilstand kwam, waren we op een goederenemplacement van het spoorwegstation. We werden door een deur naar een verlaten perron geloodst, de achterste wagon in van een daar gereedstaande trein. Het was een oude houten wagon, maar met een verbindingsgang zoals exprestreinen hebben. Er brandde een zwakke gaslamp en ik zag bordjes in vier talen, waarschuwend voor het gevaar van uit de ramen leunen, en met een verbod om te spuwen. Gunter zette een soldaat op bij de raamplaatsen, Cabri en Trifko aan de ene kant, en mij tegenover hen op de andere bank. Onderaan de banken waren grote schroefogen aangebracht en onze enkelkettingen werden nu ontsloten, door die schroefogen gehaald en weer dichtgeklikt, waarna Gunter de vettige zeildoekgordijntjes voor alle ramen en de deur naar de gang omlaag trok en hij en de derde soldaat zich verwijderden.

Daar zaten we. Het werd druk op het perron, stemmen en hollende voetstappen. We hoorden mensen met veel gestommel de coupé naast de onze binnenkomen. Onze twee soldaten rolden sigaretten. Ze gaven ons er elk een. De enige sigaret die ik

ooit gerookt heb. Buiten werden in het Duits commando's geschreeuwd. Er kwam beweging in de handgreep van onze deur,
en onze soldaten maakten ons met gebaren duidelijk dat we onze sigaret moesten weggooien.

Gunter en de andere soldaat stapten weer in. Hij trok een
gordijn op, en we zagen een bonte menigte militairen over het
perron rennen op zoek naar onbezette plaatsen. Deuren klapten
dicht, een fluitje snerpte. Gunter liet het gordijn zorgvuldig
weer zakken en ging de coupé uit, de gang in.

We reden.

Er zat een scheur in een van de gordijntjes. Ik kon er een rij
lichtjes doorheen zien. De rij werd steeds vaker onderbroken, tot
er geen lichtje meer te zien was. Slechts een enkele keer keek
een van de soldaten even naar buiten.

Een donker landschap, met in de verte de gele rechthoek van
een verlicht boerderijraam.

Gefluit van de trein. Op de boerderij luisterden ze misschien
naar dat gefluit en vroegen zich af wat het betekende.

Het gordijn was weer dicht.

68

Sergeant Gunter kwam weer binnen, ging in het hoekje naast de
gang zitten, sloeg zijn benen over elkaar, stak een sigaret op en
zei tegen me: 'Generaal Potiorek is terug in Belgrado.'

Ik maakte een grimas. 'We komen wel weer uit deze oorlog,'
antwoordde ik. 'En als één natie.'

'We?'

'De Serviërs, Kroaten – wij allemaal. De Zuid-Slaven.'

Hij keek eerder bedachtzaam dan geërgerd. 'Dat denk jij, hè?

Nou – en je vindt 't niet erg om in een of ander gevangenisgraf weg te rotten?'

Ik glimlachte en maakte een handgebaar.

'Daar hebben we op gerekend,' zei Cabri. 'Waar gaan we naartoe?'

'Dat zal je wel merken.'

Verder werd er niets tegen ons gezegd. De twee mannen op de raamplaatsen sliepen. Gunter rookte. De vierde soldaat was weg. We zaten er erg stilletjes bij. Niemand had ons verboden te praten, maar we zeiden niets. Op een bepaald moment schudde Cabri me de hand, en toen Trifko. Af en toe zouden we dat opnieuw doen, elkaar alleen maar even de hand geven.

Ik sliep. Toen ik mijn ogen opsloeg, waren er lichtranden langs het gordijn. De trein was tot stilstand gekomen. Alleen Gunter en een soldaat waren er, bezig zich te goed te doen aan brood met ham. 'Ik moet pissen,' zei ik.

'Eén tegelijk.'

We werden naar het toilet in de trein gebracht. Door het gangraam zag ik een vlakte van bruinachtig gras, vlak als een pannenkoek, onder dikke flarden ochtendmist. Het landschap leek ver, vreemd, Duits. Onzichtbare vogels vlogen in die mist rond en slaakten klaaglijke kreten.

Ik bleef staan en vroeg mijn soldaat: 'Waar zijn we?' Hij trok zijn schouders op en mompelde: 'Kreuz. Slovenië.' 'Verrek,' zei ik, 'we zijn al buiten Bosnië. Oh, verdomme.' Hij glimlachte vaag en trok weer zijn schouders op. Hij was de man die de achterflap van de wagen voor ons had opgelicht. Ik vroeg me af waar hij vandaan kwam; hij was geen Serviër. Ik glimlachte naar hem terug.

Toen we alle drie aan onze bank waren geketend, gaf Gunter ons brood en liet een veldfles met koffie rondgaan.

De trein kwam weer in beweging. We reden uren door. De vier mannen hielden om beurten de wacht bij ons. We doezelden. Toen weer een halte. Na lang te hebben stilgestaan reden we hortend achteruit, een zijspoor op. 'Hoera,' zei Cabri, 'naar Sarajevo.' Onze soldaat lachte. Toen volgde eindeloos rangeren, gefluit, andere treinen die langs denderden. Gunter ging de gang in om te kijken. Hij kwam terug en zei veelbetekenend: 'Druk militair verkeer.'

Hij liet de gangdeur open om de coupé te luchten. Het was weer donker. Ik hoorde Trifko een liedje neuriën, maar we namen het niet over. We vielen in slaap.

Toen ik wakker werd, reed de trein erg snel. Alle anderen sliepen. Ik bestudeerde de gezichten van mijn vrienden in het weifelende licht. Cabri zag er oud en vermoeid uit. Trifko leek een ziek kind. Ik dacht, ik wou dat ik iets kon doen om hen te beschermen, hen te helpen. Het was geen heldhaftigheid. Vreemd genoeg had ik het gevoel dat ik niet over mezelf inzat. Waarom niet? Misschien omdat ik de schoten gelost had.

Er schenen lichten door de scheur in het gordijn. De trein minderde hortend vaart en stond ten slotte stil. Gunter opende zijn ogen, keek op zijn horloge, en daarna uit het raam. Hij maakte onze voetkettingen los. 'Iedereen uitstappen,' beval hij.

We strompelden een spaarzaam verlicht perron op. We probeerden onze armen en benen te ontspannen. Geen mensen, alleen overal balen en kratten. Op een wit emaillen bord, in blauw de letters 'WENEN'. 'Alle Jezus,' zei Cabri, 'we zijn in Wenen.' Gunter stelde ons in een soort gelid op, met een soldaat naast elk van ons, en daar gingen we, een tunnel door en een helling op. Hij scheen de weg op zijn duimpje te kennen. Plotseling kwamen we op een helder verlicht perron, stampvol mensen. Een rij soldaten en politiemannen met daarachter een menigte mannen en vrouwen die allemaal naar ons keken. Er ontstond een kolossaal tumult. 'Daar zijn ze,' schreeuwden ze. 'Vuile Serviërs, moordenaars. Schiet ze kapot. Schiet ze neer. Hak ze in stukken en stuur ze naar de tsaar.'

'Wat een vuile grap,' zei Cabri. 'Wie heeft dit op touw gezet?'

'Stilte!' snauwde Gunter hem toe.

Hij zag er niet bepaald blij uit. Hij marcheerde ons snel langs die menigte heen, terwijl de soldaten en politie de mensen terugdrongen. Ik zag hun gezichten, wit en rood van woede. Mannen in zwarte overjassen met bontkraag, hun vuisten schuddend, dames met grote hoeden op, kruiers. Zelfs kinderen. Een man met een pet op spuwde naar ons, maar raakte alleen maar een politieman op de schouder. Een huisvrouw schreeuwde me toe: 'Hebben de joden jullie hier goed voor betaald?'

We kwamen bij een deur waar 'Spoorwegpolitie' op stond. Gunter bracht ons in een kleine, verlaten kamer. 'Twee buiten op wacht,' beval hij, 'bajonetten op.' En tegen ons: 'Ga op de grond zitten, er wordt niet gepraat.'

Het geschreeuw en gekrijs verstierf. Gunter ging de kamer uit. Na een poosje kwam er een politieman binnen die ons brood en worst gaf.

We keken elkaar glimlachend aan. 'Verdomde Zwaben.' 'We krijgen ze nog wel.' We werden weer in het donker naar buiten gebracht. Het perron was verlaten, de meeste lichten brandden maar half. Papieren en stof dwarrelden rond. Volgens de stationsklok was het kwart voor drie. Ik huiverde.

We werden naar een trein gebracht en in een coupé gezet die precies gelijk was aan de vorige, dezelfde gordijnen, dezelfde schroefogen voor onze kettingen. 'Op en top het Rijk,' mompelde Cabri.

We hadden nog steeds sergeant Gunter bij ons, maar met drie nieuwe soldaten, Hongaarse infanteristen, sjofel uitziende reservisten. Nauwelijks waren ze gaan zitten of ze haalden brood en gebraden varkensvlees te voorschijn, besprenkelden het met paprikapoeder dat ze in van krantenpapier gevouwen puntzakjes bij zich hadden en begonnen langzaam te eten, de stukken met knipmessen vlak bij hun mond afsnijdend. Ze negeerden zowel ons als de sergeant.

'Waar gaan we naartoe?' vroeg Cabri nogmaals, bijna automatisch.

'Theresienstadt.' Gunter wachtte op onze reactie, maar we hadden die naam nooit gehoord.

'Da's een vesting aan de Elbe,' zei hij. 'Bij de Duitse grens.'

De Duitse grens. Bijna tweeduizend kilometer van onze bergen, van het oosten. In het donkere hart van Europa. Ik hoorde mijn vrienden binnensmonds vloeken. De verdomde Duitse grens.

Wat was het een eindeloze, stomvervelende rit. Maar ik wou dat er nooit een eind aan kwam. 'Een vesting?' vroeg ik Gunter.

'Ik geloof dat het nu alleen nog maar een gevangenis is. Een militaire gevangenis. Voor deserteurs. En mensen als jullie.'

'Wie zijn mensen als wij?'

Gunter keek bijna verlegen. Hij maakte een schouderbeweging en stak een nieuwe sigaret op.

69

Het was weer schemering, de schemering van een vroege winteravond, toen Gunter de gordijntjes optrok. De trein was tot stilstand gekomen. 'We zijn er,' zei hij. 'Iedereen uitstappen.'

Een talud van sintels langs de spoorbaan. Onze ketenen omhoog houdend, stampten we met onze voeten. De regen, vermengd met natte sneeuw, sijpelde neer. Voor ons uit verdween de laatste passagier van onze trein, een soldaat op krukken, in een houten stationsgebouw. Een lantaarnpaal belichtte de naam 'THERESIENSTADT' op de wand. Een naam in zwarte, gotische letters, hoekige verticalen – als een woord in een middeleeuws manuscript. De drie Hongaarse infanteristen, bajonet op het geweer, stonden tegenover ons, kauwend, met wezenloze ogen, zoals ze de hele dag al hadden gekeken. Gunter was weggegaan, op zoek naar iemand of iets.

Hier en daar flakkerde een lamp in de dichter wordende duisternis.

Aan een kant van de spoorlijn lagen akkers. Aan onze kant stonden twee kolossale hallen, verlaten fabrieksgebouwen, dacht ik. De meeste ramen waren verbrijzeld, en de kapotte vensterruiten weerspiegelden een paar laatste lichtflarden van de bewolkte hemel.

Gunter kwam alleen terug, een vel papier in zijn hand. Hij haalde diep adem en riep: 'Gevangenen en escorte, voorwaarts, mars.' We liepen om het houten gebouw heen, met onze verstijfde benen struikelend over stenen en rails. Gunter probeerde niet ons sneller te laten lopen dan we konden.

We sjokten een verlaten, zwarte asfaltweg af, onze ketens over de grond slepend. Alleen in de plassen was nog wat licht te zien. Ik probeerde door te lopen terwijl ik naar de lucht omhoog keek. Ik wilde nog zo veel mogelijk lucht zien. De weg eindigde bij een T-kruising. Naar de ene kant takte de weg af naar de stad: sombere huizen in 19e-eeuwse Midden-Europese stijl, met alle mogelijke torentjes en kantelen langs een brede weg met elektrisch licht. De andere aftakking voerde naar duisternis. Gunter keek op zijn papier en commandeerde: 'Rechtsaf.' We liepen de duisternis in.

'Jezus, het is koud hier,' zei Trifko.

'We zijn drie dagen lang pal noord gegaan.'

'Ja.'

'Weet jij waar we op de kaart zijn?' vroeg hij me.

'Zo'n beetje. Op de weg van Praag naar Dresden, denk ik.'

'Dat klopt,' zei Gunter, onverwacht uit het donker.

Een hoge blinde muur doemde voor ons op.

'Jezus,' zei Trifko opnieuw. Zijn stem trilde.

We gingen een houten brug over. Lampen beschenen een inktzwarte gracht eronder, waarin allerlei afval dreef. Er rees een afgrijselijke stank uit op.

Een soldaat stapte uit een wachthuisje en riep Gunter lusteloos aan. Er ging een poort open. Ik probeerde nog een laatste blik op de hemel te werpen, maar een lamp verblindde me.

We stonden in een stenen ruimte, vloer en wanden en dak louter van enorme blokken graniet. In die kamer stonden slechts een paar houten banken en hing een aan de hoge zoldering bungelende gloeilamp. Het was er zo koud en hol als in een grafkelder. 'Zitten,' zei Gunter. De soldaten gingen tegenover ons zitten, leunend op hun geweren. Gunter verdween.

Ik zag dat Trifko beefde. Ik legde mijn hand op de zijne. Hij probeerde te glimlachen. 'Ik heb 't alleen maar erg koud,' mompelde hij.

Gunter kwam terug met een korporaal en een paar soldaten, die tegen de muur leunden, de kolf van hun geweren op de vloer.

Gunter kwam voor ons staan. Hij aarzelde. Ik dacht dat hij ons een hand wilde geven. ''t Beste,' zei hij, en ging met de drie Hongaren weg.

'Princip, Gavrilo,' riep de korporaal, 'jij eerst.'

Ik stond moeizaam op.

'Tot ziens.' 'Tot ziens.' 'Tot ziens.' 'Over minder dan twintig jaar.' 'Als we de oorlog hebben gewonnen.'

Ik volgde de korporaal. Bij de deur draaide ik me om. 'Hoera voor ons,' riep Cabri. Ik keek hen aan, voor de laatste keer in mijn leven.

De korporaal gaf me een duwtje. Ik kwam in een kantoorkamer en de deur ging achter me dicht.

Ik bleef voor een bureau staan waar een sergeant bezig was papieren in te vullen. Hij was vermoeid en oud. Zijn kraag stond open en de binnenkant zag zwart van vettigheid.

'Princip, Gravilo. Hier tekenen.'

Ik boog me over de tafel en zette mijn handtekening.

Hij maakte een hoofdgebaar, en twee soldaten pakten me bij mijn armen en namen me mee door een andere deur. Een kleine, warme kamer, met een houten vloer en een kachel. Een jonge hospitaalsoldaat stond op van achter een tafel. 'De sleutel,' zei hij tegen de soldaten. 'Een van jullie – ga de sleutel van zijn boeien halen.'

Hij keek in mijn mond. 'Ooit een besmettelijke ziekte gehad?' vroeg hij.

Ik schudde mijn hoofd.

'Haal het niet in je hoofd je hier ziek te melden,' zei hij met een vriendelijke stem. 'Dit is geen sanatorium. Als je over een jaar nog in leven bent, beduvel je de boel.'

Ze maakten mijn ketenen los, waarop de twee soldaten me weer bij mijn armen pakten en me een waslokaal binnen duwden, een rij wasbakken en kranen langs een wand. Ik kreeg opdracht me uit te kleden en me te wassen. Ik legde mijn kleren op een krukje en waste me haastig onder een kraan. Ze gaven me een lap om me mee af te drogen.

'Je kunt erop gaan staan,' zei de een. De vloer was nat en glibberig. De ander bracht me een onderhemd en onderbroek, sokken, een gestreept gevangenispak, een bruinlinnen pet en oude legerlaarzen. Ik strompelde stampend rond, maar ik kon ze niet aankrijgen. Hij liep naar een plank en bracht me een groter paar. Er stond geen nummer op het gevangenispak, zoals altijd 't geval was in de boeken die we lazen. 'Neem je handdoek mee,' zeiden ze. 'Je eigen kleren blijven hier.'

Ze voerden me weg door een lange, smalle gang, een granietblok breed. Onze voetstappen weerkaatsten voor en achter ons. Ongeveer om de vijftien meter brandde er een licht.

'Geen eten de eerste dag. Nooit. Da's voorschrift,' vertelden ze me. Het klonk alsof ze me wilden geruststellen.

We gingen een stenen keldertrap af.

We passeerden de getraliede deur van een grote verlaten kazemat. Weer een lange gang. We bleven staan bij een ijzeren deur met een raampje in de vorm van een halve cirkel met twee gekruiste tralies. Het was een deur in een wand van bijna een meter dik, en ik kon niet zien waar die heenvoerde.

'We wachten hier,' zeiden ze. Een van hen hield mijn arm vast, om te voorkomen dat ik zou vallen, denk ik.

Na een poosje verscheen er een man in een soort blauwe overall. Hij had kettingen en sleutels bij zich. Hij nam me taxerend op, en legde me toen enkel- en polskettingen aan. Voorgeschreven Habsburgkluisters van 24 pond. Ze waren zoveel zwaarder dan die andere waar ik aan gewend was geraakt dat ik omviel. De soldaat hield me vast en trok me overeind.

De man in de overall ontsloot die deur. 'Je cel,' zei hij. 'Reveille om vijf uur. Er wordt niet gepraat. Nooit. Tegen niemand. Denk erom.'

De deur ging achter me dicht. Ik was in een cel, of beter gezegd, een hol binnen een muur. Het licht uit de gang bescheen een houten brits met een strozak en een opgevouwen deken, een emmer en een kruik.

Ik ging liggen. Ik sidderde van kou en angst.

70

De tijd bevroor. Ik spartelde, langzaam, in een moeras van tijdloosheid. Ik worstelde tegen mijn lichaam. Ik stond op, liet mijn voetketting door de ring in de muur halen, trok mijn schoenen aan, dronk de gerstekoffie. At de helft van de snee brood en bewaarde de andere helft tot de middag. Stond of zat met mijn deken om mij heen. Sommige cipiers lieten dat niet toe; andere wel. Het water in de kruik was 's ochtends bevroren, maar ontdooide vaak later. Ik dwong mezelf mijn gezicht te wassen met een handjevol water dat ik er voorzichtig van boven afschepte. Dieper omlaag in de kruik dreef een laag ondefinieerbaar groen slijk. Ik droogde me af met die handdoek. Geen stuk krant hier om je achterste af te vegen, en ook geen zeep: ik werd al gauw walgelijk smerig. Maar geen luizen, daar was het te koud voor. Ze leegden de emmer als die bijna overstroomde en gaven hem terug met ongebluste kalk op de bodem. Eén keer per maand brachten ze me naar het waslokaal, waar ik me dan huiverend onder een kraan waste en schoon ondergoed kreeg. Ik wist dat nooit vooraf; de bewakers mochten niet met me praten. Maar ik was die beproeving gaan vrezen. Je zou beter af zijn geweest als ze je met rust lieten. Die eerste weken kreeg ik 's avonds een blik soep met bonen of gestampte aardappelen of rijst erin, een verrukkelijk gloeiende, stevige massa die je in je versteende ingewanden omlaag kon voelen gaan. Ze maakten daar later een eind aan en gaven twee gekookte aardappelen of bieten of knollen, koud, koud zoals al het andere was. Een walging van kou. Ze wilden me dood hebben en ik was niet van plan me daarin te schikken. Aan die kou wende ik nooit, maar wel aan de honger en vuiligheid.

De eerste dagen zei ik nog wel eens: 'Gisteren om deze tijd zat ik in een trein,' of 'Vorige week praatte ik met Cabri.' Er verschenen voortdurend ogen achter het halfcirkelvormige raampje, mannen die een blik op me wilden werpen. Een schakel van mijn handboeien had een scherp puntje en daarmee kraste ik roodachtige lijnen op de muur voor iedere dag die voorbijging. Maar daar hield ik na verloop van tijd mee op. Het levensritme vertraagde en stopte bijna. Een minuut duurde een uur, een uur een jaar.

Het *kon* niet. Het leven kon niet zijn zoals dit. Het was onmogelijk. Alsof hersenen in een fles alcohol in een laboratorium bij bewustzijn waren. Als het voorgeborchte was als dit, was het erger dan de hel. Hoe gemakkelijk voor menselijke wezens om een voorgeborchte op aarde te construeren. Een kerker, ketenen, een brits en een emmer vereeuwigen de minuut voordat een man van pijn bewusteloos raakt.

Ik werd ziek, en dat was eigenlijk een voordeel, omdat hoestbuien en koorts tijd verslonden. Er gingen uren voorbij zonder een gedachte of een gevoel. Dagen en nachten werden een vormeloze veeg van duisternis en halflicht uit de gang, allemaal omsloten door de ijzige vochtigheid van de lucht, de vloer, de wanden en zelfs de strozak die, als je er 's avonds op ging liggen, bedekt was met een soort vettige dauw. Als ik in die periode nadacht, herinner ik me er niet veel van.

De eerste gebeurtenis die me duidelijk voor de geest stond, was de eerste keer dat iemand tegen me praatte. Ik weet niet meer wanneer het was, twee of drie maanden na onze komst hier, misschien. Mijn koorts was vermoedelijk geweken. Een man in uniform, ik kon in het vage licht niet zien wat hij was, kwam in mijn cel en las van een vel papier iets voor als: 'Op bevel van de militaire commandant van Theresienstadt in Leitmeritz, deel ik je hierbij mee dat drie van je medesamenzweerders door ophanging geëxecuteerd zijn, overeenkomstig het vonnis van de districtsrechtbank van Sarajevo.' En hij las de namen op van Danilo, de onderwijzer en de bankier. Toen stopte hij het papier in zijn zak en keek me aan. Ik concentreerde mijn gedachten en zei: 'Vertel me alstublieft hoe Cabri en Trifko het maken.' Hij scheen me niet te begrijpen. 'De twee die samen met mij hier kwamen.' Maar hij ging weg zonder antwoord te geven.

Die mededeling kan als marteling bedoeld zijn geweest, of misschien was het eerder in overeenstemming met de ondoorgrondelijke regels van het militaire apparaat. Het bewerkstelligde in ieder geval dat ik niet verder afzakte in een mistige krankzinnigheid. Mijn gedachten begonnen weer op gang te komen. Ik zag de dingen helder. Ik beval mezelf in termen van plicht te denken.

Deze mannen waren gestorven vanwege ons, mij. Dat vergif van ons deed er niet toe. Zij waren gestorven. Tegen hun wil in. Danilo bestond niet langer. Die eens in de eeuwigheid voorkomende combinatie van gedachten, karakter, hoop, liefde, droefheid was vernietigd door een beul in Sarajevo die de zuurstof had afgesloten die nodig was om Danilo's lichaam te voeden. Omringd door de oceaan van lucht was hij gestikt. Ik kon gemakkelijk zeggen: 'Ik zou liever dood willen zijn,' omdat het waar was. Maar ik was niet dood. Ik, Gavre, bestond, nam licht en donker waar. Als de oorlog morgen afliep, zou ik ervan horen. Danilo was verdelgd. Als de aarde morgen met de zon in botsing kwam, zou het voor hem geen enkel verschil uitmaken. Er was in feite niets meer over dat met dat 'hem' overeenkwam behalve onze gedachten aan Danilo. Het hing van ons af.

Ik hield er grotendeels mee op bang en verdrietig voor mezelf te zijn. Ik had de taak aan deze mannen te denken.

Ik wist haast niets van de onderwijzer en die man uit Tuzla. Ik haalde me telkens en telkens weer hun gezicht voor de geest, en herhaalde in gedachten de paar woorden die we gesproken hadden, in de leeszaal van Tuzla en in de nattige duisternis bij Proboj. Danilo – met hem had ik jaren gehad van praten, betogen en leren gedeeld. Maar zijn gezicht was nu van die drie het minst duidelijk. Ik herhaalde hun namen als een Tibetaanse monnik in gebed.

Nu benutte ik de tijd. Had tijd nodig. Ik dacht aan Trifko en Cabri. Ze bevonden zich ergens in deze steenmassa; ik visualiseerde de vesting van de buitenkant. Een bijenkorf van cellen, zoiets als die toren van Babel die ik eens op een middeleeuws schilderij had gezien. Geen geluid drong door mijn muren heen; zelfs als de cipier binnenkwam, 's morgens om me aan de muur te ketenen, 's avonds om me te ontkluisteren, hoorde ik hem pas op het laatste ogenblik als hij de sleutel omdraaide. Maar ze waren vlak bij me. Ik geloofde in gedachteoverbrenging; als Trifko wist dat ik aan hem dacht, zou hij ophouden met sidderen.

Ik wist vaak dat een van hen aan mij dacht. Het leek dan heel eenvoudig, volkomen begrepen. Net zo vanzelfsprekend als dat we die dag in de bibliotheek niet van gedachten veranderd waren. Bender Abbas, het gedoemde zeegat. Wij waren de laatste drie inwoners.

Ik wist dat Trifko niet bang was geweest om dood te gaan,

evenmin als Cabri, of ikzelf. Het is echter een soort onbevreesdheid die opraakt. Maar hoe zouden we, nu tien miljoen mannen met elkaar in oorlog waren, bang hebben durven zijn? Niet sterven, eenzaamheid was onze doodsvijand. We moesten aan ons zelf blijven denken als 'ons'.

Ik legde me als plicht op aan de satraap te denken. Om de betekenis van wat we gedaan hadden in stand te houden.

Ik staarde naar het kruis van de tralies in de deur of, 's nachts, in de duisternis die me omsloot, en ik kon zijn gezicht zien, de uitpuilende blauwe ogen, het gekreukelde cilindrische uniform en de zon door de bepluimde helm.

Hij was een menselijk wezen geweest, hij was geboren, hij was een kind geweest. Ik probeerde op die manier aan hem te denken, omdat ik wroeging wilde begrijpen en proeven. Maar ik kon het niet.

Ik kraste met mijn keten dit teken op de muur:

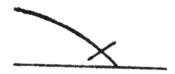

Dat was Sarajevo. De rechte lijn was de Appelkade, de gebogen lijn de Franz-Josefstraat. Bij het kruislijntje was Schillers deur, waar hij en ik elkaar ontmoetten. Die drie lijnen vormden een schilderij, een stoffige kade, een glinsterende rivier, de spichtige bomen, het wuivende kind in matrozenpak. Het werd het toverteken dat de moloch Europa een nieuwe weg had doen inslaan.

Ik viel omlaag in tijd en ruimte; ik was uit mijn gevangenis bevrijd. Zoveel jaren en levens kwamen in dat ene punt samen, waar die twee krassen op de muur elkaar sneden. Als deze aartshertog zijn macht niet had gekregen, als Rudolph, de zoon van Franz-Josef, in Mayerling geen zelfmoord had gepleegd; als Franz-Josef, op 28-jarige leeftijd was doodgeschoten door die kogel die hem bij de slag van Solferino in 1859 op een haar na miste; als ik niet een van de weinige overlevenden was geweest van de kinderen die op het kerkhof van Grahovo begraven liggen – levens, ettelijke levens, teruggaand langs een familietak van onbekende Servische boeren en een in een 10e-eeuws kasteel in het Zwitserse gebergte begonnen stamboom van hertogen en prinsen – Schillers delicatessenzaak verdwenen, de boomgaarden en tuinen in ere hersteld, de Latijnse brug weer van hout en smal, de kade was er niet en de horizontale kras op mijn muur was de Miljacka tussen met bloemen begroeide oevers, de Osmaanse minaretten waren verdwenen, er was nu nog slechts een veerpont op dat snijpunt, een Servische veerman, langs de rivier houten huisjes van schaapherders en pachters, geen boeren maar mannen die hun eigen graan en wijn teelden voor de verafgelegen steden Mostar en Bielgorod, dat kruispunt had bestaan, toen en voordien, en het had altijd op mij gewacht.

En op hem. Want ik had daar niet zwaaiend met een pistool gestaan als de juwelendief in de winkel van Ludwich Klaus in Wenen. Hij had me zelf opgeroepen: het gewapend verzet van het volk.

71

Toen een waanzinnig verlangen naar kleur en naar zachtheid. De ruwe muur, de vochtige vloer, de roestige ketens, alles doet bij aanraking pijn – en dat was dan ook de bedoeling. Maar lichamen zijn taai en het mijne had nog steeds momenten waarop het probeerde mijn gedachten en deze onnatuurlijke omgeving te overheersen en waarop ik probeerde door de laag vuile kleren heen mijn huid aan te raken, warmte te vinden, te voelen. Maar één keer, in die eerste maanden, knoopte ik mijn broek open en legde mijn handen op mijn penis, in een wanhopig masseren, kom dan, verdomme, kom dan, in een obsceen tableau van een oude man die vergeefse pogingen doet, de stervende paus die jonge meisjes bovenop zijn karkas liet zetten; ik was aan deze waanzin ten prooi, opkijkend naar de gekruiste tralies voor het geval er een cipier stond te staren, en toen weer naar mezelf, mijn geslacht geen deel van me, maar vlezig, stevig, stom; ik voelde hem wegglippen en haalde het maar net, een paar druppels op mijn grauwe onderbroek als bloed uit een aan glas opengehaalde vinger; ik mompelde tegen de doden: 'Vergeef me.' Vreemd genoeg kwam er net op dat moment een cipier binnen, die me van de ring losmaakte en me beduidde met hem mee te komen. Hij leidde me de trap op die ik me van de eerste avond herinnerde en opende een deur naar een binnenplaats. Die binnenplaats was niet groter dan een biljarttafel, omsloten door blinde muren. Toen sprak hij tegen me; hij zei: 'Twintig minuten,' en bleef bij de deur staan.

Onmogelijk om niet naar hem te kijken, behalve door in een kring rond te lopen, ofschoon de ketting brandde aan mijn enkels. Wie had deze spookachtige binnenplaats gebouwd, en voor welk doel? De scherftegels waren bezaaid met snippertjes papier en glazige bubbels die ik los kon trappen; bevroren speeksel of slijm dacht ik. Andere mannen moesten hier nu en dan lopen of staan, en omhoogkijken... Eindelijk durfde ik omhoog te kijken. Hoog aan de muren waren getraliede ramen, en nog hoger de hemel. Een rechthoek van wit. Op de bodem van een schacht, een schacht in deze mannenmijn, in het donkerste, meest ver-

borgen midden van het zieke Rijk, sta ik buiten, in de open-
lucht. Er is niets tussen mijn hoofd en, en het oneindige. Ik
leunde tegen de muur met mijn hoofd achterover geheven, diep
in de hemel tuimelend. Tot de bewaker me op mijn arm tikte en
me naar de cel terugbracht.

Romantiek van gevangenissen, mystiek van gevangenissen.
Die woorden spookten door mijn hoofd. Ergens, in memoires
van deze of gene (hoeveel boeken waren er niet door gevangenen geschreven) had ik eens gelezen: de romantiek van de 19e
eeuw, van donkere wouden en meren, is nu vervangen door de
romantiek der gevangenissen.

Ik had het niet begrepen. Ik had geloofd dat de schrijver aan
dingen in de stijl van de graaf van Monte Cristo dacht, geheime gangen, vermetele ontsnappingen. Je kunt niet uit een gevangenis ontsnappen waar ze je niet uit willen laten ontsnappen. Ontsnapping vloeit voort uit compromis. Ik wist dat toen
al. Ik wist het door Michael Bakoenin, die tien jaar aan een Prui-
sische rotswand geketend zat. Er zijn geen muren en bewakers
nodig om een man gevangen te houden. Die zijn er alleen maar
om hem murw te maken. Er is alleen maar 24 pond ijzer aan
zijn armen en benen voor nodig. De mystiek van gevangenissen
was niet ontsnapping door tunnels of met door cipiersdochters
gebrachte sleutels.

Nu begreep ik het. Het was heel iets anders. Zuiverheid.

Die dichters die langs de oevers van gedroomde meren dool-
den en over waarheid en schoonheid schreven, die zich buiten
de botte samenleving hadden geplaatst die ze verfoeiden – aan
het eind van de dag wachtten hen warme kamers, met rosbief en
eiderdonsdekbedden. Ik vergaf hen; ze wisten niet beter. Maar
nu ging dat niet langer op. In deze vuige 20e eeuw schuilt de
enige schoonheid en waarheid in je niet bevuilen met het uit

mensen geknepen bloed. Niet in de buit delen. De heler van gestolen goederen is verachtelijker dan de rover.

Een dichter hoorde nu in de gevangenis thuis; geen waarachtig dichter zou de zuiverheid van gevangenschap kunnen afwijzen.

De politiek is mijn redding.

Van kinds af heb ik een droom gehad die me beangstigde. De bron ervan lag in die avonden in Grahovo als alle mensen van het dorp bij elkaar kwamen om naar gezang en gedichten te luisteren, altijd over onze helden en ons verwoest verleden. Ze dromden bijeen in de kamer van de een of andere boer, en de houtblokken in de openhaard gaven het enige licht dat in bundeltjes door de dikke rook sijpelde die van het hout kwam en de pijprokende mannen. Je kon in die bruine nevel de mannen en de vrouwen niet duidelijk onderscheiden. Je zag alleen maar hun ogen die, glanzend, de vlammen weerspiegelden.

In mijn droom zaten ze me altijd aan te kijken, met een soort verwijt, of dreigement. Nu kwam die droom terug, maar zonder de angst. Zij en ik keken elkaar aan – en dat was alles. En voor het eerst waren mijn vader en moeder erbij.

Op die manier kwam ik weer bij mijn ouders terug. In geen enkele ondervraging waren ze ooit ter sprake gekomen. Daar baseerde ik al mijn hoop op, dat ze met rust zouden zijn gelaten. Ik voelde verlangen, zoals iedereen dat moest voelen, maar zonder pijn. Ik geloofde misschien dat mijn moeder heimelijk blij met me was. Ik had het vermeden aan hen te denken, zoals ik het vermeed aan mijn jeugd te denken. Ik klampte me vast aan de kringloop Sarajevo-Belgrado-Sarajevo. Natuurlijk lag Grahovo binnen die cirkel. Deze vesting niet; deze kerker was geen deel van mijn eigenlijke leven. Grahovo was twee maanden peinzen in de sneeuw, niet kind zijn of schapenhoeden.

Ik schuwde dromen die te persoonlijk leken. Ik was nog altijd verontrust over ijdelheid; ik wilde net zo fanatiek met persoonlijke ijdelheidjes afrekenen als die kluizenaars op zuilen met hun zonden wilden afrekenen. Ik wilde geen 20e-eeuwse Kosovo-held meer zijn. Ik geloofde nu te weten dat de 20e eeuw geen helden nodig heeft. Zelfs geen volkshelden. Ze heeft gemeenschapszin nodig.

72

In gevangenschap duurt de dag twintig uur, de nacht vier. Ik was altijd al urenlang voor het licht werd wakker. Dan bleef ik roerloos liggen en voelde al het menselijk denken, alle menselijkheid door mijn hoofd gaan. Boeken betekenen voor mij leven. Nu was zelfs de kou minder erg dan hun verbod te lezen en te schrijven. Door deze voorliefde van me waren mijn gedachten vaak te vergezocht naar de smaak van mijn vrienden. Dat maakte me dan weer een zwijgende figuur in hun bijeenkomsten. Maar als ik las of schreef of dacht, was alles me verschrikkelijk pijnlijk duidelijk. Ik wantrouwde de eenvoudige waarheden van mannen die macht hebben. De waarheid is niet eenvoudig. Kropotkin en Saint-Just waren niet eenvoudig. Alle strijd en lijden eindigt in mij. Alleen de politicus en de zakenman zijn bang voor het woordje *maar*.

Ik zag alle goede gedachten die mensen door de tijden heen ooit in deze wereld hadden, in de hemel oprijzen, de lucht was er vol van, onverwoestbaar, dwars door steen en hout heen, een deken van geluk. Of een stroom, misschien, helder en warm als de Amazone, of een waterbron, of een vuur – wat je ook maar het wanhopigst nodig had.

Dat waren ze voor me. Vuur. Water.

Ik kon merken dat de winter ten einde liep. Bij het aanbreken van de dag was de kou minder satanisch. Ik kon overdag mijn adem niet zien dampen, en toen ze me weer eens kwamen halen om op de binnenplaats te worden gelucht, was de grond glibberig, niet meer bevroren. De hemelrechthoek was blauw, zuiver blauw. Kleur. En er vloog een vogel over mij heen voordat de twintig minuten voorbij waren. Ik dacht er een hele lente en een zomer aan. Maar er was slechts een dag voorbijgegaan.

Op een ochtend, na het wassen, plakte mijn handdoek aan mijn voorhoofd vast. Het lostrekken deed verschrikkelijk pijn. Ik ontdekte dat die in Sarajevo opgelopen wonden weer waren gaan zweren, maanden nadat ze zo goed als geheeld waren. En op een keer, terwijl ik zat te eten, stootte ik heel even met mijn linkerelleboog tegen de muur, en de schok was zo plotseling en hevig dat ik het etensblik losliet zodat het op de grond viel. Ik betastte mijn arm, het bot in de elleboog voelde zacht aan, ik voelde het met een misselijkmakende pijn onder mijn vinger meegeven. Toen kreeg ik weer koorts, want er was in mijn lichaam iets mis gegaan, maar ik kon me er niet op concentreren.

Pas toen ik voor de maandelijkse verschoning naakt in het waslokaal stond, zag ik dat ik een vreemde wond op mijn borst had en ook een op mijn linkerarm, op plekken waar ik nooit gewond was geweest. Er kwam pus uit en de plekken leken donzig. 'Ik kweek zwammen,' zei ik bij mezelf. Ik zag de cipier ernaar staren. Die avond zat ik half bewusteloos op de grond en merkte niet eens dat mijn bewaker binnenkwam. Hij moest ongeduldig zijn geworden, want hij trok me aan mijn polskettingen overeind. Het was een gevoel alsof hij mijn arm had afgerukt, en ik viel flauw.

Ik kwam bij, vastgegespt op een veldbed, niet in de cel, maar in een kamer. Ik zag een getralied raam en binnenvallend daglicht. Ik deed mijn ogen weer dicht. Het was zo aangenaam om in het licht te liggen, dat ik geen enkele beweging wilde maken die dat zou kunnen beëindigen. Veel later voelde ik dat iemand me aanstootte. Toen ik mijn ogen opsloeg, zag ik een man naast me staan, die zei: 'Ik ben dokter Levin. Ik ben Tsjech, ook een gevangene.'

Hij maakte een grimas van walging terwijl hij mijn onderhemd optrok. Ik realiseerde me toen dat mijn ketens weg waren. Ik hoorde stemmen, het werd donker en weer licht. Ik lag nog steeds op het veldbed, nu met een deken over me heen. Dokter Levin kwam binnen met een cipier.

'Je zult naar je cel terugmoeten,' zei hij. 'Ik kan nu niets voor je doen. Misschien later.'

Tegen de cipier zei hij: 'Ik zou die kettingen maar aflaten.' De cipier trok zonder te antwoorden zijn schouders op. Hij draaide zich om naar de deur.

'Wat is het?' vroeg ik de dokter.

'Je hebt tuberculose. Van de botten, geloof ik.'

Ik kon geen volgende vraag bedenken. Niets scheen relevant te zijn.

'Ik zal proberen je nog eens te zien te krijgen,' zei hij, en hij gaf me een hand.

De cipier pakte mijn arm vast en leidde me vrij vriendelijk naar mijn cel terug. Hij liet me op mijn brits zitten en deed me de boeien weer aan, maar hij trok de ketting niet door de ring aan de muur; niet die dag.

Zodra hij weg was, opende ik mijn hand. Door de muffe lucht in mijn cel rees de geur van chocolade op. De dokter had me een stukje chocola in de hand gedrukt, gewikkeld in een velletje papier uit een notitieboekje.

Ik las: 'Cabri is gestorven. Maar Trifko maakt het goed. Je hebt vrienden, geef de moed niet op.'

Ik las en herlas die boodschap, terwijl ik zo langzaam mogelijk op mijn stukje chocola kauwde.

73

De laatste huizen van Sarajevo staan aan één kant van de weg waar we over wandelen. Er ligt een koeienwei tegenover, met een door de laagstaande zon tegen de bomen afgetekende boerderij in de verte. Sophia, zwijgend, draait telkens haar gezicht naar me toe, met een bijna heimelijk lachje.

Een man die bij de fontein in Terazije staat te wachten, en een vrouw die met haastige stappen uit het duister te voorschijn komt. Hij kust haar vluchtig, maar diep in haar hals, ik hoor ze fluisteren als ik langsloop.

Een meisje op een balkon dat zich omdraait en tegen een onzichtbaar iemand zegt: 'Ja, ja, 't gaat regenen, maar het is zacht in de lucht.' Je kon aan haar stem horen dat ze tegen een man praatte, een totale intimiteit.

Meisje. Une femme. Ragazza, een verrukkelijk woord. Honger naar het nooit gekend gevoel.

Beelden van de rondingen en de spanning van een vrouwenlijf en van haar huid. Van je hand die van haar schouder over haar borsten omlaag glijdt, over haar buik, naar die zachte plek waar buik en dijen samenkomen en alles inwaarts gericht is. In een meisje zijn. Een ongelooflijke gedachte. Die vlakke zachtheid kussen. Omhelsd worden. Door koele blote armen, een lief mysterieus gezicht, net zo mysterieus als haar buik, als bij haar in zijn. Als de nacht, als ik weet niet wat. Ik zou het willen weten.

Nee. Barst met die lieftalligheid en zachtheid en nostalgie. Ik wil aan neuken denken. Aan de kut van een meisje.

Alleen weet ik niet hoe. Ik kan me niets anders voor de geest roepen dan een majoor in het bordeel de Blauwe Ster die me over het hoofd van een of ander beklagenswaardig wezen aanstaart, behalve mannen, lelijke naakte mannen. Twee honden met hijgend hangende tongen bovenop elkaar.

Sophia redt me. Met haar ken ik intimiteit. Eenmaal hebben we elkaar omhelsd, in de boomgaard aan de rivier in het Sarajevo van mijn jeugdherinnering, waar ze later een kade en muur bouwden, bladeren en schaduw gleden over haar huid.

Ze is nu zestien. Of misschien zeventien. Haar lichaam ronder, strakker. Haar gezicht nog ernstiger.

74

Koud. Het was nog vroeg in de lente. Of misschien was de zomer van het jaar 1915, ons verboden jaar, al voorbij. Geen warmte kan door deze muren heendringen. Ik ben de draad kwijt.

Mijn lichaam begon het op te geven. Ik haatte het, maar kon het niet tot gehoorzaamheid dwingen. Het etterde en ik kon daar geen eind aan maken. Ik probeerde de zweren te wassen. Ik probeerde mijn klauwen van nagels op de muur af te schuren, mijn schoenen 's morgens te verwarmen door de kroes warme koffie erin te zetten. Ik scheurde met mijn tanden stroken van de deken en wikkelde die om mijn handen.

Op een dag toen ik buiten westen was geraakt, brachten ze me weer naar het gevangenishospitaal. Een andere dokter daar beschilderde mijn wonden met jodium. Ik vroeg hem waar dokter Levin was en hij zei: 'Die is dood.'

Toen keek hij naar de cipier, bang dat hij een uitbrander zou krijgen omdat hij tegen me praatte, maar de bewaker keek hem met een vreemde grijns aan en zei: 'En da's maar goed ook. Weer eentje minder.'

De dokter kreeg een kleur. Hij scheen te wachten tot ik daar iets op zou antwoorden. Het was zo'n vreemde ommekeer dat ik er de moed niet toe had. Ik keek de bewaker aan zonder een woord te zeggen.

'En wat jou betreft,' zei de cipier tegen mij. 'Servië is er ook geweest.'

'Wat?' fluisterde ik.

'Servië is onder de voet gelopen. Weg, kaput. Het leger is naar Griekenland gevlucht, of zoiets.'

Ik schudde mijn hoofd, en keek de dokter aan.

'Ja, dat is waar,' zei hij langzaam. 'Oostenrijk-Hongarije...'

'Niks Oostenrijk-Hongarije,' viel de cipier hem in de rede. 'Het is ons leger, het Duitse leger, samen met de Bulgaren, dat ze verslagen heeft. Want je moet 't ze nageven, de Serviërs waren goeie vechters. De Oostenrijkers... dat zijn zwendelaars, geen soldaten.'

De dokter legde het jodiumflesje neer en ging de kamer uit.

De bewaker lachte. 'Verdomde joden,' zei hij. Hij keek me aan en vroeg: 'Ben je 't niet met me eens?'

En toen op een soort luide fluistertoon: 'Wat zou je ervan denken om een beetje van dat goud met me te delen?'

'Nou, jullie kerels hebben toch zeker allemaal ergens Russisch goud verstopt, waar of niet?' hield hij vol.

'U mag niet met me praten,' mompelde ik.

Hij hoorde me. 'Wel verdomme,' zei hij. 'Probeer je aardig tegen ze te zijn. Zo zie je maar weer. Hé, je vrind is dood, wist je dat?'

Ik knikte.

'Nee, dat kun je niet weten. Het is pas gisteren gebeurd.'

Na een ogenblik zei hij: 'Ja, Grabez. Zo is 't. Trifko Grabez. Natuurlijke dood gestorven.'

Toen ik terug was in mijn cel, stond mijn brood van twee dagen daar boven op het etensblikje met de aardappelen van de avond tevoren.

Ik nam een hap brood en spuwde het uit. Het gaat slecht met mijn volk. En ik ben erg ziek, te ziek. Ze hadden me niet aan de muur geketend. Ik pakte mijn handdoek, draaide die als een touw ineen en haalde hem toen om de verticale tralie van het raam heen. Ik knoopte de uiteinden aan elkaar en maakte er een lus van, en die was net wijd genoeg om mijn hoofd erdoor te krijgen als ik op de punt van mijn tenen ging staan. Een verschrikkelijke inspanning. En het was een verrukkelijke opluchting ermee op te houden, met alles op te houden, en mijn benen te laten hangen.

Maar die verrotte handdoek brak, of misschien raakte de knoop los. Ik viel op de grond en bleef liggen met mijn hoofd tegen de deur. Tranen rolden langs mijn gezicht, tranen, tranen.

75

Er kwam een dokter in een witte jas binnen, samen met een soldaat. Maar er was geen ruimte, en de soldaat posteerde zich buiten de deur. Hij was niet een van die bewakers in hun bevlekte overalls, maar een infanterist in velduniform, met opgestoken bajonet.

De dokter ging op mijn brits zitten en zei: 'Ik ben gekomen om een babbeltje met je te maken.'

'Dokter Levin dacht dat ik tuberculose had, van de botten.'

'Nou, nee,' zei hij, 'daar kom ik niet voor. Ik ben psychiater. Ik ben hier om zenuwstoringsgevallen in het open hospitaal te behandelen. Maar ik heb ook belangstelling voor andere... andere... ik heb toestemming om een paar gesprekken met jou te hebben. Ben je bereid om mee te werken? Ik ben dokter Pappenheim, lector aan de universiteit van Wenen. Ik ben geen spion.' Dit met een vettige glimlach.

'Andere wat?'

'Pardon?'

'U hebt ook belangstelling voor andere wat?'

'Geestelijke problemen,' zei hij.

'Waarom bracht u een soldaat mee?' vroeg ik Pappenheim.

'Vertel me eerst of je wilt meewerken. Ik zou graag wat met je babbelen, maar anders kan ik het niet.'

'Ja.'

'Hij is hier om je te bewaken. Ik heb hem niet meegebracht. Er zijn er nog twee. Het hoofdkwartier in Leitmeritz heeft ze gestuurd. Ze geloven vast dat je een ontvluchtingspoging wilt doen.'

'Ik weet dat ik niet kan ontvluchten.' Toen begon ik te lachen, het klonk me in de oren als het geblaf van een oude hond.

Hij moet hebben gedacht dat zijn ironie te hatelijk was geweest. 'In oorlogstijd weet je nooit wat er kan gebeuren,' zei hij. 'Waarom lachte je daarnet?'

Ik was niet van plan Pappenheim te vertellen hoe opgelucht ik was.

Hun foefjes hebben altijd de tegenovergestelde uitwerking. Geen zelfmoorden meer. Laat ze barsten. Ik was van plan hun Rijk te overleven. Lector uit Wenen. Het hoofdkwartier in Leitmeritz wist wel beter. Als ze geloofden dat ik drie soldaten waard was, drie kerngezonde infanteristen, met drie geweren en drie bajonetten, midden in hun oorlog, dan zou ik het daar tegen opnemen. Leven. Laten zien dat ze gelijk hebben.

'Mijn geestelijke problemen liggen niet op uw terrein,' zei ik tegen de dokter. 'U zou een paar gesprekken met de keizer moeten hebben.'

Hij haalde een notitieboekje te voorschijn. 'Ik zou graag een paar aantekeningen maken over je kindertijd, je jeugd, je drijfveren. Mag ik?'

Om zichzelf te beschermen? Om anderen vóór te zijn? Ik knikte echter.

Wat waren onze drijfveren? Wraak en liefde.

76

Een gigantisch groen prieel.

Ik loop samen met Trifko. Niets was ooit als onze voettocht, en we proberen telkens weer die verrukking opnieuw te beleven. Ik weet dat Trifko dood is, maar het bedroeft me niet; hij is daar naast me, zwiepend met een tak die hij tegen de bomen slaat.

We volgen een pad door een bos zonder eind, alsof het de hele wereld bedekte.

Ik was terug in een kamer, in daglicht, en niet op een veldbed, maar op een brits, en met twee dekens.

Ik kon niet beletten dat ik almaar zieker werd. Telkens twee dagen in de ziekenkamer, en dan voor twee maanden terug naar de cel. In het gevangenishospitaal kreeg ik hetzelfde eten als in de cel; een snee brood, knollen of aardappelen.

Ik snapte niet waarom ze me heen en weer sjouwden. Een beschaving die haar gevangenen uithongerde en dan naar een dokter stuurde alsof haar eigen beleid een onbekende ziekte was.

Zoals de dokters die een ter dood veroordeelde weer op de been brengen voor zijn executie; wetenschap, zo wreed als oude rituelen – en veel hypocrieter. Maar de ziekenkamer baadde in een zee van daglicht, en met het licht kwam de warmte van de zon. Het onderbrak de vormeloze, koude, grauwe brij van opeenvolgende uren, dagen, maanden, en of dit nu hun bedoeling was of niet, dat redde me.

Pappenheim verscheen in de ziekenkamer. Hij had de stilte van een, twee, tien? jaren verbroken waarin ik drie zinnetjes gesproken had. Ik was niet dankbaar; ik was erdoor binnenste buiten gekeerd. Nu popelde ik om te praten. Ik moest voorzichtig zijn.

Hij liet een tafel en een stoel binnenbrengen. Uiterst zorgvuldig legde hij een stapeltje papieren op de tafel, met een nieuw potlood ernaast.

'Als je op kunt zitten,' zei hij, 'zou ik graag willen dat je je gedachten opschrijft over het onderwerp "sociale revolutie".'

Hij hielp me naar de stoel, en ging toen bij het raam staan, over de onderste matglasruiten naar buiten turend. Ik was niet lang genoeg om er overheen te kijken. Ik was benieuwd waar dat raam op uitkeek.

Ik bleef daar stilletjes zitten en staarde naar het papier. Wat is een vel blank papier toch mooi, wat een verrukkelijke uitnodiging. Kon ik maar een vel gappen en met het potlood mee terugsmokkelen naar mijn cel.

Pappenheim sloeg me gade.

'Het is te lang geweest,' zei ik. 'M'n gedachten zijn vertroebeld... Als, als ik iets te lezen kon hebben, al was het maar voor een dag of twee, zou ik me kunnen vermannen, kunnen doen wat u vraagt.'

Hij hapte niet. 'Doe maar 't beste wat je kunt.'

Ik dacht, laat ik maar een paar algemene ideeën opschrijven, want ik wilde niet dat hij zijn pogingen met mij opgaf.

Ik schreef: 'We praatten over revolutie en waren het er bijna allemaal over eens dat het mogelijk was. Maar volgens onze overtuiging moest er vooral in Europa, tussen de volken, een politieke...'

Ik had geloofd dat ik maar deed alsof toen ik zei dat ik niets kon schrijven en eerst een paar boeken nodig had om te lezen. Maar ik had niet gedaan alsof. Ik kon inderdaad niet verder.

'Een politieke organisatie,' schreef ik. 'Danilo...'

Ik gaf het op.

'Wie is Danilo?' vroeg hij. Hij las over mijn schouder.

'Danilo was Danilo Ilic. Hij werd opgehangen. Ik kan niet verder. Ik ben te zenuwachtig.'

Dat was zijn laatste bezoek. Hij nam alle papieren mee, en ook het potlood.

Hij liet me aan de kale tafel zitten, de soldaat, die er nu altijd was, op wacht bij de deur. Een vreemd tafereel. Maar het was heerlijk om in daglicht aan een tafel te zitten. Ik viel in een droomloze slaap, met mijn hoofd op mijn arm.

Even later maakte de eigenlijke dokter, weer een andere, me wakker. Hij was oud en leek vriendelijk. Hij zwachtelde mijn arm en borst, en zijn manier van doen maakte me ervan bewust dat hij niet geacht werd dat voor me te doen.

Hij draaide zijn rug naar de soldaat toe en fluisterde, bijna geluidloos: 'Je moet weten dat het verboden is dat ik met je praat.'

Ik knikte.

'Ik wil Leitmeritz toestemming vragen je linkeronderarm te amputeren. Zou dat je afschrikken?'

Ik schudde mijn hoofd.

'Het onderzoek zal via Wenen moeten gaan. Zo zijn ze nu

eenmaal. Maar goed. Het zal ertoe bijdragen de ziekte af te remmen. En je zult daarna minder pijn hebben.'

Toen ze me naar de cel terugbrachten, sloten ze alleen mijn voeten in boeien, met de keten door de ring. Van toen af was mijn linkerarm gezwachteld en mijn rechterarm vrij.

Ik besloot weer aan mijn kalender op de muur te beginnen, met een scherfje steen uit de vloer, die gebarsten was op de plek waar de brits was vastgeschroefd. Op de gok nam ik aan dat het de eerste oktober van het jaar 1916 was. Van die datum af maakte ik kolommetjes voor de weken en maanden.

Het was zwaar werk. Ik moest ophouden en op de vloer gaan zitten. Het is verschrikkelijk als ze van je lichaam je eigen vijand hebben gemaakt. Er verscheen een vlek op het verband, die zich geleidelijk uitbreidde. Kalm nu maar. Dat is de pus die eruit moet.

1916. Twee jaar. Nee, dat kan niet, het is lente. Het zou, zou het de lente van 1917 kunnen zijn? Ik wist het niet meer. Ik geloof dat het pas op dat moment tot me doordrong dat ik alleen was gelaten in die steenberg met de obscene naam Theresienstadt, een stad op een andere planeet, onbekend voor iedereen van wie ik ooit gehouden had. Danilo, Cabri, Trifko waren dood. Nu wachtte de keizer op mijn dood, om alles voorbij en voorgoed vergeten te verklaren.

'Welk jaar is het?' schreeuwde ik. En sloeg met de kettingen tegen de grond. Ik had zoiets nog nooit gedaan. Straks kwam de cipier om me tot zwijgen te brengen, me een dreun op mijn hoofd te geven. Maar toen ik ophield en luisterde, waren er alleen de zachte voetstappen van de soldaat in de gang, die zonder onderbreking heen en weer gingen. Nee, geen voetstappen. Een muur van een meter dik. Ik maakte maar een grapje, Pappenheim, je hoeft geen aantekening te maken. Maar ik wist dat die voetstappen er waren, wat net zoiets is als ze horen.

77

Na die oude dokter praatte lange tijd niemand tegen me. Zijn vriendelijkheid was heel even een steun voor me geweest. Maar nu had ik een ander houvast. Want zelfs binnen mijn cel wist ik dat er een ommekeer was. Zoiets kun je niet voor me verborgen houden. Er is een verandering in de situatie van het Rijk. Er buiten, bungelend als een gehangene, ik weet het.

Daar hadden ze niet op gerekend. Ze waren vergeten dat we zuiderlingen zijn, geen kudde-Duitsers. Intuïtie komt ons te hulp. Of misschien was het wetenschappelijke waarneming. Een bijna onzichtbare verandering in het gezicht van de cipier die mijn ketting losmaakt en de kroes op de vloer zet. Er is zo weinig licht, maar hij komt zo dicht bij me. Ik zie de grauwe stoppels op zijn grauwe huid, de lege ogen die me niet zien. Hij stinkt ook. Hij moet wel, om mij te kunnen verdragen. Misschien kan de komende ondergang van zijn Rijk worden afgelezen in die lijnen die van zijn neus omlaag lopen. Misschien beweegt hij zich een centimeter per seconde langzamer, of sneller.

Ik kan het nu volhouden. Tot een Serviër mijn deur ontsluit en me kust. Broeder, geef me je broederhand. Ik dacht aan de jongeman in Belgrado die door een auto overreden was, zonder enige reden gedood.

Ik weet dat mijn vrienden nu sterven, dat kogels en dynamiet en metaalsplinters hen doden. Ik zou willen – ik wil bij hen zijn. Ik wil niet bevriezen en opgelapt worden en bevriezen, ik wil niet meer opgelapt worden in de benauwende misselijkmakende stilte achter deze Duitse stenen, ik wil bevriezen in onze geliefde gebergten en opgelapt worden of sterven met anderen, niet alleen, niet in stilte, maar in daverend lawaai, ik wil sterven met stemmen en explosies overal om me heen.

Maar ik ben de laatste van ons hier. Ik moet, ik moet – wat? Me erdoor slaan, het halen. Om een of andere reden. Welke? Nou ja, als je 't niet doet, zeg ik tegen mezelf, is het allemaal zo intriest geweest. Dat is het beste wat ik nu kan doen voor zover het om redenen gaat. Ik eet mijn brood op, ik eet een aardappel, ik droom, ik eet mijn brood, ik besta.

78

Nu was het erg donker en koud geworden. Misschien weer winter. Ze brachten me weer naar de oude dokter.

Hij had toestemming om te opereren. 'We zullen eerst zorgen dat je gewassen en geschoren wordt,' zei hij, want ik had een baard die altijd jeukte.

Ik ging in de ziekenkamer op een stoel zitten, en er verscheen een gevangene met een kistje en een kom warm water. Hij mompelde een groet tegen de soldaat, ik geloof in het Pools, en hij zei niets tegen mij. Ik had hem al eens eerder gezien; hij was naar het waslokaal gekomen om mijn haar te knippen. Nadat hij de baard zo veel mogelijk weggeknipt en mijn gezicht ingezeept had, pakte hij een scheerriem voor zijn mes, en keek rond naar een plek om de natte kwast neer te zetten. Hij gaf het ding aan mij, met een akelige grijns en een draai van zijn hand.

Ik merkte dat de handgreep van de kwast loszat en eraf kon. Er zat een opgevouwen strookje papier in verborgen.

Toen hij klaar was met scheren hield hij een spiegeltje voor me op. Ik was verrast mijn eigen gezicht te zien, erg mager, met donkere diepliggende ogen. Ik leek niet ouder, meer een ernstig kind van twaalf. Het was een fijn gevoel mijn kin te strelen.

Ze lieten me daar een hele poos zitten, alleen met de soldaat.

Ik werp haastige blikken op het strookje papier. Het handschrift was klein, en ik kon telkens maar één woord ontcijferen.

'Gegroet. Ik ben een Servisch officier. In de gevangenis hier, maar voor een korte straf. Roemenië vecht aan onze kant in de oorlog mee. Amerika vecht aan onze kant in de oorlog mee. De Oostenrijkse frontlinies zijn een chaos, veel deserties. Gifgas wordt nu als wapen gebruikt.'

Een dik uitroepteken en een pijl.

Ik draaide het papiertje om, keek vlug even naar de soldaat, toen weer naar het strookje.

'Revolutie in Rusland!!! De tsaar is afgetreden. We gaan winnen. Dit Rijk stort zo dadelijk ineen. God zegene Jong Bosnië.'

Ik rolde het strookje tot een propje om het in te slikken, maar ik kon er niet toe komen. Ik moest die woorden nog eens lezen, ik moest die woorden houden. Toen de dokter weer binnenkwam, hield ik het papiertje nog in mijn hand geklemd.

Hij ging rapper aan het werk dan ik verwacht had. Hij maakte niet veel omhaal van een amputatie; aan het front moest hij er twintig per dag verrichten. Hij sprenkelde ether op een stukje verbandgaas en legde het over mijn gezicht, en dat was dat.

Ik reed in een rijtuig of een auto, dat was niet duidelijk. Ik heb nooit in een auto gezeten, maar er schenen geen paarden te zijn. We stoven met grote snelheid over een weg, zonder een enkel schokje, en tunnels in en uit, door een bergwand. Toen reden we de vlakte van Sarajevo op. Ik weet niet meer wie 'we' waren, maar op een bepaald moment keek ik om en zag mijn vader en moeder achter me zitten, erg verheugd, en jonger en minder afgetobd dan ik ze ooit gezien had.

We reden zonder vaart te minderen een stad binnen. Tot mijn verbijstering was het niet Sarajevo, maar een plaats die ik nooit gezien had. Het was een grote stad. Grote gebouwen behangen met zwarte vlaggen vlogen langs; drommen mensen aan weerskanten van de straat. Niemand keek naar ons. Ik zat nu naast een koetsier. Hij wees met zijn zweep naar de mensen, en waar hij wees schalde telkens luid geschreeuw op. Ik dacht dat het vijandige kreten waren en probeerde de zweep uit zijn hand te pakken. Maar hij sloeg mijn hand weg en nu realiseerde ik me dat het geschreeuw helemaal niet woedend was. Integendeel, ze juichten, ofschoon ze over ons heen staarden. Ik zag dat de vlaggen op de huizen en gebouwen ook niet zwart waren, maar wit. Het was het spel van licht en schaduw dat ze eerst zwart had doen lijken. Als je naar de rimpels keek, zag je precies hoe de zon erop viel en dat liet zien dat het zwart in werkelijkheid wit was. Maar we hebben gewonnen, dacht ik, witte vlaggen. En natuurlijk was het Sarajevo. Ik vroeg me af hoe het mogelijk was dat ik de stad niet meteen herkend had. Ik was zo opgelucht dat ik ging staan en wuifde. Een kind in een matrozenpakje, een kind in een matrozenpakje – ik wachtte tot het terug zou wuiven – 'Kijk uit!' schreeuwde de koetsier, en ik zag dat we recht op een muur afgingen die dwars over de weg liep. Ik keek om, mijn ouders zaten daar nog, maar ze waren dood, de huid schilferde van hun schedels. Toen werd ik doodsbang. De koetsier trok zo hard aan de teugels dat ik viel, maar hij trok niet hard genoeg, we ramden de muur en gingen er dwars doorheen. Ik merkte dat ik opeens op een kleine binnenplaats was, geen pijn, maar ik bloedde stromen kleverige witte pus. Ik was in Theresienstadt, in de vesting, in de stoel, en ik kwam bij.

De dokter stond naar me te kijken. Hij vroeg of ik me goed voelde.

Ik draaide mijn hoofd om. Mijn linkerarm eindigde bij de elleboog in een dikke ronde zwachtel. Ik moest overgeven, van de ether, of misschien doordat het toch wel een grote schok was, en verschrikkelijk pijn deed.

Hij veegde zijn gezicht af. 'Je kunt hier blijven zitten om een beetje uit te rusten,' zei hij. 'Wil je een glas water?'

Ik schrok zelf van mijn antwoord: 'Zou ik een glas melk kunnen krijgen?'

Hij was ook verbaasd. 'Melk...!' zei hij. 'Zelfs wij zien niet veel melk. Het gaat niet zo best met het Rijk. Als ze wisten dat ik zoveel ether en verbandgaas aan jou verspild had, zouden ze me in de cel naast de jouwe opsluiten.' En toen: 'Ik vond een propje papier in je rechterhand.'

Ik keek naar de deur. Geen soldaat. 'Hij is naar de kantine gegaan, of misschien naar zijn vriendinnetje,' deelde de dokter mee. 'Ik heb hem gezegd dat het geen zin had om een bewusteloze jongen te bewaken. Je moet wel erg blij zijn met je nieuws.'

Ik wist niet of dit een uitdaging was. 'Oh ja,' probeerde ik te schreeuwen.

Hij liep naar het raam en weer terug. 'Nou, ik ben Oekraïener van geboorte. En wat meer zegt, ik ben een oude man. Ik geef toe,' zei hij heel zacht, zodat ik het nauwelijks kon verstaan, 'dat het goed is als het Oostenrijkse en het Duitse Rijk deze oorlog verliezen. Het zou beslist verschrikkelijk zijn als ze wonnen. Ze zouden onverdraaglijk zijn. De furor teutonicus. Maar ik ben te ouderwets om me te verheugen in de gedachte dat die bolsjewieken en mensjewieken in Rusland aan de macht komen. Ik ben bang voor dat soort Nieuwe Wereld. En dat gaat gebeuren, zeggen ze.'

Ik glimlachte alleen maar tegen hem. Het was om van te duizelen, iemand kalm te horen praten over revolutie in Europa als een realiteit. Ik zou mijn arm haast vergeten, en die smaak van ether.

Ik probeerde iets te antwoorden. Hij gaf me een slokje water, en ging verder: 'Zou het niet beter zijn geweest als Rusland een sterk tsaristisch rijk was gebleven, dat tegen het Duitse Rijk vocht? Ik wil dat je weet dat ik jou en je vrienden nooit misdadigers heb gevonden. Ik zag jullie als idealisten.'

Ik zei: 'U bent vriendelijker geweest, dokter, dan – maakt u geen zorgen. Alles komt goed, uiteindelijk.'

'Ik hoop dat je gelijk hebt.'

'Dit is waar we op gehoopt hebben. Als de oorlog...' ik kon mijn woorden niet formuleren en ik kreeg tranen van ergernis in mijn ogen.

Hij zei me kalm te blijven, hij luisterde. 'Als de oorlog resulteert in, in rijken die andere rijken verslaan, is er niet veel... maar nu...'

Dat was niet wat ik wilde zeggen.

Hij wendde zich van mij af, keek uit het raam, en dat hielp. Ik wist nu wat ik hem zeggen moest. 'U zei dat u te oud bent, wat Rusland aangaat, bedoel ik. U hebt het mis. Revolutie gaat om terugkeer naar een oude, vergeten, gewone, natuurlijke manier van leven. Eerder is het communisme ouderwets.'

Ik geloof niet dat ik me duidelijk uitdrukte. Ik dronk wat water. 'Die Nieuwe Wereld waar u bang voor bent, is hier. Het is onze wereld. Het is wat we nu hebben. Waanzinnige hebzucht, geld. De ijzeren wereld.'

Hij stond nog bij het raam. 'Ja, misschien,' antwoordde hij, 'misschien heb je gelijk.'

'Dokter,' vroeg ik, 'wat is er buiten dat raam te zien?'

Hij draaide zich verbaasd om, en toen nam hij me heel bedaard en moeiteloos in zijn armen en tilde me op. Ik zag een boom, ik wist niet wat voor soort, maar het was een prachtige boom, vol in blad. Zachte groene vormen, niet door mensenhanden gemaakt. Bladeren.

79

Het laatste wezenlijke wat ik in mijn cel deed, was dat ik een gedicht op de muur begon te schrijven. In geval ik het niet mocht halen, zouden ze toch iets vinden...

Onze geesten zullen naar Wenen reizen
Zullen dolen door de paleizen
Koningen om rekenschap vragen

Ik weet niet of ik veel verder kwam, ik herinner het me niet. Daarna kon ik alleen nog maar stil op de grond blijven zitten. Ik kraste de dagen niet meer op de muur, dat had geen zin. Ik had mijn deken over me heen, ik leefde als het ware in een tent; geen cipier bemoeide zich daar meer mee. Zoals toen we als kinderen indiaantje of bedoeïentje speelden. Lang geleden had ik in een boek over een roodhuid gelezen die had geprobeerd een trein met zijn lasso tot staan te brengen. Hij was er in geslaagd de locomotief met zijn lasso te vangen, maar het kostte hem natuurlijk zijn leven. Niemand had het zien gebeuren, en toen de trein bij het eerstvolgende station stopte, vonden ze alleen maar het touw en zijn armen, de handen er nog aan vast geklauwd. Als kind had ik daarom gehuild. Ik probeerde nu niet opnieuw te gaan huilen. Waarom zwerven mensen zo moordzuchtig over de hele wereld? Om rijk te worden? Zouden mijn mensen op een dag hetzelfde doen?

Nee.

Nee. Geen barmhartigheid, geen filantropische dames en zendelingen. Sociale revolutie tussen aanhalingstekens, wacht even, lector Pappenheim, wacht en lees onze woorden over 'sociale revolutie'. U zult ze niet in het studieprogram van de Weense universiteit kunnen inpassen.

Dan bliezen er weer vlagen van twijfel, plotselinge koude angsten, door mijn tent. Was het goed? Was de armoedigste orthodoxe boer niet gelukkiger dan de gelukkigste man zonder ellende en zonder God? Was de angst voor de dood niet de grootste last op aarde? Maar die angst is er nu eenmaal. En brengt mensen tot gulzige hebzucht – hebzucht ranselt slaven levend dood, brandt onze boerderijen plat, moordt, moordt. Ik dood een miljoen Chinezen voor een kroon per stuk, dat was het ethische probleem van onze leraar op de middelbare school. Het volslagen onvermogen van enig mens om te voelen wat een ander mens voelt – behalve een revolutionair, die het probeert. De vage lachjes op de gezichten van de soldaten die hun medemensen ophangen, die de huid van een boer doorsteken met hun bajonet die ze twintig voorgeschreven centimeters diep in 's mans ingewanden stampen, een slag omdraaien, er met een trap uittrekken. Dezelfde mannen die vloeken als ze een vinger aan een lucifer branden. Ik wil weg van deze aarde, ik heb de kracht niet meer om mijn medeschepselen te begrijpen. Ze zien er net zo uit als ik, maar ze zijn net zo anders als ik als wanneer ze hagedissen of katten waren. Meer nog. Hagedissen martelen niet. Katten zijn onschuldig. Ik ben onschuldig. Hun Jezus, jouw Jezus liet zich niet kruisigen om ons van onze zonden te bevrijden, maar omdat hij ze niet langer kon begrijpen.

Wat betekenen leven en dood? Waarom zijn we bezocht met bewustzijn? Is dat op zich al geen hel, dat alleen al, zonder vlammen of zwavel, welke pijn zou groter kunnen zijn? Wat maakt het dan voor verschil, ziek of gezond, jong of oud, een of twee armen, hongerig of gevoed? Welk verschil in eeuwigheid is er tussen de 85-jarige keizer in zijn paleis en een bij de geboorte gestorven kind? Waarom al die pogingen om gedurende ons leven rechtvaardigheid, emoties, liefde, genoegen te registreren als het toch allemaal voorgoed wordt weggevaagd? Wie zou een boek schrijven dat verbrand zal worden als hij het klaar heeft?

Maar ik zou graag een paar andere levens hebben geleefd. Ik zou ook een zeeman hebben willen zijn, op een klein schip op weg naar Brazilië of Mexico. Een wijze man in het Himalaya- gebergte. Een bareigenaar in een haven waar de stoomfluiten van schepen en de zon op het water me 's morgens zouden wek- ken. Of Sophia. Of een kind in Rusland, in het nieuwe Rus- land, daar nu net geboren, zonder het oude ooit te hebben ge- kend.

Wat heb ik met mijn ene en enige leven gedaan?

Voor zover ik het mysterie begrijp, zie ik mijn leven wel als zinvol. De aarde ligt bezaaid met botten. Wat valt er te zeggen? We zijn voorbestemd om aan het eind van onze dagen dood te gaan, in vrede; voorbestemd door wie? Och, eenvoudig door onze lichamen, als het niet door iets anders is. Zijn onze licha- men niet bestemd voor zeventig jaar of tachtig jaar, net zoals een boom voor tweehonderd jaar bestemd is en een vlinder voor een dag? Ik heb, geloof ik, net geleefd bij de dageraad van mijn soort, de mens. Dat is gelukkig.

Ik zit in mijn dekentent op de vloer en vertel in gedachten mijn verhaal opnieuw.

80

Ik vertel in gedachten mijn verhaal. Het is van essentieel belang voor me niet in de verleiding te komen een persoonlijk drama te maken van wat er gebeurd is. Als ik dat deed, zou ik eenzaam zijn. En dat ben ik niet.

Als het laatste licht in de gang vrijwel vervaagd is, als ik nog maar net het kruis van de twee tralies in het halfronde raampje van mijn celdeur kan onderscheiden tegen de grauwheid erachter, komt de cipier binnen om mijn ketting los te maken van de ring in de steen. Dan kan ik naar mijn brits lopen en gaan liggen om te slapen. Hij zegt nooit een woord tegen me. Zolang de deur open is, kan ik de voetstappen horen van de soldaat op wacht in de gang.

Ik leg de ketting onder de deken tegen me aan. Eerst liet ik de ketting altijd buiten mijn deken hangen, maar ik ontdekte dat op die manier al mijn lichaamswarmte werd afgevoerd. Dus nu omhels ik mijn ketting als ik ga slapen. De geur van roest en ijzer is overweldigend. Ik heb er nooit aan kunnen wennen. Ik moet er iedere ochtend van kokhalzen voordat de kroes gerstekoffie en het brood me helpen van die misselijkheid af te komen. Voordat de bewaker me de koffie en het brood geeft, bevestigt hij mijn ketting weer aan de ring. Ik kan dan blijven staan, of onder mijn deken op de grond gaan zitten.

De tijd begint, aarzelend, door mijn hoofd te malen.

81

Toen viel er niets meer te doen dan te wachten.

Een grote rust daalde over me en omsloot me.

Het was warm. Ik kon het nu zonder mijn deken stellen.

Er kwamen mensen mijn cel binnen, iedereen die ik kende, en ook vreemden. Velen van hen waren gestorven. Ze kwamen en gingen, voor het merendeel waren ze vriendelijk. Ik was voor geen van hen bang. Ik was nooit meer bang. Geen van hen zei iets, maar alles was dan ook al gezegd. Alleen maar even Cabri zien, en mijn vader, en...

Ik lag op mijn brits in mijn cel. Er sijpelde daglicht naar binnen: ze hadden me niet gedwongen op te staan. Ik moest er slecht aan toe zijn. Maar ik wist dat ik zou blijven leven.

Ik zag glanzende laarzen om mij heen. Er stonden daar officieren.

'Dit is Princip, generaal,' zei iemand.

En een andere stem zei: 'Gevangene Princip, ik breng een inspectiebezoek aan deze gevangenis. Heb je ergens klachten over?'

Ik begon te lachen, maar ze hoorden me niet, want er kwam geen reactie.

Toen zei de generaal: 'Princip, ik zou van deze gelegenheid gebruik willen maken om je te vragen of je berouw hebt van je daad?'

Ik zag zijn gezicht nu heel duidelijk.

'Het is aan u om berouw te hebben, generaal,' antwoordde ik, geloof ik, 'want uw Rijk is ten ondergang gedoemd. En dan is het ook afgelopen met generaal zijn.'

Maar toen ik het gekraak van het deurslot hoorde, probeerde ik hem terug te roepen. Ik had met meer liefde moeten spreken.

Want ik wil iedereen mijn liefde schenken. Mensen zijn niet slecht; ze zijn alleen maar verdrietig, en aandoenlijk.

Ze moeten als kleine kinderen worden opgetild om hun tranen te laten drogen.

Ik houd van iedereen. Ik vergeef Franz-Ferdinand van Oostenrijk-Este.

Nawoord door Jacco Pekelder

Gavrilo, de terrorist

Het is bijna honderd jaar geleden dat de Bosnische Serviër Gavrilo Princip de Eerste Wereldoorlog ontketende. Princip deed dat
door op 28 juni 1914 in de Bosnische hoofdstad Sarajevo de Oostenrijkse troonopvolger, aartshertog Franz-Ferdinand, en on-
bedoeld ook diens echtgenote dood te schieten.

Hans Koning geeft in deze roman weer welke ideeën en emoties Princip tot die daad dreven. Hij benadrukt nogal hoe jong deze moordenaar en aanstichter van wo I eigenlijk was. De titel
van de oorspronkelijke Engelstalige uitgave uit 1974 luidde dan
ook *Death of a Schoolboy*. De gymnasiast Princip kon volgens
het Habsburgse recht niet eens ter dood worden veroordeeld. Hij
was voor de wet nog niet volwassen.

Inmiddels zijn we veertig jaar verder. Actieve deelnemers aan
de Eerste Wereldoorlog zijn er niet meer. Zelfs de meeste getuigen van de wereldbrand twintig jaar later zijn ons inmiddels
ontvallen. Onze blik wordt door andere ervaringen gestuurd.
Vooral door de aanslagen van 11 september 2001 bekijken we
het verhaal van Princip door een nieuwe bril.

Onvermijdelijk wordt Konings roman daardoor een studie
naar terrorisme. Naar de motieven achter terroristische daden,
naar de sociale dynamiek van de terroristische groep, naar de
manier waarop terroristen hun geweten sussen als ze vooraf over
de mogelijke averechtse effecten van hun geweldsdaden nadenken en achteraf moeten constateren dat die inderdaad zijn
opgetreden. In de meeste gevallen kunnen terroristen immers,

als ze de feiten eerlijk onder ogen zien, niet onder de vaststelling uit dat hun daden de ellende alleen maar groter hebben gemaakt.

Waarschijnlijk leg ik die elementen iets sterker in het boek dan Koning bedoeld heeft, maar dat is niet erg. Elke generatie leest een roman nu eenmaal met zijn eigen blik. Juist een interessant boek als dat van Koning kan die spanning ook aan.

Een van de overeenkomsten tussen Sarajevo 1914 en 9/11 is de bewuste strategie van de daders om met hun aanslagen op symbolische doelen een bijzondere dynamiek in politiek en maatschappij in gang te zetten die uiteindelijk tot de verwezenlijking van hun einddoel moet leiden. Zij speculeren daarbij heel bewust op de te verwachten reacties van de buitenwereld. De machthebbers, de media, de eigen potentiële achterban en het grote publiek zullen allemaal op een voorspelbare manier reageren, daarop gokken terroristen, en dat zal hun doel dichterbij brengen.

De aanslag van Sarajevo was primair een daad van verzet tegen de Oostenrijkse annexatie van Bosnië-Herzegovina, zes jaar daarvoor, in 1908. Maar de moord op Franz-Ferdinand was ook bedoeld als signaal aan de Serviërs binnen het Oostenrijks-Hongaarse imperium. Kom in opstand tegen de Dubbelmonarchie! Groot-Servië, de staat waarbinnen alle Serviërs en zelfs alle Zuid-Slaven in vrijheid kunnen leven, ligt binnen handbereik!

Terroristen merken echter ook dat de dynamiek die zij in gang zetten niet zo voorspelbaar is als ze denken. Al na een dag ontdekte Princip tot zijn schrik en afschuw dat het allemaal toch wat anders liep als bedoeld. Koning vertelt hoe de held van zijn roman kort na de dubbele moord vanachter de tralies van zijn cel moest aanzien hoe onschuldige Serviërs werden opgepakt en mishandeld. Simpele Servische boertjes werden door de Oostenrijkers opgeknoopt. Volgens Koning herkende Princip zijn vader en broer onder de slachtoffers van deze Oostenrijkse represailles.

Bovendien zette Oostenrijk ondertussen een grote internationale crisis in gang. Het koerste aan op een oorlog met Servië. Niet alleen was het ervan overtuigd dat Princip en zijn handvol vrienden waren aangestuurd door Belgrado, maar ook wilde Wenen het kleine Servische buurstaatje met de grote Zuid-Slavische ambities al langer een lesje leren: *Serbien muss sterbien*. Een maand na de moord was het oorlog tussen beide landen. En omdat Servië de steun van Rusland genoot en het Duitse Keizerrijk een 'blanco cheque' aan de Dubbelmonarchie had verstrekt, was een algemene Europese oorlog een feit.

De dubbele moord van Sarajevo bleek daarmee het startschot van de vierenhalf jaar durende Eerste Wereldoorlog. Uiteindelijk, eind 1918, bracht die het onafhankelijke Zuid- of Joegoslavië waarom het allemaal was begonnen. Maar op weg daar naartoe zou Servië langs de rand van de afgrond gaan. Midden in de oorlog was het land feitelijk van de kaart geveegd. De tol die de Servische bevolking moest betalen was enorm. Van de 4,5 miljoen inwoners kwam bijna een kwart om het leven. Niet alleen de slachting onder de weerbare mannen binnen en buiten het leger was verschrikkelijk, maar ook werden zo'n 60.000 burgers geëxecuteerd. Bovendien kwamen nog eens bijna 400.000 burgers om het leven door ziekte, kou en hongersnood, deels op de vlucht voor de Oostenrijkers en hun bondgenoten.

Het lijkt duidelijk: wie bij zijn verstand is, kan niet volhouden dat de moord op Franz-Ferdinand door de gevolgen van die daad gerechtvaardigd werd. De prijs die deze soort van politiek geweld vraagt voor het bereiken van het doel, is te hoog. Tirannenmoord loont niet, terrorisme heeft geen zin. Bovendien leggen de daders de rekening neer bij mensen die niets hebben besteld. Een terrorist als Princip dringt offers op aan hen voor wie hij zegt te vechten. Met dergelijke zaakwaarnemers, met zulke vrienden heb je geen vijanden meer nodig!

Opnieuw zien we overeenkomsten met de wereld van 9/11, nu in de gevolgen en de *collateral damage* van de dynamiek van terrorisme. Osama Bin Laden bracht op die wolkeloze ochtend in 2001 het Westen in naam van de islam weliswaar een gevoelige slag toe, maar het aantal doden in New York en Washington verbleekt bij de tien- zelfs honderdduizenden moslims die daarna in de oorlogen in Afghanistan en Irak en in de onafzienbare reeks aanslagen overal in de *Umma* zijn gesneuveld. Net als Princips volksgenoten, gold voor de meesten van hen dat ze door Al Qaida en verwante organisaties ongevraagd op het offerblok zijn gelegd.

Bin Laden vaardigde in 1996 een even plechtige als bloeddorstige oorlogsverklaring uit tegen de Verenigde Staten. Princip was minder hoogdravend, naïever ook wellicht. Koning lijkt er althans vanuit te gaan dat hij niet op een Oostenrijkse oorlog tegen Servië speculeerde, al discussieerde hij met zijn vrienden wel over het risico dat de moord dat naspel zou krijgen. De parallel met 9/11 schuilt dit keer in de houding tegenover de achterban: die wordt in beide gevallen – terroristen doen dat eigenlijk altijd – geïdealiseerd en neergezet als slachtoffer. De heilige opdracht om de wapens te grijpen om dat slachtofferschap te beëindigen is daarmee een feit. Zoals Bin Laden de geschiedenis van de Arabieren beschouwde als een eeuwenlange knechting door het westerse imperialisme, zo keek Princip naar het Servische volk dat zelfs nog langer onder het juk van Ottomanen en Oostenrijkers zuchtte.

Dat Servisch slachtofferschap begon al met de nederlaag te-

gen de Turken op Sint-Vitusdag 28 juni 1389, inderdaad dezelfde dag als de moord op Franz-Ferdinand. Die lange geschiedenis inspireerde en deprimeerde Princip tegelijk. Want Gavre, zoals Koning hem bijna liefkozend noemt, voelde zich tekort-
schieten tegenover de generaties van Servische vrijheidsstrijders
vóór hem die al tegen de onderdrukkers in opstand waren gekomen.

De trap die hij in de herfst van 1913 kreeg van een Oostenrijkse
politieman, omdat hij deelnam aan een vrijheidsmars van Bosnische scholieren en studenten, 'was een beetje armzalig vergeleken bij al die zwijgend gekerkerde, opgehangen, neergeschoten voorvaderen van hem', schrijft Koning. Dat zijn arme ouders
die botsing met de macht als een heldendaad beschouwen, vervulde Princip met schaamte. Hij wilde ervoor zorgen dat hij die
premature verering alsnog zou verdienen.

Dat Koning die schaamte zo benadrukt, wijst erop dat hij
goed over de *Werdegang* van Princip heeft nagedacht. Meer dan
wij in de regel erkennen, is juist schaamte vaak een wezenlijke
drijfveer voor terroristen. De film *Paradise Now* toont bijvoorbeeld hoe een jonge Palestijn vooral door schaamte tot een zelf-
moordaanslag wordt gedreven. Hij wil rechtzetten wat door
zijn vader en diens vermeende collaboratie met de Israëlische
bezetter is scheef geraakt. Een ander voorbeeld vormt de Duitse protestbeweging uit de jaren zestig en de Rote Armee Frak-
tion die daar uit voort is gekomen. Onderzoekers hebben erop
gewezen hoe beschaamd de linkse studenten en terroristen zich
voelden over hun land dat zo besmeurd was geraakt door de
schanddaden van het Derde Rijk.

De sociale tekortkoming van schaamte is echter, hebben onder meer antropologen vastgesteld, dat het een erg egocentrische
emotie is. Ze zorgt er niet voor dat we ons verplaatsen in ande-

ren, maar richt zich puur op de opheffing van dat als ondermijnend ervaren, dat knagende schaamtegevoel. Als dat bij terrorisme een rol speelt, ondergraaft dat de pretentie van terroristen dat zij vooral altruïsten zijn. Ze doen zich voor als zaakwaarnemers van de verworpenen der aarde die te zwak zijn om hun onderdrukker naar de keel te grijpen, maar proberen eigenlijk vooral de schaamte die hen neerdrukt uit te drijven.

Die schaamte hoort net als bijvoorbeeld de vriendschapsbanden binnen een radicale politieke groep tot de existentiële drijfveren voor de stap naar politiek geweld. Naarmate die een sterkere rol spelen, daalt het belang van ideologische motieven. Soms is ideologie bij terrorisme dan niet meer dan rationalisatie achteraf.

Bij Gavrilo Princip zien we de existentiële nood bijvoorbeeld in passages waarin hij als een Servische Frits van Egters zijn ouders met 'deernis' beziet, zoals Koning het formuleert. Gavrilo voelt deernis 'voor [zijn] vader en moeder en grootvader en verder terug door de jaren heen, deernis voor alle bittere integriteit van hun verspilde leven, hun altijd aan de goede kant staan, onbekend, in geen enkele krant beschreven'. Dat klinkt grootmoedig en krijgt een tragische allure als we in de latere hoofdstukken van de roman met de tuberculeuze aftakeling van Princip worden geconfronteerd. Tot de dood hem begin 1918 roept, kwijnt hij weg in onmenselijke omstandigheden in een kille cel van de vesting Theresienstadt.

Toch zaait Koning twijfel aan Gravilo's principiële houding. Zijn hoofdpersoon herinnert zich bijvoorbeeld dat hij op jonge leeftijd aan zijn ouders vroeg hem voortaan Gavroche te noemen, naar de jonge barricadestrijder uit Victor Hugo's *Les Misérables*. Ook die herinnering versterkt overigens Princips ongemak. Hij lijkt zich over het contrast tussen die jeugdflirt met het heldendom en de stille 'in geen enkele krant beschreven' eenvoud van zijn ouders te schamen.

Tegen deze achtergrond wil deze gymnasiast in geen geval doen wat de Oostenrijkers en de gegoede burgerij van hem verwachten. Met zijn goed stel hersens lijkt hij voorbestemd om een middenklasser te worden en een pijler van de status-quo. In zijn ogen zou dat echter verraad zijn, aan Servië en aan zijn afkomst. Zijn verzet tegen de Oostenrijkers lijkt dan ook vooral ingegeven door de wens om tegen elke prijs zijn integriteit te beschermen. Het lijkt een sprong in het diepe om zichzelf klem te zetten: wie blijkt dan niet te kunnen zwemmen, moet maar verzuipen, met een schone ziel.

Het doet mij denken aan Gert Schneider, een Duitse terrorist die in de 'Duitse herfst' van 1977 in Nederlandse gevangenschap terechtkwam. Twee jaar daarvoor had hij een brief aan zijn ouders geschreven, een indrukwekkende noodkreet. Schneider, die voor ingenieur studeerde, bekende dat hij steeds meer moeite kreeg met zijn toekomstige rol in de samenleving. Als middenkaderfunctionaris zou hij in de klassenstrijd van de arbeiders tegen het kapitaal aan de verkeerde kant staan, een vooruitzicht dat hem in een existentiële crisis stortte. Na eerst al met zijn studie gestopt te zijn, lijkt Schneider uiteindelijk het RAF-lidmaatschap als de enige uitweg uit het dilemma te hebben gezien. Het was de enige manier om het voor zichzelf onmogelijk te maken terug te vallen in de rol van verrader van de arbeidersklasse waartoe hij als bourgeois toch eigenlijk gedoemd was.

Dat hij de lezer die existentiële kant toont, betekent niet dat Hans Koning zijn held, Gavrilo, als een gevaarlijke gek neerzet. Integendeel, hij maakt juist duidelijk welke ontwikkeling, geestelijk en maatschappelijk, voorafgaat aan het moment dat de ene mens de ander doodt uit politieke redenen.

De Oostenrijkers beschouwden Bosnië-Herzegovina als een kroonkolonie. Ze onthielden de burgers daar de rechten en de medezeggenschap die in de kerngebieden van het rijk normaal waren. Het was duidelijk dat die situatie onrechtvaardig was, al was het nog de vraag of een Groot-Servische of Joegoslavische staat de beste oplossing bood. Koning geeft wel hints dat daarover door de anti-Oostenrijkers onderling werd getwist.

Belangrijk is echter dat onrecht alleen ontoereikend is om de keuze voor geweld te verklaren. Het is een noodzakelijke, maar geen voldoende voorwaarde. De meeste mensen ondergaan onrecht lijdzaam. Princip kwam in actie. Daarvoor moet een verklaring worden gevonden.

Koning doet dat door van Gavrilo Princip een mens van vlees en bloed te maken. Met al zijn ideeën over de wereld, de rationalisaties waarmee hij zijn geweten suste, de tikkende klok in zijn hoofd ('deze zelfde seconde wordt een man vernederd') die hem tot snelle daden drong. Hij schetst zijn twijfels, zijn zwaktes, zijn wanhoop. Of de geschiedenis werkelijk zo is verlopen, blijft de vraag. De visie daarop die Hans Koning de lezer van *Het fatale schot* voorschotelt, is echter even adembenemend als geloofwaardig.

WALTER FLEX

VRIEND AAN HET FRONT

BERICHT UIT DE LOOPGRAVEN

EEN VERGETEN BEST SELLER

WALBURG PERS

Vriend aan het front

Tot een van de opmerkelijkste literaire erfenissen van de Eerste Wereldoorlog behoort *Der Wanderer zwischen beiden Welten* (1916) dat nu voor het eerst in Nederlandse vertaling verschijnt. De dichter en oorlogsvrijwilliger Walter Flex beschrijft in deze autobiografische novelle zijn vriendschap met Ernst Wurche, een theologiestudent die over oorlog, opoffering en *Deutschtum* en 'de nieuwe mens' al even verheven opvattingen koestert als de schrijver zelf. Het boek is een ode aan zijn vriend die in augustus 1915 aan het oostelijk front is omgekomen. Het biedt een verrassend, verhelderend beeld van de gemoedstoestand waarmee honderdduizenden Duitse jongeren ten strijde trokken. Door de vroegtijdige dood van de auteur in 1917 stond de novelle symbool voor de versmelting van de literatuur met het 'echte' leven, wat het werk zijn stormachtige doorbraak bezorgde. Het werd een houvast voor de frontsoldaat en na de oorlog werd het een cultboek van de jonge generatie, waarvan er meer dan 700 000 exemplaren werden verkocht.

In deze uitgave is ook het nawoord van Martin Flex opgenomen dat in de eerste oplage na de dood van zijn broer Walter in 1917 werd gepubliceerd.

Over de auteur
Walter Flex (1887-1917) publiceerde een tiental bundels met novellen en gedichten voordat hij met dit boek in heel Duitsland beroemd werd.